Manuela Lewentz

Tödliche Treibjagd

MANUELA LEWENTZ

Tödliche Treibjagd

Bittere Pille … aus der Walther PPK

UNIVERSITAS

Besuchen Sie uns im Internet unter
www.universitas-verlag.de

Umschlaggestaltung: g@wiescher-design.de
Umschlagmotiv: getty images
Herstellung und Satz: VerlagsService Dr. Helmut Neuberger
& Karl Schaumann GmbH, Heimstetten
Druck und Bindung: CPI Moravia Books GmbH
Printed in the EU
ISBN 978-3-8004-1520-5

Inhalt

Die Personen

Karl: erfolgreicher Unternehmer, besitzt 120 Bäckereifilialen, verheiratet mit Inka, sein Hobby ist die Jagd, will in den Flughafen Hahn einsteigen und seine Filialen verkaufen

Inka: Frau von Karl, ihre Interessen liegen auf dem Sektor Kultur, Reisen und Sprachen, die Ehe ist kinderlos

Kommissarin Jil Augustin: befreundet mit dem Journalisten Manfred Luck, die Beziehung ist in einem ständigen Auf und Ab, für ihren Beruf vernachlässigt sie das Private

Manfred Luck: Freund der Kommissarin, schreibt für die Tageszeitung, lässt sich gerne von schönen Frauen in den Bann ziehen

Polizist Metzger: schwärmt für die Kommissarin Jil Augustin, sein Hobby ist die Jagd

Kommissar Hansen: liebt das deftige Essen, etwas korpulent, zu Hause hat er private Probleme

Kommissar Schuster: ist in Sankt Goarshausen eingesetzt, freut sich immer über einen Fall, der eine Zusammenarbeit mit Jil Augustin und Hansen bietet

Familie Grunwald: Vater Markus, Jagdpächter und Arzt, Mutter Anni ist Hausfrau, Sohn Max besitzt den Jagdschein, lebt teilweise im Ausland

Otto Heime: hat Jura studiert, bis vor wenigen Jahren ein Notariat geleitet, arbeitet inzwischen für Karl

Lydia: Mutter von Jil Augustin, Künstlerin

Anna Sturm: ehemalige Volontärin der Tageszeitung, war kurz mit Schuster liiert und kam auch Manfred Luck schon näher

Pfarrer Klein: Seelsorger im Ort, bei ihm arbeitet die Nichte des ermordeten Karl

Wilma: Nichte von Karl, arbeitet im Haushalt von Pfarrer Klein, zu ihrem Onkel hat sie seit Jahren ein gestörtes Verhältnis

Klaus Meis: Privatdetektiv, er war von dem ermordeten Karl beauftragt, in dessen Interesse Ermittlungen durchzuführen

Josef Mürr: Jäger, bekannt mit der Familie Grunwald und dem Jagdaufseher Stefan, verheiratet

Stefan: Jagdaufseher bei den Grunwalds, ledig

Kai Boger: früher Geschäftsführer bei Mangaron (Werbeagentur), heute arbeitslos

Roman Boger: Sohn von Kai Boger, Jäger, hat BWL studiert

Simone Karbach: war Sekretärin bei Karl, verheiratet mit dem Bürgermeister

Karbach: Bürgermeister, mit Simone verheiratet, Jäger, will Landrat werden

Elke: lebenslustige Frau um die vierzig, Single, Hobby Joggen

Vorwort

Zu Anfang glaubte ich an einen üblen Scherz, niemand zielt mit einer Waffe auf einen Menschen … gerade hatte ich meinen Rucksack auf die Erde gestellt, eine Dose Cola und ein belegtes Brötchen mit Käse auf einem kleinen Tuch platziert. Ich hasse es, wenn ich auf Wild warte, Lust bekomme, in mein Brötchen zu beißen, und dann erst noch an der Folie herumfummeln muss. Jedes Geräusch kann das Wild erschrecken, das muss nicht sein.

Alles war vorbereitet, meine Waffe griffbereit, ebenso die Munition zum Nachladen. Einige Patronen stecke ich immer in meine Hosentasche, so geht das Nachladen schneller. Es dauerte nicht lange, und ich konnte Hundemeuten hören. Tief Luft hab ich geholt, das Schwitzen nahm mich gesundheitlich mit. Mit einem Taschentuch musste ich schnell noch Schweiß von meiner Stirn wischen, wurde Zeit, mich mal richtig untersuchen zu lassen. Mit lautem Gekläff eilten die Hunde an mir vorbei, ohne wirklich Notiz von mir zu nehmen. Das Nächste, das ich hörte, waren die Treiber, die sich mit Rufen bemerkbar machten. Der Regen wurde heftiger, ich stellte meine Waffe nur kurz ab, suchte ein frisches Taschentuch, es konnte nur zwei oder drei Sekunden gedauert haben. Als ich meinen Blick wieder nach vorn richtete, hefteten sich meine Augen auf der Mündung einer Waffe fest, die auf mich gerichtet war. Mein Hals war wie zugeschnürt, die Hände ohne Kraft, warum nur jetzt? Nach all den Jahren …

Freitag, 13. Oktober

Karl

Ob ich mich wirklich als erfolgreich bezeichnen sollte? Ja, tief in meinem Inneren bin ich schon von mir und meiner Arbeit überzeugt, stolz, ja, stolz bin ich auch auf das, was ich aufgebaut habe. Hundertzwanzig Bäckereifilialen. Vor dreißig Jahren bin ich in die Lehre gegangen, ganz klein habe ich angefangen, und heute! Klar hatte ich auch Glück, das richtige Näschen für Geschäfte. Vier Jahre nach der Lehre habe ich meine erste Filiale eröffnet, damals stand noch meine Mutter hinter dem Tresen, das Geld für eine Verkäuferin hatte ich noch nicht … drei Jahre später waren es schon fünf Läden, und meine Mutter brauchte nicht mehr zu arbeiten. Nach und nach habe ich mich in der Region ausgebreitet, kleinere Betriebe geschluckt, das nennt man Marktwirtschaft. Gemunkelt wurde, was soll's? Neider gibt es immer, wenn es einem gut geht, doch auf diese Leute kann ich verzichten, in der Not sieht man von denen niemand.

Not wollte ich nicht erleben, das war auch immer mein Ansporn, mehr zu leisten. Vor fünf Jahren habe ich mir Mangaron, eine Werbeagentur in meinem Heimatort, aufgekauft. Mir war zu Ohren gekommen, dass der Hauptauftraggeber abgesprungen war, die damaligen Besitzer in finanziellen Schwierigkeiten waren. Ich dachte mir, die Werbeagentur wär ein richtiges Standbein für meine Nichte Wilma. Meinem Bruder habe ich noch auf dem Sterbebett versprochen, mich um sie zu kümmern, das Gör ist leider nicht ganz pflegeleicht und bockig. Vielleicht liegt es noch an der Jugend ... Die Werbeagentur hat nun mich und meine hundertzwanzig Filialen und etliche meiner Bekannten als neue Kundschaft, und schon sind die Zahlen wieder im Plus.

Für meine Frau, die Inka, ist die Werbeagentur genauso unwichtig wie meine Bäckereifilialen. Inka ... sie ist ... ja, eigentlich kann ich nur mit schön antworten. Zu Anfang war sie noch liebevoll, besorgt, das hat leider nachgelassen, frage mich, ob ich zu wenig Zeit für sie habe und auch einen Teil Schuld an unserer Beziehungskrise trage. Es kam so schleichend, mit einem Mal ging Inka lieber alleine abends aus, ich hatte Zeit, zu arbeiten, mich um Geschäftliches zu kümmern, und war zu Anfang zufrieden. Jetzt war Inka sogar eine Woche alleine auf Mallorca. Richtig aufgekratzt war sie vor der Reise ... oder habe ich mir das nur eingebildet?

Dieses Schwitzen, seit drei Wochen leide ich darunter. Gestern hat Inka für mich gekocht. Das tut sie nicht oft, Inka hasst kochen ... sie wollte mir eine kleine Freude machen, nach ihrer Rückkehr aus Mallorca, etwas mehr körperliche Nähe hätte ich dem Essen allerdings bevorzugt ... dafür war sie leider zu müde.

Wilma

Heute Morgen habe ich meinen Onkel, den Karl, gesehen. Wir haben uns zugenickt, dann bin ich schnell mit meinem Fahrrad weitergeradelt. Nach einem Gespräch mit meinem Onkel stand mir nicht der Sinn. Dass ich einen ziemlichen Dickkopf habe, glaube, das stimmt. Nachtragend bin ich wohl auch ... war aber auch alles nicht so richtig fair damals abgelaufen, die Geschichte mit Mangaron und dass ich die Leitung übernehmen sollte. Gerade hatte ich mich etwas mit dem Roman angefreundet, dem Sohn des damaligen Besitzers. Wir lachten viel, und an einem Abend, wir saßen in einer kleinen Weinstube, überlegten wir uns einen neuen Werbeslogan für einen Kunden. So viel hatte ich noch nie mit einem Mann lachen können wie mit Roman. Die Bombe platzte nur vier Tage später. Mein Onkel glaubte damals, ich sei ihm dankbar für seine in meinen Augen überzogene Handlung. Richtig sauer war ich, auch auf die Inka, jedenfalls zu Anfang. Geraume Zeit später konnte ich mir ein genaueres Bild von Inka machen, und ich wusste, die hat mit dem Geschäft nichts zu tun. Inka ist nicht an den Geschäften meines Onkels interessiert, viel mehr an seinem Geld. Was mich nichts angehen sollte ... Oder doch? Früher hat mein Onkel Karl mich finanziell unterstützt, während meines Studiums. Deshalb habe ich auch ab und an ein schlechtes Gewissen ihm gegenüber. Trotzdem! Meine Treffen mit Roman waren seit der Übernahme von Mangaron Geschichte. Für Roman stand fest, dass ich in das Handeln meines

Onkels involviert war, vom ersten Tag an. Zu Anfang habe ich versucht, den Roman zu sprechen, bin zu seinem Vater gefahren, es hat aber nichts geändert. Er war enttäuscht, sein Vater ebenfalls. Bei meinem zweiten Besuch hatte ich den Eindruck, der Vater vom Roman, Kai Boger, trinkt.

Irgendetwas musste ich nach meinem Studium aber arbeiten. Aus Kamp wegziehen wollte ich nicht. Für mich ist Heimat wichtig. Es gibt ja diese wunderbaren Zufälle im Leben. So kam es, dass ich mit unserem Herrn Pfarrer ins Gespräch kam. Kennen tue ich ihn seit Kindertagen. Schon zu meiner Zeit in der Grundschule kam er regelmäßig in unsere Klasse zum Religionsunterricht. Dass er mir aber eines Tages einen neuen Weg offenbaren würde, das habe ich in Kindertagen nicht geglaubt.

»*Ich*«

»Ein Ziel zu verfolgen bedeutet auch, Opfer dafür zu bringen … Als ich die Pistole endlich in meinen Händen hielt … es war fast wie ein Sechser in der Lotterie …«

Karl

Der ganze Papierkram wegen des Flughafens. Die Bank war zu Anfang auch skeptisch. Der Deal, den Flughafen für diese Summe zu übernehmen, war zuerst nur ein Pokerspiel von mir, hat aber funktioniert. Klar, der Ministerpräsident war heilfroh, diese Baustelle los zu werden. Nach der Unterzeichnung der Papiere werde ich ihn nicht mehr so oft sehen. Die Opposition hat mir auch Hilfe zugesagt. Es geht um unser Land, um Arbeitsplätze ... und um mich und meine Zukunft. Jetzt, da am Flughafen in Frankfurt das Nachtverbot existiert, hat der Flughafen Hahn neue Chancen, und die habe ich erkannt. Die ganze Region werde ich bereichern und Arbeitsplätze schaffen!

... Dieses Schwitzen, seit Tagen leide ich darunter. Habe schon darüber nachgedacht, ob meine Frau dahinterstecken könnte. Meine Fantasie! Inka, sie hat sich verändert. Das Schwitzen wird immer schlimmer, kann keine Krawatte mehr am Hals vertragen. Heute Morgen hat mich meine Sekretärin komisch angesehen, der Schweißausbruch war auch nicht zu verheimlichen. Bin ich froh, morgen mal frei zu haben. Klar, meine Inka sieht das nicht so, das mit dem Freihaben. Morgen ist Jagd, beim Markus. Tee hat mir meine Sekretärin gebracht. Solle mich mal schonen, weniger arbeiten.

Mir fallen die Drohbriefe wieder ein. Ob ich mal mit Inka darüber sprechen soll? Kann es sein, dass Inka und ... gemeinsam an mein Geld wollen, sie von der ganzen Aktion wissen? Auf der Bank, die haben vielleicht blöd geguckt. Erst hatte ich es eilig, das Geld zu bekommen, dann, zwei Tage später, brachte ich den Koffer samt der halben Million wieder zurück. Ist doch meine Sache. Wo käme man hin, wenn jeder Rechenschaft erwarten würde?

Und Inka? Die ersten beiden Schreiben habe ich ignoriert, das dritte Schreiben aber hatte mich verunsichert. Da wusste jemand ziemlich gut über mich und meine Geschäfte Bescheid. Zu gut. Es konnte nur jemand aus meinem Umfeld sein, der von der Sache damals wusste. Fünf Jahre sind seitdem verstrichen. Lange Zeit. Zum Glück war ich so vernünftig und habe diesen Privatdetektiv eingeschaltet. Den Klaus kenne ich vom Jagen. Er war bei einigen meiner Geschäftspartner eingeladen. Meine Sekretärin, die Simone, war es dann, die mich wieder an ihn erinnerte. Sie hatte bestimmt irgendwann mal die Visitenkarte auf meinem Schreibtisch gelesen. Habe höchstens drei oder vier Worte auf den Jagden mit ihm gewechselt. Hat mir aber gleich seine Karte in die Hand gedrückt. Wollte sie schon wegwerfen, aber dann habe ich sie doch behalten. Dieser Klaus ist eigentlich nicht gerade meine Kragenweite, etwas einfach gestrickt der Mensch. Egal. Sollte für mich auch nur die Drecksarbeit übernehmen und herausfinden, wer mich erpresst. Das ist ihm dann auch schnell gelungen … das Ergebnis war ein Schock für mich.

»Klaus, ja, der wollte auch mal ganz große Geschäfte machen«, hat mir Grunwald erst kürzlich berichtet. Bei seinem Besuch war ihm die Visitenkarte auf meinem Schreibtisch aufgefallen. »Um in der ersten Liga mitzuspielen, fehlt ihm aber die Bauernschläue, ist einfach zu naiv.«

Markus Grunwald hätte mir am liebsten den ganzen Lebenslauf erzählt. »Der Mann ist mir nicht so wichtig«, beendete ich seine Ausführungen. Er fing noch einmal an, über den Privatdetektiv zu reden, obwohl ich meine Augen verdrehte, um meinen Unmut zu zeigen. »Erinnere dich mal an Mangaron …!« Ich blickte auf. Was sollte das? Jetzt war mir die Laune aber ganz verdorben. »Grab doch jetzt nicht noch alte Kamellen aus, Markus! Ich muss noch arbeiten.« Daraufhin verabschiedete er sich.

Ich musste dennoch über seine Bemerkung nachdenken. Alte Geschichte. Hätte ich ihn vielleicht doch ausreden lassen sollen? Bei der Jagd habe ich bestimmt eine Gelegenheit, mit Markus kurz unter vier Augen zu reden. Schmeckt mir nicht. Wieso nennt er den Privatdetektiv und Mangaron in einem Satz? Egal, der Klaus arbeitet schnell und hat mir auch in kürzester Zeit einen Verdacht geäußert, wer die Drohbriefe verfasst haben soll. Das gibt so ein richtig schönes Nachspiel …

Bis zum Nachmittag hielt es mich dann noch im Büro. Mehr schlecht als recht. Obwohl, das Geschäft mit dem Bürgermeister hatte ich gut abgewickelt, und das Grundstück ist mein. Hat mir nicht gefallen, was der Bürgermeister mir gesagt hatte. Er sei eine Woche in Spanien gewesen, tolles Wetter, sei super erholt. Gegrinst hat er. Meine Fantasie geht mit mir durch … ich denke an meine Inka, ihre Reise nach Spanien. Die Nummer des Privatdetektivs liegt immer noch auf meinem Schreibtisch … Ich könnte ihn anrufen, mir Gewissheit verschaffen über meine Frau …

Karbach hatte sich dann auch rasch wieder verabschiedet. Egal, das Geschäft war gemacht, und alles andere würde ich später regeln.

Um vier hatte ich dann meine Tasche gepackt, alle Telefonate waren erledigt. Den Deal mit dem Bürgermeister wollte ich feiern. Inka war nicht erreichbar. Komisch. Beim Verlassen meines Büros nahm ich Klaus' Visitenkarte mit, im Auto habe ich dann seine Nummer gewählt. Nur so. Hat nichts mit Kontrolle zu tun.

»Ich kann sofort mit der Arbeit anfangen.« Seine Stimme klang lauernd. Egal, er hatte mir schon einmal geholfen. Wir einigten uns auf eine Anzahlung. »Ich hoffe, Sie arbeiten genauso schnell wie bei den Drohbriefen.«

»Sie können sich auf mich verlassen, lieber Karl. Falls die Inka einen Geliebten hat, wissen wir das innerhalb einer Woche.«

Die Übergabe des Geldes verlief problemlos. Komischer Mann, dieser Klaus. Hat mich so angesehen, egal, soll seine Arbeit machen und gut.

Was freue ich mich auf morgen, auf die Treibjagd bei Markus! Sechs Uhr aufstehen. Kein Problem. Endlich mal kein Büro. Wenn nur das Schwitzen nicht wäre, das bringt mich noch um. Morgen frag ich mal den Markus, ob ich nächste Woche in seine Praxis kommen kann. Das ist doch nicht normal mit dem Schwitzen. Immerhin ist er Arzt, hat eine große Praxis, warum soll ich nicht mal umgekehrt die Kontakte nutzen?

Um direkt nach Hause zu fahren, war ich zu fahrig, nervös. Bin dann noch kurz zu der Scheune vom Markus

Grunwald gefahren. Wusste doch, dass er mit den Vorbereitungen für die Jagd zu tun hatte. Vielleicht kann er mir schon ein Mittel gegen mein Schwitzen verabreichen. Von weitem sah ich schon Inkas Wagen. Das wunderte mich. Als ich kurz in die Scheune schaute, sah ich sie. Inka, wie sie lebte, gut gelaunt und im Mittelpunkt. Meine Inka. Wollte nur ein Wasser trinken, dann wieder gehen.

Inka sollte mitkommen, sie lachte nur. Lief später mit einem Tablett mit Schnaps rum. Das passte mir nicht. Markus schien auch keine Zeit für ein Gespräch zu haben. Ich setzte mich dann auf eine der Holzbänke und wartete. Das Knarren, das ich plötzlich hörte, ließ mich aufschrecken und aufspringen. Puh, ich hatte Glück! Der alte Kronleuchter, der seit Jahren in der Scheune hing, war zu Boden gefallen. Es hat nicht viel gefehlt, und das Teil hätte mich erwischt.

Witze wurden anschließend gerissen. Inka lachte laut. Ja, sie lachte! Ich bin dann gegangen, doch zuvor habe ich Inka gebeten, bald nach Hause zu kommen. Sie lächelte nur.

Das Warten auf meine Frau fiel mir zu Hause schwer. Wieder breitete sich diese Unruhe in mir aus. Irgendwann hörte ich, dass die Haustür geöffnet wurde.

»Inka?« Mein erster Blick fiel auf die Wohnzimmeruhr. Nicht vorwurfsvoll. Nur so. Wusste ja, wo sie war, trotzdem, mein Vertrauen war weg.

»Ja? Wer sonst? Erwartest du Besuch?« Sie lachte, es klang schrill. Das hasse ich. Das gefällt mir überhaupt nicht. Als Inka endlich bei mir stand, lächelte sie mich nur an. Sie ist so hübsch, so zart. Ich glaubte, ihr

Lächeln habe sich verändert, wollte aber nicht darüber nachdenken. Möchte meine Inka genießen und lieben. Eine Woche war sie weg. Gestern beim Nachhausekommen hat sie lieb gekocht. Das hatte mich gefreut. Zum Sex war sie dann aber zu müde. Schade.

»Ich gehe unter die Dusche, du kannst uns einen Wein einschenken.« Selbst unter der Dusche ratterte mein Gehirn, ich konnte nicht abschalten und aufhören nachzudenken. Morgen werde ich noch mit ein paar Leuten reden müssen, auch noch mal mit dem Bürgermeister. Das Grundstück hab ich in meinen Händen, jetzt muss die Genehmigung noch her. Karbach soll den Gemeinderat überzeugen, meinen Antrag auf Nutzungsänderung zu genehmigen. Das muss ich schaffen. Notfalls ... Ich kenne ein paar Leute im Gemeinderat, die mir noch einen Gefallen schulden ...

Das Wasser der Dusche tat gut, richtig gut ... freue mich auf Inka, ihren schönen Körper und die zarte Haut ... Warum fällt mir plötzlich das Gespräch mit dem Privatdetektiv ein? Nicht jetzt. Nicht heute. Jetzt will ich genießen ... Vorhin war sie auch nur in der Scheune, meine Fantasie scheint öfter mal mit mir durchzugehen. Ich sollte ihr mehr vertrauen, meiner Inka.

»Kannst du dir morgen dein Frühstück alleine machen? Ich möchte ausschlafen.«

Inka kam mir im Wohnzimmer mit einem Glas Wein entgegen, lächelte erneut. Auf ein frisches Hemd hatte ich verzichtet, ein Slip und der Bademantel reichten.

Statt ihr eine Antwort zu geben, küsste ich sie, erst ganz zärtlich, dann fordernd ... Es tat gut.

»Du hast ein neues Parfüm?«, wollte ich von ihr wissen. Inka lächelte nur, zog mich mit aufs Sofa. Gut, Frauen lieben Parfüm, warum sollte Inka sich nicht was Neues gekauft haben? … Auch ihre Wäsche ist neu, schwarz, eigentlich liebe ich mehr die hellen Farben, sind so unschuldig, so rein … Schwarz, warum heute nicht einmal schwarz?

Ich küsste sie wieder … Sie lachte … Ich wollte es nicht hören, nur genießen, meine Inka … die schwarze Wäsche lag auch schnell auf dem Boden. Sie war anders, irgendwie nicht so stimmig, fing dann von ihrem Trip nach Spanien an zu sprechen, wie gut es tat, mal alleine zu sein … Das war dann auch der Punkt, an dem ich meinen Slip wieder hochzog und den Fernseher anschaltete. Dabei hatte ich mich so auf das Zusammensein mit Inka gefreut. Die ganze Woche hart gearbeitet. Was meine Inka nur sagen wird, wenn sie von meinen Plänen mit dem Flughafen erfährt? Wollte nicht im Vorfeld mit ihr darüber sprechen, meine kleine Inka ist keine Geschäftsfrau. Ihr ist nur wichtig, dass meine Kreditkarte funktioniert … Ganz anders ist die Simone, meine Sekretärin, aus der kann was werden. Glaube, auch der Ministerpräsident ist von ihr angetan. Wundere mich immer wieder, warum so eine klasse Frau einen Mann wie den Karbach genommen hat. Gut, unser Bürgermeister füllt das Amt gut aus, aber … er hat so nichts Männliches. Ob die Simone glücklich mit dem ist? Alle Wege stehen der offen, Karriere kann sie machen. Wenn ich den Flughafen habe, wird Simone eine der leitenden Funktionen bekommen. Nur Sekretärin zu sein ist eine Unterforderung für die Frau. Inka wird das nicht verstehen, sie wird sich aber auch nicht lange sorgen, das passt nicht zu ihr … Ich hätte so gerne Kinder. Inka meint, sie sei noch nicht so weit. Habe noch Zeit … Ich bin aber älter als sie, und ich habe nicht mehr so lange … Sie lächelt nur, wenn ich das sage. Inka lächelt gerne die Sorgen weg, das unterscheidet sie auch von der Simone, die packt alles an. Da bleibt nichts liegen.

Heute Morgen hat mich der Pfarrer doch schon wieder wegen der Wilma, meiner Nichte, angesprochen. Ob ich für alle verantwortlich sei, habe ich ihn gefragt. Meine Stimme war etwas zu laut, das gebe ich zu. In dem Punkt bin ich sensibel und leider auch nachtragend.

Den Scheck über zwanzigtausend Euro hat er dann aber doch lächelnd entgegengenommen. Wollte mich mit ins Pfarrhaus auf einen Wein nehmen. Das war schon wieder mit Hintergedanken. Der Pfarrer ist auch kein Heiliger.

In den letzten Tagen hatte ich das Gefühl, beobachtet zu werden. Gut, seitdem ich weiß, wer für die Drohbriefe verantwortlich ist, bin ich ruhiger geworden. Vielleicht arbeite ich zu viel? Sollte mal einen Urlaub machen. Wenn das so leicht wäre. Gerade jetzt, wenn ich den Flughafen übernommen habe, ist die nächsten drei Jahre nur arbeiten angesagt … meine Inka wird es freuen!

Wenn es aber einer schafft, den Flughafen Hahn wieder in die schwarzen Zahlen zu bringen, dann ich! Mit meinen Bäckereifilialen hätte ich bis an mein Lebensende gut leben können. Ist mir aber zu langweilig. Tagein, tagaus das Gleiche. Das ist nichts für einen Mann wie mich. Ich brauche die Herausforderung, und genau die habe ich in dem Flughafen gefunden. Kann mir schon vorstellen, dass mich zu Anfang einige Menschen belächeln. Denen werde ich es aber zeigen. Denen und allen anderen. Mangaron werde ich behalten. Macht keine große Arbeit. Wer weiß, vielleicht kommt die Wilma doch noch mal zurück ... ihr soll es doch gut gehen, das habe ich meinem Bruder versprochen, bevor er gestorben ist.

Samstag, 14. Oktober

Jil Augustin

Als der Anruf kam, war ich gerade unter der Dusche. Endlich mal ein freier Samstag, hatte mich so darauf gefreut. Mein Freund Manfred war Brötchen holen. Letzte Nacht war schön, richtig schön. Um vier hatte ich gestern das Büro verlassen, schnell noch frische Lebensmittel besorgt, und dann war ich nach Hause gefahren ... Ich wusste, dass Manfred kommt. Im Augenblick läuft unsere Auf-und-ab-Beziehung wieder toll, grandios! Die Sache mit Elke, meiner Freundin, habe ich nicht mehr angesprochen.

Als ich gestern nach Hause kam, war Manfred schon in der kleinen Dachwohnung. Wir beide hatten sie vor zwei Jahren gemietet. Manfred war aber vier Monate später wieder ausgezogen. Zu Mama und Papa ... Er kann so schnell beleidigt sein, dann rafft er seine Sachen zusammen und sucht das Weite. Das kenne ich inzwischen, macht mir auch nicht mehr viel aus. Die Versöhnung ist jedes Mal ein Genuss ...

Manfred hat gestern gekocht, das kann er richtig gut. Ich musste herzhaft lachen, als ich ihn mit meiner Schürze sah. Rosa! Er hat die Schürze dann auch schnell abgelegt und mich in seine Arme gezogen ... Ich bin so gerne in seinen Armen.

Heute Morgen kam Manfred gerade vom Bäcker zurück, als er das Gespräch entgegennahm. Richtig traurig sah er aus, als er mir das Telefon brachte.

Mein Kollege Hansen teilte mir mit, dass im Jagdrevier von Markus Grunwald ein Mann erschossen wurde. Mist, ausgerechnet heute.

Dass Hansen schon vor mir am Tatort war, gefiel mir nicht. Er habe versucht, mich anzurufen. Dreimal, wie er beleidigt betonte. »Sie müssten den Mann auch kennen, den Bäckerei-Karl.«

»Klar, den kennt doch jeder hier. Und der wurde erschossen?«

»Wir können noch eine halbe Stunde am Telefon spekulieren, besser wäre es aber, wenn Sie jetzt an den Tatort kommen würden.« Mein Kollege war immer so feinfühlig …

»Ich komme sofort, muss mich nur rasch anziehen und die Haare trocknen.«

Manfred stand mit einem Handtuch neben mir. Er kam näher, das liebe ich … fing an, mich im Nacken zu küssen.

»Ich muss zur Arbeit, Manfred.« Rasch angelte ich nach meiner Wäsche, die schon im Bad lag.

»Was wollte Hansen?«

Mit wenigen Worten gab ich das Telefonat wieder. Manfred überredete mich mit viel Geschick, ihn mit zum Tatort zu nehmen. Warum auch nicht? Er ist Journalist, und seine Aufgabe ist es, die Leute zu informieren.

Hansen

»Ist Ihr Journalist wieder über Sie hergefallen? Oder warum hat es so lange gedauert, bis Sie hier waren?«

Gut, meine Begrüßung für Frau Augustin war nicht wirklich nett, das gebe ich zu. Sie hat mich dann auch genervt angesehen. Wenn es um ihren Journalisten, diesen Manfred Luck, ging, da war die Kommissarin ganz empfindlich.

»Sehr nett, Herr Kollege, wirklich sehr nett.«

»Die müssen Sie anziehen, ist alles matschig. Der Regen.« Ich hielt der Kommissarin ein Paar Gummistiefel entgegen. Mürrisch riss sie mir das Paar aus den Händen. Ich gebe es ja zu, die Jil gefällt mir auch. Ist eine hübsche Frau, wenn auch etwas eigenartig in puncto Kleidung. Ich liebe es etwas weiblicher, mehr ansprechend, nicht so verhüllt.

»Wo ist der Jagdpächter?« Frau Augustin durchwühlte mit der Linken ihre Haare. Wie ich diese Angewohnheit kannte. Immer wenn es hektisch wird, durchwühlt sie ihr Haar.

»Markus Grunwald steht da vorn.« Ich zeigte auf den Mann, der nur wenige Meter von uns entfernt mit einem Kaffeebecher in der Hand stand. Sah blass aus. Um ihn herum standen einige Jäger und Treiber, Hunde bellten.

»Die Namen der teilnehmenden Jäger habe ich schon notiert, Frau Kommissarin. Die Zeit, die Sie zu Hause zum Anziehen brauchten, habe ich ...« An dieser Stelle unterbrach sie mich barsch und riss mir den Zettel aus der Hand. Um uns herum herrschte große Unruhe, die Leute sprachen laut durcheinander.

Gemeinsam mit der Kommissarin suchte ich den Erdsitz auf, wo der Karl noch immer lag. Doktor Gemmel kniete über der Leiche. Kollegen der Spurensicherung liefen herum, trotzdem bemühte ich mich, mich auf den Fundort zu konzentrieren. Gestrüpp auf der linken Seite, zur rechten Seite lud ein Fernblick über ein Maisfeld ein. Nicht der schlechteste Platz für einen Jäger.

»Bürgermeister Karbach, seine Frau, die Simone und unser Kollege Metzger waren auch bei der Jagd dabei.« Frau Augustin schien irritiert. »Wusste nicht, dass der Karbach einen Jagdschein hat. Der Kollege hat auch nie von seinem Hobby gesprochen.«

»Vielleicht nicht mit Ihnen«, grinste ich frech.

»Ich«

Wut schlummert im Verborgenen meines Geistes. Es schlummert auch die Rache, und die Geilheit in mir ruht. Mein Geist ist gefangen in der Hülle, mein ... ich begehre, was mir verwehrt bleibt, doch mein Inneres kämpft zu besitzen, wonach ich verlange ... mich treibt es zu einer Wahnsinnstat ... Ich bin der Horror, dein ... das Ende ist der Tod, für mich, das Monster, ein kleiner Trost ...

Habe angefangen, mir die Tage mit Gedichten zu verschönern. Macht mir Freude. Ich will nur noch das Schöne und Gute an mich ranlassen … des Bösen Kraft ich nur noch trage, um die Gerechtigkeit auf Erden zu wahren …

Es hat sich rasch herumgesprochen, was am Morgen vorgefallen ist im Jagdrevier von Manfred Grunwald. Viel Getuschel eilt durch die Straßen, Tratsch ist das Balsam vieler armer Seelen … Ich kann mich daran laben. Es tut so gut!

Jeder weiß etwas mehr zu berichten, die Geschichte noch mit seinen eigenen Worten zu schmücken, bis … ja, bis am Ende das Gerücht seine Runde machte, der Jagdpächter sei tot …, was doch gar nicht stimmt. Ich schweige zu alldem und geselle mich dazu. Ich sonne mich in dem Gerede und rühme mich für meine Tat … Eine schönere Belohnung kann ich mir nicht denken … der Karl ist tot …

Heile kleine Welt, wo bist du?

Die Leute haben Angst … wie schön! Sie werden jetzt im Dunkeln ihre Häuser verriegeln, Kinder nicht mehr unbeaufsichtigt auf der Straße spielen lassen … Es könnte doch das Monster kommen und wieder töten … Ich fühle mich gut, so befreit …

Gestern Abend, es war kein Zufall, das gebe ich auch zu, da habe ich Wilma gesehen …

So jung, so hübsch war sie anzusehen … Ich bin ihr letzte Nacht wieder nachgelaufen. Sie muss keine Angst im Dunkeln haben. Ich beschütze sie, das hübsche Kind, die leckere Frucht …, nach der ich mich sehne.

Niemand soll mehr über mich bestimmen. Das will ich mir erkämpfen, dieses bisschen Freiheit, das doch jeder für sich verlangt. Oder ist es normal, fragen zu müssen, wen man lieben und wen man hassen darf? Nein! Gelesen habe ich in den letzten Jahren viel, wollte meinen Kopf mit Wissen tränken, vergessen, wer mir zugesetzt hat und wem ich alles Leid zu verdanken habe … Der Hass, dieses kleine Pflänzchen, ist gewachsen in mir … hat sich in meinem Hirn festgefressen und Besitz ergriffen von mir … Es gibt tatsächlich diese Momente, in denen ich mich vor mir selbst fürchte, dann greife ich zu den Tabletten, die hasse ich aber auch. Bin ich tatsächlich zu einem Monster geworden? Mache ich den anderen Menschen Angst?

Mein Kopf sagt mir, lass die Tabletten weg, ohne dieses bunte Zeug bist du wach, und nur so kannst du deine Ziele verfolgen und für Ordnung sorgen.

Mein Zimmer war heute nicht richtig aufgeräumt worden. Das mag ich nicht. Überhaupt nicht. Habe dann zwei Stunden den Boden gereinigt. Ich liebe es, wenn es glänzt und das Gefühl der Reinheit mich umgibt. Ich mag es auch, wenn Frauen Weiß tragen, die Farbe der Unschuld und Reinheit.

Das Verlangen, den Karl zu töten, wurde von Jahr zu Jahr stärker. Zum Schluss habe ich ein Tagebuch geschrieben, um mir auch ganz sicher zu sein, dass ich den richtigen Weg gehe … Ich habe immer wieder darin gelesen und die schriftlich festgehaltenen Gedanken der Tage zurückverfolgt …

Und trotzdem wurde ich diese innere Unruhe nicht los. Ganz im Gegenteil. Des Nachts bin ich aufgewacht und dachte, es sei vollbracht … In meinen Träumen wurde das vorbereitet, was ich voller Sehnsucht wollte … töten.

Meine Hände, ich dachte, sie seien aus der Übung, aber so ein Quatsch! Sie hatten nur versucht, mir die Gelegenheit zu nehmen. Ich lasse mich aber nicht so leicht täuschen. Ein Bekannter hat mir geholfen, mein Ziel zu erreichen … Ich habe diese Freundschaft benutzt, ja, das stimmt. Habe mir sein Vertrauen erschlichen und ihn in Gefahr gebracht … Ein Ziel zu verfolgen bedeutet auch, Opfer dafür zu bringen.

Als ich die Pistole endlich in meinen Händen hielt … es war fast wie … egal, es war ein ganz erhabener Moment, der mich weit vorangebracht hat. Karl … o Karl … du musstest gehen … und ich habe mich an diesem Anblick erfreut. Deinen Tod werde ich wie einen Festtag feiern und mich am Abend für meine Mühen belohnen … Heute, an deinem Todestag, werde ich einen ganz besonderen Eintrag in mein Tagebuch schreiben. Dann kann sich für mich wieder alles zum Guten wenden. Ohne den Karl dürfte mir das gelingen … Deshalb musste er weg. Er war böse zu mir … und das war nicht nur mir aufgefallen.

Karl war auch an dem ganzen Gerede schuld, damals … Nun gut, heute stehe ich über solchem Tratsch, er kann mir nicht mehr die Seele zerfressen. Heute bin ich es, der die Fäden zieht und entscheidet, wen er tanzen lässt. Das klingt gut. Richtig gut. Fühlt sich auch so an … Ich möchte tanzen und umherirren … Fühle mich gut, wie befreit von einer Last. Befreit von etwas, das lange in mir lebte, auf meinen Schultern lastete. Der Karl war wie ein verhasster Zwilling, den es galt, über Bord zu werfen ... Ich habe mich frei gemacht von diesem Menschen, der nur Unheil und Kummer brachte. Karl, der gute König Karl – so wurde er immer dann genannt, wenn die Menschen etwas von dem wollten. Wie ich das gehasst habe, wenn alle um ihn herum gekrochen sind. Die einzige Freude für mich war seine Hochzeit mit der Inka. Nun habe ich für Ruhe gesorgt ... den großen Karl zu Fall gebracht. Am liebsten möchte ich es allen erzählen, mir auf die Schulter klopfen lassen und mit ihnen ein Bier trinken. Natürlich auf mein Wohl!!!

Trotzdem werde ich zu »ihm« gehen. Muss das tun. Wie er wohl reagieren wird? Ob er mich erkennt? Nein, so weit werde ich es nicht kommen lassen. Noch nicht! Nicht jeder kann mein Verhalten verstehen ... Nirgends steht geschrieben, dass wir uns immer und ständig vor den Mitmenschen entschuldigen und rechtfertigen sollen. Oder gar müssen. Und trotzdem versuchen wir es immer wieder.

Jil Augustin

Das war eine Frechheit, wie mich Hansen vor all den Leuten begrüßt hat. Diesen Markus Grunwald, den Jagdpächter, wollte ich sprechen. Zuvor sah ich mir das Gelände rund um den Erdsitz an. Die Kollegen der Spurensicherung suchten noch die Hülse und die Kugel.

Gemmel hat mir gleich mitgeteilt, dass die Kugel nicht im Kopf stecken geblieben ist, es war ein glatter Durchschuss.

Der Karl war geschäftlich sehr erfolgreich. Klar, er hatte auch Neider. Geredet wurde auch viel über ihn, sicherlich war nicht die Hälfte davon wahr. Die Anni Grunwald, Frau des Jagdpächters, berichtete mir von dem heruntergefallenen Kronleuchter.

»Als habe bereits gestern jemand den Karl ermorden wollen«, beendete sie ihre Schilderungen. Ich maß dem Ganzen nicht viel Bedeutung bei. »Das wird ein Zufall gewesen sein, gestern das mit dem Kronleuchter.«

Trotz meiner Bedenken nahm ich anschließend die alte Scheune in Augenschein. Frau Grunwald eilte mir nach und sprach ohne Pause auf mich ein. »Sie müssen mir schon etwas Ruhe lassen, sonst kann ich mich nicht konzentrieren.« Mit diesen Worten verließ ich wieder die Scheune und zu meiner Erleichterung lief Frau Grunwald mir nicht nach.

Anschließend wollte ich den Kollegen Hansen etwas fragen, der war aber wie vom Erdboden verschluckt. Unruhig gesellte ich mich wieder zu Doktor Gemmel.

»Gibt es schon etwas Interessantes?«

»Junge Frauen sind anstrengend! Das ist auch mein Hauptbeweggrund, mich nicht von meiner Frau zu trennen.« Gemmel hatte mich nicht einmal angesehen, seinen Blick nicht von der Leiche gewandt. Glaube, mit dem käme ich nicht klar. Obwohl, rein optisch … Hansen befreite mich aus meiner Gedankenwelt. »Wenn Sie wollen, dann können Sie jetzt mit dem Jagdpächter sprechen, ich war gerade bei ihm.« Hansen grinste mich an. Ich war verwundert. Meinen Kollegen so fröhlich zu sehen war nichts Alltägliches. Kopfschüttelnd eilte ich Hansen nach. Fünf Minuten später war mir klar, was Hansen so fröhlich gemacht hatte. Inka, die Frau des Toten.

»Pietätlos«, zischte ich in sein Ohr. Er hob die Schultern, zückte einen Block und zog es vor, Inka alleine zu befragen. Mir überließ er Markus Grunwald.

»Stressiger Beruf, was?« Grunwald nickte freundlich, veränderte aber augenblicklich seinen Gesichtsausdruck. »Tragisch, wirklich tragisch.«

Wir entfernten uns einige Schritte von den übrigen Jagdgästen, um uns in Ruhe zu unterhalten. »Auf der Liste stehen achtunddreißig Namen, sind das alle Teilnehmer der heutigen Jagd?« Für meine Frage erntete ich einen höhnischen Blick. »Sie sind kein Naturkind. Es fehlen noch die Namen der Treiber und Hundeführer.« Er blickte kurz zu Boden. »Meine Frau kann Ihnen die Namen noch geben.«

Dann erfuhr ich, dass noch sechzehn Treiber und fünf Hundeführer hinzugezählt werden mussten. Also musste ich mich um neunundfünfzig Leute kümmern. Abziehen konnte ich den Kollegen Metzger, blieben noch achtundfünfzig übrig. Siebenundfünfzig ohne Karl. Metzger kam dann auch zum Gespräch mit Grunwald hinzu, wirkte geschockt. Ich entschied, alle Jäger für den nächsten Morgen zu uns ins Büro einzuladen.

»Wir werden die Leute aufteilen.« Metzger nickte beflissen. »Kann ich schon gehen? Mein Magen. Bin aber jederzeit über mein Handy erreichbar.«

»Gut, wir melden uns später noch mal bei Ihnen.«

Metzger ging zu seinem Wagen, der unten an der Straße stand. Ich blickte ihm nach. Dann kam ein neuer Wagen an, ganz in Schwarz. Der Leichenwagen. Er fuhr ganz langsam die Straße entlang. Es regnete immer noch. Ich konnte sehen, wie zwei Männer ausstiegen, sie zogen einen Zinksarg aus dem hinteren Teil des Wagens. Das war so ein Moment, den ich nicht mochte. Der mir die Vergänglichkeit zeigte.

Gemmel schien mit den ersten Untersuchungen fertig zu sein, er gab mir ein Zeichen. Markus Grunwald war froh, fürs Erste Ruhe vor mir zu haben. Ihn hatte ich direkt für acht Uhr am nächsten Morgen in mein Büro bestellt.

»Morgen ist aber Sonntag.«

»Ja, und hier ist ein Mann ermordet worden. Wir können auch erst noch einige Urlaubstage einlegen. Eine kleine Reise würde mir auch gut tun.« Ich ließ ihn dann stehen.

Auf den wenigen Metern bis zu Gemmel streifte mein Blick Hansen. Er stand immer noch neben Inka und schien sich wohl zu fühlen. Dafür, dass sie gerade von dem unnatürlichen Tode ihres Mannes erfahren hatte, wirkte die Frau aufgeräumt, geradezu entspannt auf mich. Keine Tränen, kein Schreien, keine Verzweiflung. Ihre Hände zeichneten große Gesten in die Luft, und ich musste zugeben, so, wie sie da stand, war sie eine wunderschöne Frau …

Doktor Gemmel teilte mir nichts wirklich Neues mit. Er bat mich, ihn morgen anzurufen, betonte aber noch einmal, dass es Wochenende war. Als ob ich das nicht gemerkt hätte …

Manfred stand auf einmal neben mir. Er hatte einige Fotos gemacht und wollte noch in die Redaktion fahren. »Wir sehen uns heute Abend zu Hause?« Ich nickte ihm zu.

Simone

Das Erste, was ich dachte, als ich vom Tod meines Chefs erfuhr? Keine Ahnung. Mein Kopf war leer. Ich wollte es nicht glauben. Wir alle hatten uns doch auf die Jagd gefreut. Noch gestern habe ich mit dem Karl im Büro darüber gesprochen. Er meinte, ich solle mir eine Regenjacke einpacken. Dann gab er mir den Tipp, Taschentücher einzustecken. Ich habe viel vom Karl gelernt. Eigentlich war er es ja auch, der mich dazu gebracht hatte, den Jagdschein zu machen. Als ich vor vier Jahren in seiner Firma als erste Sekretärin anfing, fielen mir gleich die vielen Trophäen an den Wänden auf. Glaube, unser erstes privates Gespräch hat sich schon um die Jagd gedreht. Der Karl war es auch, der mich das erste Mal mit auf den Hochsitz genommen hat, und daraus erwuchs meine Begeisterung zur Natur. Später habe ich auch durch die Jagd meinen Mann, den Bürgermeister Karbach, kennengelernt. Damit hörte dann auch das blöde Gerede auf, von wegen, der Karl und ich hätten ein Verhältnis. Nur die Inka, Karls Frau, hat nie was gesagt. Ich hab mich oft gefragt, ob die ihren Mann richtig liebte.

Natürlich werde ich in den nächsten Tagen wieder jagen gehen. Auch wenn es schrecklich ist, den Karl so daliegen gesehen zu haben. Erschossen. Er, der Karl, war immer stark, nicht einen Tag im Jahr hatte er im Büro gefehlt, Krankheiten ließ er nicht zu. Selbst wenn ich mal eine Grippe hatte, ich hab mich immer ins Büro geschleppt. Notfalls mit Tabletten aufgebaut.

Später, viel später, als ich wieder zu Hause war und in der Badewanne lag, fielen mir die Drohbriefe wieder ein, die der Karl erhalten hatte …

»Die Zeit läuft bald ab … Zahle, oder der nächste Monat ist der letzte deines Lebens …«, stand in dem ersten zu lesen. Und dann die Details, die nur engste Vertraute wissen konnten, das ging dem Karl sehr nah.

Ob er in den letzten Tagen geahnt hat, was passieren wird, der Karl? Die ersten beiden Drohbriefe hat er kaum beachtet. *Der Zufall mir die Türe öffnet* … Für solche Kinderspiele habe ein Mann wie er keine Zeit, hatte er mir geantwortet. »Zeit ist kostbar und rar.« So warf er mir die Schreiben auf den Tisch. Gut nur, dass ich alles aufbewahrt habe, obwohl der Karl das zunächst nicht wollte. Erst etwas später, knapp eine Woche mag dazwischengelegen haben, kam die Erinnerung an die Drohbriefe zurück … Ich war es dann, die den Karl überredet hat, einen Privatdetektiv einzuschalten, den Klaus Meis. Glaube, der konnte das Geld auch gut gebrauchen. Zumindest seiner Kleidung nach zu urteilen. Dabei ist der Mann nicht dumm, hat auch mal studiert, kam dann auf die schiefe Bahn, aber das kann doch mal passieren … Hat doch jeder eine zweite Chance verdient, auch der Klaus.

An dem Morgen, als er strahlend in das Büro kam, mir die Tasse Kaffee albern vom Schreibtisch nahm und leertrank, daran erinnere ich mich gut.

Und jetzt? Heute? Der Karl ist tot ... Was jetzt aus der Firma wird und ob die Inka von dem geplanten Verkauf gewusst hat? Wenn er doch nur unterschrieben hätte, der Karl. Für den Erhalt aller Bäckereifilialen wär es gut gewesen. Und mit dem Geld hätte er auch was bewirkt ... aber ohne Unterschrift? Ohne Karl muss ich mir einen neuen Job suchen ... außer, vielleicht übernimmt mich die Inka? Kennt sich doch aber mit dem ganzen Geschäftlichen überhaupt nicht aus, diese Frau. Das Modepüppchen ... Mir wurde übel. Die ganze Aufregung. Der Anblick. Komisch, wie er da gelegen hat, der Karl. Sein Mörder muss ihn gehasst haben, sonst schießt man doch niemandem in den Kopf, das hat etwas Skrupelloses. Obwohl, so oder so, tot ist tot. Trotzdem, das habe ich mal gelesen, ein Schuss in den Kopf zeugt von extremem Hass.

Mein Badewasser war mit einem Mal ganz kalt, ich fror. Was sollte das Ganze? Warum in der Vergangenheit herumwühlen? Mein Badewasser ließ ich langsam ablaufen, es wurde Zeit, dieser Stimmung, die sich in mir ausbreitete, zu entfliehen. Rasch zog ich mir was Frisches an und bemühte mich, nicht weiter an den Karl oder die Drohbriefe und alles, was damit seinen Anfang nahm, zu denken ... Nicht jetzt. Nicht heute ... Mein Blick fiel ganz zufällig auf mein Handy. Es lag auf dem Waschtisch und zeigte den Eingang einer SMS. Er sei total fertig und wolle mich sehen ... der Mord an dem Karl sei ihm sehr nahe gegangen. Warum sollten wir uns nicht sehen? Mein Mann zog es vor zu arbeiten, Abwechslung konnte ich gut gebrauchen. Einen Kaffee zu trinken war doch nichts Verwerfliches, oder? Außerdem konnte ich mit ihm dann über diese Drohbriefe sprechen. Ich wollte doch zu gerne erfahren, wer für all dies verantwortlich ist. Klar, einen Verdacht hatte ich, und natürlich war mir das Verhalten meines Chefs in den letzten Tagen aufgefallen. Nur warum? Ich konnte keinen Grund erkennen. Und einen Mord konnte ich ihm nicht zutrauen, nein. Auf Make-up wollte ich heute verzichten, doch jetzt? Den Tod vom Karl hatte ich nicht zu verantworten, und warum sollte ich mich nicht gut fühlen? Gerade der Tod zeigt doch, wie begrenzt alles ist … und dass man seinem Verlangen nach Spaß auch mal freien Lauf lassen sollte. Ich freute mich auf das Treffen, war richtig nervös … Verrückt, das hatte ich lange vermisst, dieses Gefühl. Es tat so gut. Ob es an ihm lag? Dann summte mein Handy erneut. Ich dachte schon, jetzt kommt eine Absage. Aber nein, er freue sich so sehr auf mich … jetzt schlug mein Herz noch schneller. Ach, das Leben konnte so schön sein. Ob ich heute so denken sollte?

Auf der Straße wäre ich fast mit dem Briefträger zusammengestoßen. Weil ich pfiff, sah er mich irritiert an und fragte, ob ich es noch nicht gehört habe, was mit meinem Chef, dem Karl, passiert sei …

Natürlich hatte ich das. Meinem Gesicht habe ich dann automatisch eine trauernde Miene aufgesetzt. Bin dann auch schnell ins Auto und weg … Freute mich so auf das Treffen!

Ausgerechnet in dem kleinen Café in Braubach waren wir verabredet. Ich hoffte, uns würden nicht so viele Bekannte sehen. Hatte Angst vor dem Gerede …

Zu meiner Erleichterung waren nur zwei der Tische besetzt. Die Leute kannte ich nicht, anscheinend Fremde. Ich atmete tief durch. Die Bedienung zeigte auf einen Mann, der alleine am Fenster saß … Woher wusste sie …? Egal, vom Fenster aus konnte ich sehen, dass alles normal weiterzugehen schien, die Menschen wie immer ihren Tag verbrachten, obwohl doch erst der Karl ermordet worden war … Immer wieder kreisten meine Gedanken um Karl.

Wenn Sie von einem Mord erfahren, wird mit einem Mal alles anders. Die Angst vor dem Mörder geht um, die Sorge um die Zukunft. Es wird auch die unter Ihnen geben, die dadurch lernen, das Leben mit anderen Augen zu sehen … so wie ich. Viel wurde über uns geredet, über mich und den Karl. Gut, es gab diese Momente, diese prickelnden Situationen zwischen mir, der Sekretärin und dem Chef. Auch war mir nicht entgangen, wie er mich in der letzten Zeit ansah, immer dann, wenn er verwundert zur Kenntnis nahm, dass eine Frau mehr kann als nur schöne Kleider tragen. Viel mehr.

»Schön, dich zu sehen«, sagte er, als ich mich zu ihm an den Tisch setzte.

»Ja, ich … es war schrecklich, den Karl so daliegen zu sehen, mit dem Kopfschuss.«

»Wir sollten nicht über Karl sprechen.« Er hatte ja so recht. Nach einem zähen Anfang wurde unser Gespräch immer lockerer. Was für schöne Zähne er hat, war mir vorher nie so bewusst. Aber bisher hatten wir uns auch immer nur kurz gesehen. Erschrocken stellte ich nach zwei Stunden fest, dass rund um uns herum inzwischen alle Tische belegt waren. Einige Gäste starrten zu uns herüber. Klar, mich und meinen Mann kannte hier fast jeder.

»Ich ziehe es vor, jetzt zu gehen«, sagte ich. Er zeigte Verständnis. »Wir sehen uns wieder?«, wollte ich noch wissen. Das war mir peinlich. Wirklich! So etwas sagte man nicht, jedenfalls nicht als … egal!

Auf der Fahrt nach Hause dachte ich schon wieder an den Karl. Daheim angekommen, war ich enttäuscht, dass mein Mann anscheinend lieber im Bürgermeisteramt war als bei mir. Launig schaltete ich den Fernseher ein, mitten am Tag. Meinen Mann schien der Mord am Karl nicht so zu belasten. Gut, er ging oft am Samstag in sein Büro. Doch heute? Warum beklagte ich mich? Mein Nachmittag war doch auch schön.

Mein Mann und der Karl hatten ihre guten und schlechten Zeiten. Vom Grunde her war der Karl sehr spendabel. Davon profitierte die Kirche, aber auch die Gemeinde. Der Karl hatte seinen Kopf auch sehr gerne in der Tageszeitung gesehen. Ich musste regelmäßig seine Termine an Manfred Luck faxen. Eitel war er wirklich, der Karl.

So gegen halb zehn habe ich bereits von dem tragischen Unglück erfahren. Es hat sich rasch herumgesprochen, was im Jagdrevier von Grunwald geschehen ist. Mein erster Gedanke? Ich wollte es nicht wahrhaben, der Karl, er war immer so stark, selbstbewusst und präsent. Wenn er einen Raum betrat, war er von ihm ausgefüllt, den Karl konnte man nicht übersehen, überhören aber auch nicht. Jetzt wurde sein Leben mit einem Mal ausgelöscht, durch einen Mörder, ich überlegte, wer für diese scheußliche Tat infrage kommt. Lange Zeit zum Nachdenken blieb mir nicht, mir fiel Wilma ein, meine Haushälterin, ich musste ihr von der Ermordung ihres Onkels berichten.

Wilma stand an der Spüle und war damit beschäftigt, das Gemüse zu putzen. Einen kleinen Moment beobachtete ich ihre routinierten Handbewegungen, jeder Griff saß. Im Radio lief ein Song, der Wilma gefiel, sie sang leise mit. Erschrocken drehte sie sich um, als ich näher kam. »Sie habe ich nicht kommen gehört.« Ein Lächeln huschte über ihr junges Gesicht. »Der Karl, also dein Onkel …« Sie unterbrach mich. Von den alten Geschichten wollte sie nicht sprechen. Wilma lachte ihre Sorgen gerne weg und glaubt, anscheinend daran, dass es funktioniert …

»Er ist tot, der Karl.« Sie ließ das Gemüse in die Spüle fallen, drehte sich zu mir um. »Ich habe ihn noch gesehen, gestern. Der Karl sah nicht krank aus.«

Mit wenigen Worten setzte ich Wilma über die Ermordung ihres Onkels in Kenntnis. Wie sie reagieren würde, habe ich mich zuvor gefragt, eine Antwort wusste ich nicht. Wilma ist nicht in eine Schublade zu ordnen, sie ist eigenwillig, aber sehr zuverlässig.

»Dann hatte er einen Feind zu viel.« Mehr sagte sie nicht. Noch eine Weile blieb ich stehen und beobachtete Wilma. Sie holte das Gemüse aus der Spüle und fing wieder an, es zu putzen, alles war wie zuvor, nur jetzt kam kein Lied mehr über ihre Lippen.

Jagdpächter Markus Grunwald

Da macht man sich über Wochen Gedanken, um alles zu organisieren ... war ein ganzes Stück Arbeit. Die erste Jagd im Herbst, das ist doch was! Abgesagt hatten nur zwei, alle anderen waren gekommen. Pünktlich und gut gelaunt, versteht sich. Das Wetter war nicht so prickelnd. Es regnete, aber das ist halt im Herbst so. Das kann man nicht organisieren, das Wetter, den Rest aber schon. Sie hatten sich wirklich Mühe gegeben, die Frauen der anderen Jäger. Frühstück stand auf den Holztischen, die noch am Vorabend wegen des Regens in meiner alten Scheune aufgestellt wurden. Gelacht haben sie bei den Vorbereitungen. Die Kuchen waren schon gebacken und auch das Essen für nach dem Schüsseltreiben bestellt. Nichts kündigte dieses Ende an. Es wird Jahre dauern, bis ich das verdaut habe, diesen Anblick, wie der Karl ... Normalität? Bis die wieder eintritt, das dauert. Ob ich im nächsten Jahr überhaupt eine Jagd veranstalte? Eigentlich … warum nicht? Der Karl wird davon auch nicht mehr lebendig, und so eine traurige Geschichte wird sich mit Sicherheit nicht wiederholen.

Gestern Abend, da hat die Inka, die Frau vom Karl, am Ende der Vorbereitungen noch einen Schnaps gereicht. Das sorgte für Unruhe bei den anderen Frauen. »Alkohol passt nicht zur Jagd«, murrte meine Anni ohne Erfolg. Sie sollten den Tag genießen, nicht Trübsal aufkommen lassen, meinte Inka. Bis morgen früh sei auch noch genügend Zeit, den Schnaps wieder aus den Knochen zu kriegen. Man griff beherzt zu. Inka lächelte, sie lächelt gerne. Sehr gerne. Man solle das Leben doch genießen, sagte sie … mit einer Frau wie Inka bestimmt kein Problem, wenn Sie verstehen?

Die Inka hat es nicht leicht hier, die anderen Frauen trauen ihr nicht über den Weg. Sie sieht aber auch klasse aus. Kecke Figur, alles gut proportioniert. Warum der Karl dann …? Geht mich ja nichts an, fiel mir nur gerade so ein. Verrückt, alles verrückt!

Ich würde mir auch wünschen, meine Anni würde sich mal ein bisschen was bei der Inka abschauen. Kleidung, Make-up, sexy Erscheinung …

Dann, nur eine Minute nachdem Inka mit dem Tablett voll Schnaps rundgegangen war, gab es einen lauten Knall. Darauf folgte ein greller Schrei. Anschließend herrschte Ruhe in der alten Scheune, eine gespenstische Ruhe … Und plötzlich war allen klar, was geschehen war. Mir war das so peinlich. Wirklich! Da hätte ich um ein Haar den Karl auf dem Gewissen gehabt. Am Vorabend der Jagd.

Der Karl hatte Glück gehabt! Nur einen halben Meter neben seinem Kopf war der alte Kronleuchter runtergekommen, einfach so. Hing da schon seit vielen Jahren. Irgendjemand musste das alte Ding damals aufgehängt haben, als der Schuppen renoviert worden war. Ich habe mir nie Gedanken gemacht, dass der Kronleuchter runterfallen könnte. Inka brachte wieder eine Runde Schnaps. Sie lachte ganz grell und aufgekratzt … schien überhaupt nicht erschrocken. Mir saß der Schreck in den Knochen, meinen Schnaps schüttete ich in einem Zug runter.

Gegen neun ist man nach Hause gegangen. Wegen der Jagd. Heute Morgen um halb acht mussten alle an meinem Grundstück sein. Die Treibjagd, man wolle ausgeschlafen sein, sagten die einen … ausgeschlafen und fit, sagten die anderen. Fit für das, was kommen wird … was auch immer das sei. Wer wusste das schon? Waren auch alle pünktlich heute Morgen, die Jäger, die Treiber, perfekt!

Gestern am späten Abend bin ich noch mal die Liste durchgegangen, wen ich wo abstelle, die Anzahl der Treiber, alles schien gut vorbereitet. Ich bin dann auch gegen elf schlafen gegangen. Anni? Die wollte noch etwas fernsehen, war noch nicht müde.

Bürgermeister Karbach

Jetzt ist es also vorbei, aus und vorbei mit dem Karl. Ob ich mich bewegt fühle? Traurig? Wenn ich so in mich hineinhöre? Nein, da ist nicht viel an Regung. Er war nicht einfach, der Karl. Hat sich immer in den Vordergrund gedrängt und versucht, Einfluss zu nehmen durch seine Spenden. Meine Frau, die Simone, scheint das ja sehr mitgenommen zu haben. Ob etwas an den Gerüchten über sie und den Karl dran war? Klar hat mir ein netter Bürger der Gemeinde gesteckt, dass im Dorf der Verdacht die Runde mache, meine Simone und der Karl ... Was soll ich jetzt noch darüber grübeln, der Karl ist tot. Dass meine Simone mir nicht erzählen will, warum der Karl das Grundstück brauchte ... Sie ist doch mit mir verheiratet.

Als die Kommissarin heute an den Tatort kam, ich glaube, ich habe mich gefreut, die Frau Augustin mal wieder zu sehen. War immer nett zu mir. Aber egal, sie ging ja dann immer wieder auf Abstand. Nur komisch, dass sie immer wieder mit dem Journalisten was anfängt ...

Wie die Inka nur die Beerdigung gestalten wird? Ich werde sie am Montag aufsuchen und meine Hilfe anbieten. Das wird sicherlich ein Ereignis ...

Hansen

Gegen Mittag war ich im Büro eingetroffen. Frau Augustin hat mich gleich gerufen. Dachte, jetzt fängt die wieder mit ihrer Moralpredigt an, nichts dergleichen.

»Inka wurde von Grunwald persönlich über den Tod ihres Mannes unterrichtet. Er hatte sie angerufen und Inka geweckt, so ihre Aussage. Es hatte dann noch über eine halbe Stunde gedauert, bis sie vor Ort war«, fing ich an zu berichten.

»Musste sicher erst noch jedes ihrer schönen Haare einzeln kämmen.«

»Sie sind bissig, Frau Augustin.«

»Die Wahrheit aber ist, diese Inka hat kein Alibi.«

Die Kommissarin konnte die Frau nicht leiden, so viel stand fest. Das konnte ich schon am Tatort bemerken. Frauen! Ich teilte ihr dann mit, dass Inka am nächsten Tag gegen zwölf Uhr zu mir ins Büro kommen würde.

»Mit der Frau möchte ich auch sprechen. Sie kann uns viel erzählen. Wer weiß, ob sie tatsächlich noch im Bett gelegen hat. Oder hat sie einen Zeugen?«

»Sie meinen, ob ein anderer Mann zu ihr ins Bett gekrochen kam, nachdem ihr Mann das Haus verlassen hatte?« Meine Stimme klang absichtlich süffisant.

»Sie kann doch auch die Nacht außer Haus verbracht haben.«

»Am besten, Sie stellen der Witwe morgen diese Frage selbst.«

»Und Metzger? Haben Sie was von ihm gehört?«

»Werde mich darum kümmern.« Mit einem Lächeln auf dem Gesicht eilte ich aus dem Büro der Kommissarin, im Flur holte ich tief Luft. Albern das Ganze. Auf mich hat die Inka einen guten Eindruck gemacht. Sicher, sie war nicht die trauernde Witwe im klassischen Sinne, doch das konnte auch niemand erwarten. Jedenfalls nicht, wenn an den Gerüchten vom Karl und der Simone was dran sein sollte.

Eine halbe Stunde später stand die Kommissarin dann wieder vor mir. Sie sagte, sie sei die Liste der Namen durchgegangen, und legte mir ihre Aufteilung zu den Einzelgesprächen für morgen vor. Inka ließ sie auf meiner Liste, das freute mich sehr. Ich verkniff es mir, nach dem Grund zu fragen.

»Ich wollte in das Büro von dem Karl, habe versucht, die Simone, seine Sekretärin, zu erreichen, vergeblich.«

»Gut, ich kann bei ihr vorbeifahren, wenn Sie wünschen.«

»Nein, nicht nötig. Ich versuche Simone später zu erreichen.«

»Wir müssen auch noch abklären, was mit den beiden Jägern ist, die sich wegen Krankheit entschuldigt hatten. Die Namen habe ich hier. Kai Boger und Otto Heime«, sagte Jil Augustin, blickte dabei jedoch gedankenverloren aus meinem Fenster. »Mir ist immer noch ein Rätsel, dass ich nichts von Karbachs Hobby wusste.«

»Das können Sie bereits morgen mit ihm besprechen. Er muss auch zu uns kommen, vielleicht … Egal, lassen wir das. Den Otto Heime kenne ich auch, sehr gut sogar. Wir duzen uns. Otto ist mein Jahrgang, netter Kerl, hilfsbereit. Der andere Name sagt mir nichts.« Jil Augustin drehte sich zu mir um. Ich wusste gleich, was sie wollte. Es ging um Otto. »Was macht dieser Otto beruflich?«

»Er hat Jura studiert, soweit ich weiß, auch die ersten Jahre in einem Notariat in Koblenz gearbeitet, sich dann aber selbstständig gemacht, konnte sich als Notar niederlassen … bis …«

Meine Kommissarin zog mal wieder die Stirn in Falten. »Und das lohnt sich? Hier in der Gegend?« Jil Augustin lehnte sich an die Wand, wirkte nachdenklich.

»Es gab Probleme, er, also der Otto, hat mal einen Fehler gemacht.«

»Muss ich Sie jetzt um jedes Wort bitten?«

»Sie sind launig … aber gut! Er hat angeblich, das war aber auch schon vor meiner Zeit hier, eine Unterschrift gefälscht. Musste dann das Notariat abgeben und hat seither für den Karl gearbeitet.«

»So, so? Dann wird das Gespräch mit ihm sicherlich interessant.«

»Mich hat der Chef von der Kreisbank angerufen«, wechselte ich das Thema. »Der Mord am Karl hat sich in Windeseile hier herumgesprochen, auch in den Nachbarorten.«

Die Kommissarin nickte nur. Dann berichtete ich ihr von den Angaben des Bankchefs darüber, dass der Karl in den letzten Tagen über eine halbe Million Euro erst abgehoben hatte, um sie dann, zwei Tage später, wieder einzuzahlen. Die Kommissarin blinzelte mich an und stand unvermittelt kerzengerade vor mir.

»Das ist eine Überraschung, Hansen. Wir sollten Karls Frau danach befragen.« Dann eilte sie zu meinem Schreibtisch und griff nach meinem Telefon. Die Nummer von Inka lag gut sichtbar neben dem Telefon. Inka hatte mir ihre Handynummer notiert. Unzufrieden legte Frau Augustin etwas später den Hörer wieder auf. »Die trauernde Witwe ist nicht zu erreichen.«

Ich vermied es, etwas zu sagen. Frau Augustin eilte zurück in ihr Büro. »Sie können später auch noch einmal versuchen, die Frau zu erreichen!«

Ich suchte erst einmal die Nummer von Otto heraus.

Inka

Das Gespräch mit Kommissar Hansen hätte ich mir sparen können. Ist ja ein netter Mensch, wirklich, jedoch so … er passt vom Grunde her zu der Kommissarin. Mir war gleich klar, dass er wissen wollte, ob ich einen Zeugen für die Tatzeit habe. Für diese einfache Frage hat er drei Anläufe genommen. Lautes Lachen war meine Antwort.

»Ob ich einen Zeugen habe? Mein Mann lag bis zum Morgen neben mir, wo sollte ich da so schnell einen anderen Mann herzaubern?«, habe ich ihn gefragt. Er räusperte sich. Ist doch wahr! So bin ich jetzt auch nicht drauf. Unsere Ehe hat sich in den letzten Jahren verändert, das ist, so habe ich mal gelesen, normal. Meinem Wunsch, weniger zu arbeiten, mehr mit mir zu unternehmen, hat Karl immer ein Lächeln entgegengesetzt. Natürlich kommt so viel Geld und der Erfolg nicht ohne Mühen, jedoch hatten wir genügend Geld auf unseren Konten, und die Filialen liefen allesamt gut. Für mich stand irgendwann fest, so kann ich nicht mehr weiterleben. Erfolgreich suchte ich mir Alternativen und fand diese im Tennisunterricht und bei diversen Kulturveranstaltungen. Rasch fand ich Anschluss und Gesprächspartner, mein Leben wurde bereichert, und meine Zufriedenheit stellte sich wieder ein. Nur zu Hause, wenn wir so ganz privat waren, der Karl und ich, dann spürte ich eine Leere in mir, die mich ängstigte. Auch gab es Augenblicke, wo ich dachte, er würde mir die Scheidung anbieten, wolle so auch nicht weiterleben. Aber Karl schwieg, leider, wir hätten mehr miteinander reden müssen und … aber jetzt ist die Zeit nicht mehr da, mein Karl tot.

Otto

Was für ein Tag! Der Karl ist tot. Das kann ich noch nicht glauben. Der Karl ist tatsächlich weg, raus aus meinem Leben, ein für alle Mal! Jetzt kann ich mich mit der Inka treffen, wie und wann ich will. Das heißt, besser, wir warten noch etwas mit den Treffen, bis der Karl auch unter der Erde ist … So einem traue ich alles zu … Die Angst vor dem großen Karl weicht erst mit dem Tag der Beerdigung. Ich werde ganz genau hinsehen, wenn der Sargdeckel verschlossen wird. Besser noch, ich schlage der Inka vor, ihn einäschern zu lassen … Weg, ganz weit weg sein soll der Karl. Seine

Asche könnten wir auf dem Meer ausschütten ... Aber auf keinen Fall im Rhein, da habe ich den Karl dann wieder vor Augen. Jeder Spaziergang am Rheinufer würde die Erinnerungen wach werden lassen, nein, danke!

Der Urlaub, die Inka, die Sonne! Es war einfach super! Wie gerne hätte ich dem Karl noch von meiner Affäre mit seiner Frau berichtet und dabei in seine Augen gesehen, die von einem auf den nächsten Moment blutrot unterlaufen konnten, wie bei einem gehetzten Tier ... Sah nie schön aus, wirklich nicht. Viel Scheiß hat der Karl in den letzten Jahren angerichtet. Sich immer wieder als Herr aufgespielt und versucht, alle Fäden in seinen Händen zu halten. Jeder in seinem Umfeld musste nach seiner Pfeife tanzen ... seine Launen, diese aufbrausende Art, diese Arroganz und Selbstherrlichkeit ... Ich muss aufhören damit ... Er ist nun tot, weg, für immer.

Die Verträge für den Verkauf muss ich finden. Die Unterschrift vom Karl habe ich tausendmal gesehen. Für mich wird eine gute Provision rausspringen, wenn ich die Verträge mit einer Unterschrift präsentiere. Muss nur sehen, dass die Simone nicht im Büro ist und etwas bemerkt. Sie wird bestimmt Ärger machen, wenn sie von dem Verkauf der Filialen erfährt ... wird sich aufspielen und sagen, der Karl habe ihr nichts von der Unterschrift gesagt, das könne nicht sein. Aber mal ehrlich, wem wird man glauben? Einer Sekretärin, die dem Gerede nach die Geliebte war, oder einem Juristen?

Heute ist der richtige Tag, um in die Firma zu fahren, wird sich doch keiner dort aufhalten. Jetzt, nach der

Nachricht von Karls Tod, sind bestimmt alle erst mal heimgefahren …

Kai Boger

Jetzt ist er also tot, der Karl. Mein Sohn Roman hat mich angerufen. Genau geschildert hat er mir, wie der Karl zur Strecke gebracht wurde … Ich sollte das nicht denken. Es heißt »ermordet wurde«. Erschossen werden passt aber zu einem wie dem. Schade nur, dass ich nicht dabei war, den Karl nicht daliegen gesehen habe. Der hat viel Unheil gebracht, mir meine Firma genommen, meinem Sohn seine sichere Zukunft verbaut. Der Roman war gerade in meine Firma eingestiegen. Als Juniorchef hat er sich gut gemacht. Es war ja nur für fünf Monate, dann kam der Karl mir in den Weg. Erst war der ganz nett, wirklich. Hat mich und den Roman zum Essen eingeladen, wollte uns kennenlernen. Schließlich sei er, genauso wie wir, hier in der Region etwas Besonderes, ein ganz Großer, so drückte er sich gerne aus. War mir nicht so angenehm, der Karl. Es half aber nichts, der hatte Kontakte, war hier aufgewachsen und vernetzt. Das musste ich am eigenen Leib spüren. Sein Netzwerk funktionierte. Wer den Karl als Gegner hatte, bekam kein Geld mehr von der Bank geliehen, und wenn doch, dann nur zu ganz horrenden Zinssätzen … mein Roman war von Anfang an auf Abstand mit dem Karl. Wollte ihn zuerst auch nicht duzen, sagte absichtlich immer wieder Sie. Das half aber nichts, der Karl lächelte alles weg, was ihm nicht passte. Irgendwann kam der Roman und gab auf, sagte dann Karl und du. Das war's mit der Gegenwehr. Er war auch noch so jung, mein Sohn. Einem wie dem Karl nicht gewachsen.

Ich kann mich noch sehr genau an den Abend erinnern. Es war im Juni vor fünf Jahren. Der Karl stand an meinem Wagen, als ich meine Firma Mangaron verließ. Lächelnd lehnte er an der Beifahrertür. »Wir sollten ein Bier trinken gehen, gibt was zu bereden.«

Was blieb mir anderes übrig, als der Einladung zu folgen. Roman kam kurz nach mir aus der Firma, sah uns nach. Das konnte ich im Rückspiegel erkennen. Habe meinen Sohn noch in der Nacht angerufen, ihn aus dem Bett geholt ... Das, was der Karl mir an dem Abend vorgeschlagen hatte, war ein ... Ohne ausfallend zu werden, finde ich keine Worte für sein Angebot.

Mein Roman hatte zu der Zeit ein Auge auf die Wilma, die Nichte vom Karl, geworfen. Das hatten aber viele der Jungs. Kein Wunder, die Wilma war ein sehr hübsches Geschöpf. »Wenn was aus dem Roman und der Wilma werden soll«, meinte der Karl ... Er betonte die Familienverhältnisse, dass sie seine Nichte sei und er keine Kinder habe.« Eine Verbindung, um es kurz zu sagen, ginge nur über den Verkauf deiner Firma«, sagte der Karl und nahm anschließend einen Schluck Bier. Er schien sich seiner Sache ganz sicher zu sein. Keine persönlichen Regungen zeigte der Mann, einfach nur widerlich ... Ich habe ihn seit diesem Tag angefangen zu ... Egal, jetzt ist er ja tot und die Gerechtigkeit eingetreten. Wem es nun noch was bringt? Keine Ahnung. Für mich und den Roman wird sich nichts mehr ändern. Wäre auch ein Wunder …

Später habe ich noch eine Flasche Wein getrunken und mir das Gespräch immer wieder vor Augen geführt. Mein Sohn war noch in der Nacht zu mir gekommen. Wir haben diskutiert bis in die Morgenstunden … Roman war irgendwann auf dem Sofa eingeschlafen. Ich saß an seinen Füßen und dachte immer noch nach … Meine finanzielle Situation war dem Karl genau bekannt gewesen. Der muss einen Informanten in der Bank haben, dachte ich mir. Klar, ich habe die Firma mit hohen Schulden aufgebaut. Doch sie lief immer besser, und in acht Jahren wären die Schulden abgetragen und Roman und ich saniert gewesen … »Acht Jahre, lange Zeit«, hatte der Karl spöttisch gelacht. Woher er den Zeitraum wusste? Muss die Bank wechseln, sobald ich eine Chance habe, von einer anderen Bank übernommen zu werden, dachte ich mir. Klar, so einen wie den Karl haben die Banken lieber, dem wird die Tür aufgehalten. Ich musste aufpassen, nicht gegen die Tür zu laufen … So sieht's aus!

Meine Firma hat überhaupt keine Verbindung zu Karls Filialen gehabt. Es gab keine Schnittpunkte. Was also will er von mir? überlegte ich. Bin ich ihm zu groß geworden? habe ich mich auch gefragt. Der Schlüssel zu dem Ergebnis war die Wilma. Ob sie davon gewusst hat, was der Karl vorhatte? Die Wilma war am Studieren. BWL, genau wie Jahre zuvor mein Roman. Karl dachte doch tatsächlich, mit seinem Geld könne er mal eben eine gut geführte Firma kaufen für die Wilma, seine Nichte. Was aus meinem Roman werden sollte, war ihm egal, das gab er auch ganz offen zu.

»Wenn er lieb zu der Wilma ist, kann er in der Firma bleiben, und wenn sie sich verliebt, werde ich gegen eine Hochzeit nichts einzuwenden haben, das ist doch ein Angebot.«

Fakt war aber, die Wilma hatte keine feste Beziehung zu meinem Roman. Die waren mal spazieren, sind zusammen einen Wein trinken, mehr auch nicht. Wilma war sehr zurückhaltend mit jungen Männern …

Anni Grunwald

Eine Aufregung war das heute Morgen. Erst der Regen, da hatte ich schon zu meinem Markus gesagt: »Heute kommt was auf uns zu.« Gelacht hatte er nur und gemeint: »Das Wetter kann ich nicht beeinflussen, ansonsten habe ich alles organisiert. Du wirst staunen, Anni!« Das hatte er gesagt.

Und all das schöne Essen war doch schon bestellt. Keiner wollte mehr bleiben. Ich hatte ja versucht, das Abendessen zu thematisieren, mir war dann aber schnell bewusst geworden, dass ich damit nicht punkten konnte. Es war einfach der falsche Zeitpunkt. Schade, wirklich. Ich musste also einfrieren, was in meine Truhe passte. Vielleicht kann ich am Abend mal rumfahren und etwas von den Resten verteilen. Der

Hunger kommt bei den Lebenden doch wieder, nur der Karl bleibt tot. So oder so …

»Und die Inka?«, hatte ich meinem Markus ins Ohr gesagt. »Die hat nicht wirklich wie eine trauernde Ehefrau ausgesehen. Genau beobachtet haben wir die, nur Augen für den Kommissar hat sie gehabt. Selbst beim Abtransport von Karls Leiche hat sie noch gelacht, das Biest!« Mein Mann ging nicht auf meine Vorwürfe ein.

Richtig sauer war ich über Inkas Verhalten, das gehörte sich nicht. Ich hatte doch schon lange geahnt, dass die Inka nicht hierher und zu uns passt. Die soll lieber mal wieder in die Stadt ziehen.

Kann sein, dass ich mit den Jahren etwas spießig geworden bin. Na ja, ich hatte mich nie wirklich getraut, mal etwas zu riskieren, über den Tellerrand hinauszuschauen … Habe immer Angst vor der Konsequenz, dem Morgen danach … War das ein Fehler? Einmal, ein einziges Mal war ich etwas ausgebrochen aus meinem kleinen Käfig, meinem Reich, das ich wiederum auch zum Leben brauche. War schön, ich denke noch oft daran zurück, und ich habe auch schon oft versucht, es in der Kirche zu beichten … Ging aber doch nicht, der Pfarrer kennt mich und meinen Markus, die Familie ist doch hier nicht unbekannt … Das muss ich mit mir selbst ausmachen. Trotzdem, so wie die Inka war ich nie, wirklich, die ist eine ganz Durchtriebene, das sehe ich!

Metzger

Nach der Jagd habe ich mich in mein Büro verzogen, wollte nachdenken. Ich war nicht weit von dem Karl entfernt, versuchte, mich an alles und jeden zu erinnern, und fertigte eine Liste mit den Namen an, die ich kannte. So wie der Ablauf an dem Morgen war, konnte nur einer der Treiber in der Lage gewesen sein, den Karl zu ermorden. Oder aber ein Fremder hat sich unter die Gruppe gemischt? Kann sein. Durch den Regen hatten alle Mützen oder Kapuzen auf. Komisch ist nur für mich, die reden doch miteinander, sehen sich in die Gesichter, dabei muss doch auffallen, ob ein Fremder anwesend ist. Auf der anderen Seite, der Grunwald hat nicht genügend Treiber in der Region gefunden und, so wurde mir berichtet, noch vier oder fünf von auswärts gebeten zu helfen. Werde der Kommissarin den Vorschlag machen, sich mit jedem einzeln zu unterhalten und später ein gemeinsames Treffen mit allen Treibern zu organisieren. Das könnte Aufschluss bringen. Das Motiv kann ich nicht finden, sosehr ich auch grüble. Gut, der Karl war, so wie er war, für viele ein Arsch. Trotzdem, davon gibt es überall welche, und wir müssten dann täglich einen Mord haben. Das ist zu wenig, es muss einen anderen Grund gegeben haben, weshalb der Karl erschossen wurde. Kann auch nur jemand infrage kommen, der Zugang zu einer Pistole hat. Hoffe doch mal, alle Beteiligten haben immer ihre Waffen ordentlich unter Verschluss, nicht, dass auch noch Angehörige Zugang haben. In dem Fall ist der Kreis noch größer zu ziehen. Vielleicht hat einer mal mit seiner Frau

Schießübungen gemacht? Ist verboten, aber ausschließen will ich das nicht …

Zu dem geplanten Einstieg in den Flughafen Hahn sehe ich keine Verbindung … Bisher weiß ich auch nur von dem Gerede in der Kneipe davon. Der Karl hat mir gegenüber nichts davon erwähnt. Kann mich nicht mal erinnern, wer davon angefangen hat zu reden … Mein Kopf tut weh, ist doch alles viel gewesen heute. Wie es den anderen wohl geht? Ich sollte doch etwas abgehärteter sein, als Polizist. Ist aber auch komisch, einen Bekannten daliegen zu sehen, hingerichtet. Der Karl hat in der Firma bestimmt ein hartes Regiment geführt. Daran kann es aber auch nicht gelegen haben. Der Verkauf … Wenn das Gerede stimmt, dann wollte er seine Filialen verkaufen … Ob ich der Kommissarin davon erzählen soll? Damals diese Geschichte mit Mangaron. Auf der anderen Seite bringe ich dann womöglich den Kai und den Roman Boger in die Schusslinie. Die haben es nicht leicht gehabt in den vergangenen Jahren, und warum sollte sich jetzt, nach so langer Zeit, einer von denen an dem Karl rächen?

Wir werden automatisch das Alibi von Kai Boger überprüfen und den Waffenschein von ihm und Roman. Sollten Unregelmäßigkeiten auftauchen, kann ich immer noch die Kommissarin über die Geschehnisse von damals informieren.

Klar, ich fühle mich etwas beschissen, der Kommissarin gegenüber zu schweigen. Es sind aber Freunde von mir. Außerdem kam sie heute mit dem Journalisten in den Wald, der war bestimmt die ganze Nacht bei ihr … Klar, wohnt ja auch immer mal wieder für einige Wochen mit ihr zusammen. Immer so lange, bis es ihm zu eng wird mit der Kommissarin. Dann lässt sie wieder den Kopf hängen, und ich muss aufpassen, nur kein falsches Wort zu sagen … Obwohl, ehrlich gesagt, freue ich mich auch jedes Mal darüber, lade sie dann zum Spazieren ein … Zu mehr hat sie sich noch nicht verleiten lassen. Der smarte Manfred Luck hat es immer wieder geschafft, aktuell zu werden, bevor die Kommissarin sich mal gehen ließ, schade!

Sollte weniger an diesen Journalisten denken. Der Kai und sein Sohn Roman sind wichtiger, jetzt. Wenn rauskommt, dass ich die Polizei erst auf ihre Spur gebracht habe, bin ich unten durch und brauch mich nirgends mehr sehen zu lassen … Ein Mist ist das!

Manfred Luck

Es ist schon verrückt, was hier abgeht … Dachte, ich lebe in einem Dorf. Okay, die Gegend ist im Sommer von Touris übersät, aber trotzdem … Im Augenblick geht hier mehr ab als in Hamburg. Den Karl hat doch jeder hier gekannt. Tot, einfach so tot. Nein, so einfach dann auch nicht … Der ist doch tot auf seinem Erdsitz gefunden worden. Jeder hier in der Gegend hat den Karl gekannt. Beliebt? Ob der Karl beliebt war? Das ist schwer zu sagen. Er hat überall seine Finger im Spiel gehabt, der Karl. Wer so erfolgreich ist, hat natürlich auch Neider. Muss mich heute echt zwingen, den

Artikel zu Ende zu schreiben, nach dem Anblick seiner Leiche. Wie der aussah, echt schrecklich. Er wurde in den Kopf getroffen, mitten auf die Stirn. Ich wollte nur schnell ein Foto machen und weg. Ich war noch verabredet bei der Wurschtbud, direkt neben unserem Schwimmbad. Das ist für Junggesellen, wie ich einer bin, eine gute Anlaufstelle. Der Appetit war mir aber gründlich vergangen.

Karls Körper war leicht zur Seite gerutscht und fand Halt an einem Baum. Von weitem sah es aus, als ruhe der Karl, als wäre er ganz friedlich eingeschlummert … Nur das Blut, das sich über seinem Gesicht verbreitet hat, trübte diesen Eindruck und holte mich jäh in die Gegenwart zurück. Mitten in unserer kleinen Rheinidylle muss es jemanden geben, der den Karl gehasst hat. Ob der Karl zwielichtige Geschäfte getätigt hat? Werde mal bei seiner Sekretärin, der Simone, vorbeigehen. Sie war auch ganz blass, als sie den Karl so daliegen sah. Ob doch was dran ist an dem Gerücht, die beiden seien sich nähergekommen? Kann mir aber auch eigentlich egal sein. Bin wohl noch hin und her gerissen von dem Anblick. Doktor Gemmel, der Pathologe, hat mir gegenüber erwähnt, dass der Karl mit einem Vollmantelgeschoss erschossen worden sei. Mir hat sein Anblick gereicht. Die Vorstellung, er wäre mit einem Halbmantelgeschoss … Nein, bitte nicht! Dann wäre von seinem Kopf nicht viel übrig geblieben, und meine Currywurst hätte wohl noch Wochen auf mich warten müssen.

Meine Jil war ganz süß, jedenfalls hat sie keine Umstände gemacht und mich mit zum Tatort genommen. Glaube, meine Kommissarin liebt mich wirklich … und ich? Das ist echt kompliziert jetzt. Ich mag die Jil, sie ist so … so … Keine Ahnung. Echt. Ich mag den Sex mit Jil, Punkt. Es gibt auch diese Situationen wie heute. Sie war lieb, und das gefällt mir. Doch es gibt auch die Tage, an denen nervt Jil einfach. Sie hat dann nur ihre Arbeit im Kopf, nichts anderes außer ihrer Arbeit. Bin echt mal gespannt, wie es jetzt weitergeht nach dem Tod vom Karl. Ob die Jil nun wieder Nachtschichten einlegen wird? Es ist nicht immer so einfach mit ihr … und mit mir? Meine Mutter hat doch mal gesagt, sie wäre froh, wenn ich der Jil einen Heiratsantrag machen und endlich für Enkelkinder sorgen würde.

Ich und Vater? Nee, das ist noch nicht. Echt, ich bin zwar mit meinen neunundvierzig Jahren im besten Alter, doch … Mal ehrlich, muss ich mir das antun? Windeln wechseln? Schlaflose Nächte und ein Leben voller Verantwortung? Ich? Nee, das bin ich einfach nicht. Macht mir auch Angst der Gedanke. Ehrlich, ich brauch da noch etwas Zeit. Jil sieht das hoffentlich auch so. Wir reden nicht darüber, ist auch besser so. Meiner Mutter habe ich gesagt, es müssen sich nicht alle Menschen vererben … Nicht dass ich mich nicht für einen Mann halte, der geeignet wäre, kräftige und gesunde Kinder zu zeugen …

Elke sieht das auch so. Elke … Ja, das war was! Beinahe wären Jil und ich für immer getrennt geblieben. Mit der Elke, das war … Ja, was war es eigentlich? Liebe? Nein, nicht wirklich, mehr eine Zeit der Überbrückung, um die Einsamkeit zu vertreiben, um guten Sex zu haben und zu spüren, dass man lebt. Mit meiner

Jil kann ich darüber nicht reden. Sie versteht das nicht. Obwohl, beim Sex ist sie nicht gerade zimperlich …

Muss aber jetzt wieder an den Karl denken und meinen Bericht für morgen schreiben. Karl! Zwei Tassen Kaffee lang sitze ich schon über dem Bericht und komme nicht wirklich weiter. Das Bild, wie der Karl da so an dem Baum lag, angelehnt, mit friedvollem Blick. Tot! Ende, aus, vorbei! Puh, wenn ich jetzt schon gehen müsste, was würde ich am meisten vermissen? … Ein gutes Bier, Sex, Spaß eben … das ist für mich das Leben!

Verrückt! Was mir einfällt, kann ich auch nicht zu Papier bringen. Immerhin kann ich wieder lachen, das tut gut.

Ich sollte was darüber schreiben, wie großzügig der Karl der Kirche und der Gemeinde gegenüber war, das kommt immer an. Der Mörder? Irgendjemand muss den Karl ja auf dem Gewissen haben. Möchte zu gerne erfahren, wer … Ach, dieses Rätsel löst Jil in den nächsten Tagen auf. Da kann ich noch so lange darüber nachdenken, wie ich will … Jetzt muss ich aber etwas über den Karl schreiben. So ganz nett war er auch nicht immer. Man soll ja über Tote nicht schlecht reden, aber … der Karl war in Geschäften brutal. Konnte, wenn er ein Ziel verfolgte, über Leichen gehen, wenn ich das mal so formulieren darf. Da fällt mir gleich Mangaron ein. Zum Feind wollte ich den nicht haben, geht ja auch nicht mehr, jetzt ist er tot … Mir fallen direkt noch ein paar Geschichten über den Karl ein. Er soll an dem Grundstück am Ende vom Ort interessiert gewesen sein. Einige Leute meinten, das habe er bereits gekauft. Getratscht wurde viel. Müsste der Bürgermeister aber wissen. Mit dem Karbach sollte ich mal ein Bier trinken gehen. Es wurde auch gemunkelt, er wolle den Nutzungsplan ändern, der Bürgermeister, zugunsten vom Karl. Um den Neubau einer weiteren Filiale ging es sicherlich nicht. Ob etwas an den Gerüchten dran ist, er habe in den Flughafen Hahn investiert? Vielleicht wollte sich der Karl einen Hubschrauberlandeplatz hier im Ort bauen? Zugetraut hätte ich es ihm. Ist aber Quatsch, der hat rund um sein Haus genug freie Flächen. Wenn er nur das gewollt hätte, einen Hubschrauberlandeplatz hätte er dort genehmigt bekommen. Es muss aber einen Grund für seine Ermordung gegeben haben. Falls an den Gerüchten um den Flughafenkauf ein Fünkchen Wahrheit ist, kann es sicherlich nichts mit dem Mord zu tun haben. Das kann ich mir auf keinen Fall vorstellen. Im Gegenteil, es muss mehr in der Vergangenheit liegen, oder ist Bürgermeister Karbach dahintergekommen, dass seine Simone ein Verhältnis mit dem Karl hat? Karbach ein Mörder? Das passt so überhaupt nicht. Der ist mehr so der smarte Typ. Wer weiß, ob das stimmt mit der Simone und dem Karl, vielleicht auch noch Dorftratsch … und wer war der Mann, der heute Morgen ebenfalls Fotos von der Leiche machte? Werde Jil heute Abend fragen. Sie muss das ja wissen. Dann brauche ich auch unbedingt die Liste der teilnehmenden Jäger und Treiber. Ob ich auch herausfinden soll, welche Frauen heute Morgen anwesend waren zum Helfen? Komisch, jedes Mal, wenn Jil einen Mord aufzuklären hat, fange ich auch an, auf Mördersuche zu gehen. Mist, jetzt habe ich mir den Kaffee auf die Hose geschüttet. So bekomme ich meinen Bericht für morgen nicht fertig, und zum Friseur will ich auch noch.

Wie meine Jil die Bilder der Leichen stets so gut wegsteckt, ist mir ein Rätsel. Hat sich im Wald, nachdem sie den Karl da so hat liegen sehen, ein Stück Kuchen in den Mund gesteckt … Die Anni, die Frau von Markus Grunwald, ist mit einem Tablett herumgelaufen, außer Jil hat aber niemand zugegriffen. Meine Jil … härter, als man denkt.

Das Gezeter, das ich hier um den kleinen Artikel anstelle, ist absurd. Ich schreibe einfach, dass der Karl viel für die Region getan hat, Arbeitsplätze geschaffen, soziale Einrichtungen mit großzügigen Spenden bedacht hat und immer ein offenes Ohr für die Anliegen der Bürger hatte … Obwohl, das ist schon eine ganz große Lüge … Glaube, der Karl war nicht der Typ, den man mal eben in der Kneipe ansprechen durfte … Egal, er ist tot, und ich muss meine Arbeit machen. Kann ja den letzten Satz etwas zweideutig formulieren, das sollte passen …

Sonntag, 15. Oktober

Jil Augustin

Gestern der Tag war hart. Ich habe mir heute den Wecker extra auf sechs Uhr gestellt. Will unbedingt noch eine Runde joggen gehen. Manfred schläft noch. Wie gerne ich ihn sehe, rieche. Für nächstes Wochenende hat Elke zu einer Hausparty geladen. Die Einladung habe ich Freitag aus meinem Briefkasten gezogen. Eigentlich war mein erster Gedanke, die kann mich mal gern haben. Doch dann … immerhin kennen wir uns schon seit einigen Jahren und haben auch viel gemeinsam erlebt. Nur die Geschichte mit meinem Manfred … ist er überhaupt mein Manfred? Irgendwie nervt mich der Status meiner Beziehung, dieses Hin und Her der Gefühle. Meine Mutter hat mir vorgehalten, ich sei selbst daran schuld und wolle so um die Verantwortung, Mutter zu werden, herumkommen. Natürlich habe ich darüber nachgedacht, wenn auch nicht mit Freude. Meine Mutter ist eine Frau, die eigentlich nach Berlin gehört, nicht aber in eine so friedliche Region, wie ich sie hier erlebe. Warum konnte ich nicht Mutters Temperament erben? Vielleicht, wenn ich mal selbst ein Kind … mit Manfred? Ob er ein guter Vater wäre? Ich darf nicht an das Chaos denken. Manfred räumt schon nie auf, immer bleibt alles an mir hängen. Auch nur eine Ausrede vor der Verantwortung, meint Mutter. Bestimmt fängt sie beim nächsten Besuch wieder davon an. Seit zwei Tagen gehe ich nicht ans Telefon, wenn ich ihre Nummer auf dem Display sehe. Mein Leben ist gut, basta! Wo bleibt die Zufriedenheit, wenn jeder nur meckert? Das habe ich sie beim letzten Treffen gefragt. Sie ging daraufhin beleidigt zurück in ihr kleines Atelier und fing an zu malen. In einem Monat ist die neue Ausstellung in der Kreisbank. Bürgermeister Karbach will die Einführungsrede halten. Hoffe mal, meine Mutter stellt nicht wieder nur Aktbilder aus. Obwohl, warum nicht? Irgendwie scheine ich wirklich spießiger als meine eigene Mutter zu sein.

Elke! Was soll ich jetzt tun? Wenn ich dauerhaft jedem, der mich mal geärgert hat, aus dem Weg gehe, bin ich bald alleine unterwegs. Wie langweilig! Mein Kopf ist so voll mit privaten Problemen, da hilft nur eins: Joggen!

Beim Anziehen meiner Turnschuhe, der kurzen Sporthose und dem ausgewaschenen Shirt steigt meine Stimmung. Das tut gut. Automatisch greife ich nach dem Haarband, lege es aber mit einem Seufzer zur Seite. Die Haare sind ab. So ganz kann ich mich nicht daran gewöhnen. Manfred findet es praktisch, so sei auch das Badezimmer schneller frei. Praktisch … heißt das, ich bin jetzt attraktiver oder nur praktischer? Was will ich überhaupt sein? Quadratisch, praktisch, gut, erinnert mich an Schokoladenwerbung. Aber ist Schokolade nicht purer Genuss, die reine Verführung? Oder nur unnötige Kalorien? Ich kann es nicht sein lassen, immer alles von mehreren Seiten zu betrachten. Leider, das macht mir meine Partnerschaft und mein Leben nicht leichter. Immer noch in Gedanken binde ich meine Turnschuhe etwas fester, um besser Halt zu haben. Kaum dass ich unsere Wohnung verlassen habe, peile ich das Rheinufer an. Nach den ersten beiden Kilometern spüre ich, dass meine Atmung hektischer wird. Mir fehlt die Übung. Oder fängt so das Alter an, von dem Mutter immer spricht? Quatsch! Lydia, also Mutter, sieht doch mit ihren achtundsechzig Jahren einfach toll aus. Und ruhig und langweilig passt so wenig zu ihr wie Dauerregen auf Teneriffa.

»Du?«, höre ich plötzlich eine Stimme hinter mir. Ich bleibe stehen und drehe mich um. Elke, ausgerechnet sie, steht mir gegenüber. Ist auch am Joggen.

»Wir haben also immer noch die gleiche Lieblingsstrecke.« Sie lächelt mich an. Elke sieht gut aus, leicht gebräunt. Sehr schnell erfahre ich von ihrem Trip nach Malta, Sprachreise versteht sich. Das hatte ich auch immer mal vor, eigentlich wollte ich immer mit Elke zusammen reisen. Dann kam uns Manfred in die Quere.

»Sonst alles gut bei dir? Ich meine euch?«

»Was soll die Frage? Willst du wissen, ob ich noch mit Manfred zusammen bin?« Meine Stimme ist barsch, ich gehe einen Schritt zurück. Auf Abstand.

»Wir leben in einer Gegend, wo sich das herumgesprochen hätte, Jil. Nein, ehrlich, ich habe dich vermisst. Die lustigen Ausflüge, bummeln gehen, Eis essen, Spaß haben.«

»Du hattest Spaß mit meinem Freund.«

Das saß, Elke holt tief Luft. »Es war ... wir haben ja nie richtig gesprochen, du und ich. Irgendwie hatte ich den Eindruck, du gehst mir aus dem Weg seit ... seit deiner Geburtstagsparty.«

»Und das kannst du nicht verstehen? Nein? Soll ich vielleicht ...?« Es ergibt keinen Sinn. Das ganze Theater mitten am Rheinufer. Trotzdem, es ist doch mein Leben, meine Gefühlswelt, und wenn ich ...

»Kommst du am nächsten Wochenende?« Elke durchbricht meine Gedanken. Automatisch nicke ich. Verrückt! Eigentlich zögerte ich noch. Und Manfred? Soll ich mit ihm tatsächlich zu einer Party bei Elke gehen? Ist das nicht ...?

Wir joggen dann zusammen weiter, mit einem Mal ist es wie früher. Wir lachen miteinander über dieselben Dinge. Ganz belanglos und unwichtig, aber es tut gut, richtig gut, wieder mit meiner Freundin zu lachen. Wie sehr hatte ich Elke im Alltag vermisst. Trotzdem, die Sache mit Manfred sitzt wie ein Stachel in meinem Herzen. Ob ich Elke jemals wieder ganz vertrauen kann?

»Uns bringt keiner mehr auseinander. Schon gar kein Mann«, tönt Elke in diesem Moment. Mir fehlen die Worte, ich schenke ihr nur einen fragenden Blick und bleibe für einen Moment stehen. Elke läuft weiter, dreht sich nach wenigen Schritten noch mal zu mir um, winkt. Rasch bin ich wieder an ihrer Seite. Als wir durch die Marienstraße laufen, kommt uns Bürgermeister Karbach in seinem Wagen entgegen. Er winkt uns zu, wirkt überrascht, er wusste von Elke und Manfreds Affäre.

»Dass der so schnell geheiratet hat«, keucht Elke. Sie scheint auch etwas aus der Übung zu sein.

»Die Simone passt nicht zu ihm.« Ich bleibe erneut stehen. »Für heute habe ich genug Sport. Ich kürze ab und laufe über den Feldweg zu meiner Wohnung. Mach es gut.«

»Wir sehen uns dann bei meiner Party«, ruft Elke mir nach.

Keine zehn Minuten später stehe ich unter meiner Dusche, völlig zufrieden. Ich singe sogar. Vielleicht wird ja doch wieder alles gut, mit Elke und mir. Manfred werde ich trotzdem erst einmal von Elke fernhalten. Nein, nicht aus Angst, nicht aus Eifersucht, nur so … Doch wenn ich ehrlich bin, habe ich doch Angst davor, dass die beiden sich wieder sehen. Ob da noch was in der Luft liegt?

Stefan

In meiner Laufbahn habe ich so eine Jagd noch nicht erleben müssen, zum Glück! Bin ja nicht von der zimperlichen Sorte, ehrlich nicht. So schnell haut mich nichts um. Einen Menschen erschossen zu seinen Füßen liegen zu sehen, das hat schon einen besonderen Nachgeschmack, das vergisst du nicht so schnell. Am Morgen hab ich dem Karl noch Waidmannsheil gewünscht. Er hat mir ins Gesicht gelacht und gemeint, ich solle mal abwarten, heute sei sein Glückstag, das habe er im Blut.

Kam dann ja anders für den Karl. Ein Chaos war das, auch die Polizei hat ein Durcheinander gemacht. Zuerst war der Hansen vor Ort, die Kommissarin kam erst später, mit dem Journalisten. Ist aber nichts Neues, die wohnt ja hier im Ort. Hoffe nicht, dass der Manfred Luck einen negativen Bericht über die Jagd oder den Besitz von Waffen schreibt. Das erlebt man doch oft, wenn so was passiert.

Nachgedacht habe ich, wer mit dem Karl wie im Kontakt stand ... Er hatte nicht viele Freunde hier gehabt, der Karl. Zu mir war der eigentlich immer nett, das wunderte mich ... Habe mich oft gefragt, warum er ausgerechnet mit mir klargekommen ist. Mein Chef, der Markus Grunwald, hat sich das dann auch zu Nutzen gemacht und mich zu dem Karl geschickt, wenn was Jagdliches zu besprechen war. Musste ihn dann immer entschuldigen. Mal wegen Durchfall, Grippe, Frau erkrankt, Unfall, zu dem er als Arzt gerufen wurde, immer fiel mir was ein. Ob der Karl das gemerkt hat? Habe mich das oft gefragt. Denke mal ja, der Mann war nicht dumm. Bürgermeister Karbach hat sich auch kein Bein für den Karl ausgerissen. Bei unseren Jägerstammtischen hat der sich immer besonders lange aufgehalten, wenn der Karl mal gefehlt hat. Sobald der Karl anwesend war, kam sowieso kaum einer zu Wort. Da hat sich der Bürgermeister immer weggemacht ... Um eine Ausrede war der nie verlegen. Auch der Kai Boger ging dem Karl aus dem Weg. War ja verständlich, nach der alten Geschichte. Hat jeder mitbekommen, wie es gelaufen ist ... Nun ja, es wurde geredet ... Wie so oft. Ob tatsächlich alles stimmt? Keine Ahnung. Damals fand ich es hart. Mit dem Karl habe ich nie darüber gesprochen. Angst? Ich? Vielleicht, ja … vielleicht. Wer legt sich freiwillig mit einem Mann an, der alles in den Händen hat? Ich wollte noch ein Haus bauen und brauchte Geld von der Bank. Der Karl hätte mir auch geholfen, einen guten Zinssatz zu bekommen …

Das Gerede um Mangaron hielt sich lange, so lange, bis der Kai Boger und sein Sohn, der Roman, aufgaben und unsere Idylle am Rhein verließen. Mein Chef, der Markus Grunwald, hat immer den Kontakt zu den beiden gehalten und auch darauf bestanden, dass beide eine Einladung zu seiner Jagd und zu dem Jägerstammtisch erhielten.

Vor dem Karl haben sicherlich die meisten hier Angst gehabt … Er wusste auch alles, hatte immer Informanten, die ihm den neusten Tratsch zutrugen, und wenn er konnte, machte er sich diese Informationen zu Nutze. So wie die Übernahme von Mangaron auch nur durch interne Infos zustande kam. Zu Anfang wollten viele dagegen intervenieren, was ihnen aber nicht gelang. Mit den Jahren wurde die alte Geschichte vergessen, die Zeit ging weiter. Die Leute akzeptierten schnell, dass nun der Karl auch noch Arbeitgeber bei Mangaron war. Nur das mit der Wilma klappte nicht so, wie er wollte. Ihr konnte der Karl nie wirklich seinen Willen aufdrängen. Sie hatte sicherlich den gleichen Dickkopf wie ihr Onkel. Und dann, wenn man alles von damals, was erzählt wurde, glauben soll, war der Karl etwas zu weit gegangen mit seinen Einmischungen in ihr Leben. Diese Geschichte mit … Ach, alles so lange her … Sage ja, der Karl hat sich mit vielen Leuten angelegt und versucht, ihr Leben zu bestimmen. Jetzt ist die Wilma beim Pfarrer am Arbeiten. Da haben ja auch viele darüber geredet und gelästert … Die hübsche junge Wilma im Pfarrhaus … So ist es nun mal. In den letzten Jahren hat sie sich von dem Karl ferngehalten, die Wilma. Glaube, die kam auch mit der Inka nicht so aus. Wird vielleicht auch andere Gründe gegeben haben, von denen ich nichts erfahren habe. Egal … jetzt ist der Karl tot, und in wenigen Tagen wird hier wieder jeder seiner Arbeit nachgehen, auch ohne den Karl. Nur eines weiß ich, im nächsten Jahr bei Grunwalds Jagd werden alle noch einmal an den Karl denken, wie er so dalag, erschossen.

Glaube, der Karl hat der Kirche nur so viel gespendet, weil er seine Wilma zurückgewinnen wollte, für die Firma. Ich wunderte mich oft über diese Spenden. Der Karl war im Geschäftsleben so kalt und berechnend. Ging es aber um seine Nichte, die Wilma, dann konnte er Gefühle zeigen. Kann auch kaum einer verstehen, warum die damals dem Karl den Rücken gekehrt hat, von heute auf morgen. Es gibt andere junge Leute, die wären dankbar für so einen Einstieg in die Unabhängigkeit und die finanzielle Sicherheit.

Na ja, den Pfarrer werden die Spenden erfreut haben, so geht's nun mal, dem einen sein Leid, dem anderen seine Freud.

Was einem alles so durch den Kopf geht? Der Karl ist jetzt fort, ausgeschaltet, erschossen … Der kann nicht mehr über die Firma oder Privates nachdenken … haut einen doch um, so ein Mord.

Was war das für ein Spektakel. Dank Handy ist niemand verletzt worden. Sind mit einem Mal alle so hektisch gewesen die Jäger, wollten gleich von ihren Ständen abgeholt werden. Würde doch so ein Verrückter hier sein Unwesen treiben und Jäger erschießen. Nur die Älteren haben Ruhe gehalten, die nehmen kein Handy mit zur Jagd und haben erst mal nichts mitbekommen. War dann aber auch gefährlich für mich, an die ranzukommen ... Wollte nicht so enden wie der Karl mit einer Kugel im Körper. Wie gesagt, alle Jäger, die wir über ihr Handy informieren konnten, waren leicht wieder am Stand abzuholen. Bei den anderen hatte ich mich durch lautes Rufen bemerkbar gemacht. Einige haben mich für durchgeknallt gehalten. Wer macht das auch schon? Die Jäger waren mal gerade eine halbe Stunde abgestellt, und schon kam einer daher und machte Krach, das ging gar nicht. Gut, glaube, die meisten haben an meinem Gesicht gesehen, dass was passiert war. »Der Karl ist tot«, hatte ich dann gesagt, und es herrschte Ruhe. Etwas später erklärte ich, dass er erschossen wurde. Das war eine Aufregung! Wollten die wenigsten auch glauben. »Ein Jagdunfall?«, war dann die erste Frage.

Schon alles verrückt, am Freitagabend hat die Frau vom Karl noch alle mit ihrem Charme erfreut, jedenfalls die Männerwelt. Schnaps hat sie gereicht, jetzt ist es aus mit lustig. War schon makaber zuzusehen, wie der Karl dann in dem Zinksarg abtransportiert wurde. Fast wäre der Abtransport des Sargs zu einem Fiasko geworden. Die Erde war durch den Regen aufgeweicht: Einer der Träger kam ins Rutschen. Ging dann aber doch noch gut, und der Sarg konnte ohne Zwischenfälle bis zum Wagen getragen werden. Zwei von unseren Jungjägern hatten spontan mit angepackt und den Leichenträgern geholfen. Ist auch so ein Job, Leichen einsammeln ... Nee, dann habe ich es doch besser. Aber diesem Doktor Gemmel sein Job möchte ich auch nicht haben. Der schneidet die Leute ja noch auf ... Hat auf mich auch so einen kalten Eindruck gemacht, der Mann. Da half auch sein sonnengebräuntes Gesicht nicht, darüber hinwegzutäuschen.

»Ich«

Mir geht es jetzt gut, richtig gut. Es ist vollbracht, oder soll ich sagen vollstreckt? Das stimmt mich freudig, fühle mich fast wieder wie mit fünfzehn. Da wollte mir mal jemand eine Cola wegnehmen. Das fand ich nicht gut, überhaupt nicht gut. Okay, ich hätte den Jungen nicht direkt so verprügeln müssen, dass er ins Krankenhaus kam ... Möchte am liebsten heute Nacht durchmachen, leben, das Leben genießen!!! Wie das klingt ... das Leben genießen! Der Karl steht mir nicht mehr im Weg, der nicht ...

Der Regen war nicht gerade hilfreich, dachte schon, ich würde mein Ziel verfehlen. Das gab es noch nicht, jedenfalls nicht beim Karl. Er ... ja! Er, der große Jäger, Jagdkönig 2008, 2009, 2010, 2011, 2012 und ... TOD! Aus, aus und vorbei, dank mir! Ich bin heute der Sieger, ich bin der Gewinner und vielleicht auch im nächsten Jahr schon …

Wie klug ich bin, gefährlich und schlau! Tagelang habe ich mir Gedanken darüber gemacht, über sein Ende … Jagdkönig Karl ist erschossen … der Jagdkönig wurde zur Beute.

Mensch, war das ein Sauwetter, nur Regen, den ganzen Morgen über. Fast wäre ich zu spät zu dem Treffpunkt gekommen. Großer Bahnhof bei der Jagd. Alles, was Rang und Namen hatte, war da. Arschkriecher, jedenfalls die meisten von denen.

Man sollte nicht so viel erwarten, das Leben birgt oft Überraschungen. Bin ich nicht poetisch? Überraschungen, ja, so wie den Tod vom Karl. Man soll nicht schlecht über die Toten reden, der Karl hat es aber verdient … Jetzt lache ich, ich bin endlich am Drücker … Auch das passt, wenn man bedenkt, wie ich dem Karl zur letzten Ruhe verholfen habe … Oh, meine Freude fängt an überhandzunehmen. Ich werde mir heute einen guten Schluck gönnen … Morgen, morgen kann ich weiter arbeiten, aber erst morgen … Heute spüre ich die Lust am Leben, die pure Lust!!!

Meine Schuhe sind schmutzig, meine Kleidung voll Matsch. Egal, jedenfalls heute … Morgen ist ja auch noch ein Tag … Es hat sich gelohnt, jedenfalls für mich. Keiner hat von mir Notiz genommen, alle waren wegen des Regens in Sorge. Puh! Wie kleine Kinder. Mir hat der Regen nichts ausgemacht … hat mir wahrscheinlich geholfen … Bin also doch ein Glückskind, ein Geliebter des Herrn … So soll man nicht denken, das kann Unheil hervorrufen. Was denke ich bloß? Ich hole mir jetzt, was mir zusteht ... auf Umwegen zwar und mit einigen Unannehmlichkeiten, aber egal! Ich bekomme, was mir zusteht. Mit dem Tod vom Karl ist der erste Schritt in Richtung meines neuen Lebens gemacht ... Mir geht es gut, sehr gut ... Die schmutzigen Kleider und Schuhe, ich kann sie nicht hier liegen lassen, wenn die jemand findet oder sieht? ... Morgen, morgen ist doch auch noch ein Tag ...

Klaus Meis

Das Leben scheint mich wieder lieb gewonnen zu haben, mich zu küssen ... das Glück scheint mir hold, und ich ergreife die Chance ... Schade nur, wirklich schade, der Tod vom Karl. Das Geld hat mir gut getan. Der erste Abschlag ist geflossen, jetzt muss ich sehen, wer die zweite Rate begleicht. Wenn ich etwas über den Mord herausfinde ... Musste ausgerechnet heute jemand den Karl ermorden? So einen Auftrag bekomme ich nicht jeden Tag. Aber ich bleibe am Ball. Vielleicht ist ja von seiner Frau noch was zu bekommen. Die Sache gefällt mir, und es riecht nach Geld, viel Geld. Die Witwe scheint ja ein lustiges Weib zu sein. Recht hat sie, das Leben ist zu kurz, um es nicht zu genießen.

Nur gut, dass er mir noch die Anzahlung überreichen konnte. Meinen ersten Auftrag, herauszufinden, wer für diese Drohbriefe verantwortlich war, habe ich auch rasch erledigt. War schon getroffen der Karl, als er den Namen von mir bekam.

»So ist das im Leben«, habe ich ihm entgegnet, »... die engsten Vertrauten sind es oft, die das Schwert über einen halten.« Hat mich dann richtig zerknirscht angesehen, der Karl.

Als dann ein erneuter Anruf von ihm kam, wieder ein Auftrag, da war ich ganz verzückt. Bei dem Karl wusste ich, er bezahlt, obgleich er erst einmal knallhart verhandelt. Was aber ausgemacht ist, das hat bei ihm Bestand. Solche Menschen gefallen mir. Für meinen neuen Auftrag war das vereinbarte Honorar auch wieder sehr üppig ... Ob seine Inka nun wirklich ein Verhältnis hat, sollte ich für den Karl herausfinden. »So ist das im Leben«, habe ich ihm dann wieder gesagt, »davon leben Menschen wie ich.«

Na ja, das hätte ich doch etwas anders ausdrücken sollen. Merke ich mir für meinen nächsten Auftrag. Ein wenig mehr Sensibilität dem Auftraggeber gegenüber kann nicht schaden, zahlt sich auch meistens aus. Vielleicht bekomme ich eine Empfehlung ... Quatsch, Tote können keine Zeilen mehr schreiben. Den ersten Auftrag habe ich in Rekordzeit für den Karl ausgeführt, er war richtig dankbar. Das war aber auch ein Leichtes, zu viele Fehler wurden gemacht, für mich allerdings eine schöne Arbeit. Muss immer wieder daran denken, ob ich in die Richtung wegen des Mordes mal nachforschen sollte. Wenn der Karl eine Lebensversicherung hatte, wovon ich mal ausgehe, die würde das interessieren. Vielleicht ist da auch wieder Geld zu holen ... Ich muss ja auch sehen, wie ich am Leben bleibe. Der Karl wird so oder so nicht mehr lebendig …

Die Liste mit den Jägern habe ich mir organisiert, ebenfalls die Namen der Treiber. Die Frau von dem Jagdpächter Grunwald, die Anni, ist eine ganz patente und nette Frau. Sie hat mir einen Kaffee angeboten und ein belegtes Brötchen. Lohnt sich doch, etwas charmant zu den Frauen zu sein. Der Ablauf ist aber auch immer gleich. Nach einigen Jahren im Hafen der Ehe fühlen sich die Frauen vernachlässigt und einsam und sind für mich leicht zu beeinflussen … Sollte ich mal heiraten, dann … Besser, ich lasse die Finger davon, ist sicherer und auch billiger. Geld! Puh, damit konnte ich nie richtig umgehen. Was ich verdiene, gebe ich gleich wieder aus. Ideen für neue Anschaffungen habe ich immer.

Fürs Erste kann ich in dem kleinen Apartment am Rhein wohnen. Ist nicht teuer, die Zimmer sind sauber, und ich bin vor Ort. Sogar eine Reinigungskraft kommt jeden zweiten Tag. Könnte natürlich auch einpacken und abhauen … Warum eigentlich nicht? … Mal sehen. Doch jetzt, wo alles so glattläuft, kann ich auch warten und abkassieren … Und außerdem interessiert mich diese Frau … Ob sie einem wie mir jemals eine Chance gibt? Einen Versuch ist es wert, mehr als eine Abfuhr kann ich nicht erleiden … Wer nichts wagt, der nichts gewinnt!

Jagdpächter Markus Grunwald

»Sie müssen sich das auch mal vorstellen, Frau Kommissarin! Alles vorbereitet, alles organisiert, über Wochen! Wissen Sie eigentlich, wie viel Arbeit in der Vorbereitung so einer Treibjagd steckt? Nein? Wieder zum Wesentlichen soll ich kommen?

Meine Stimme ist so laut?

Entschuldigung, muss die Aufregung sein. Aber wirklich, es ist doch die Wahrheit, seit mehr als acht Wochen habe ich alles vorbereitet für die Treibjagd. Listen aufgestellt, Leute eingeladen …«

»Kommen Sie bitte wieder auf den aktuellen Vorfall zu sprechen?«

»Sie sind ruppig, das muss ich mal sagen. Ist ja gut, aber mir geht das auch nicht so von der Haut. Ich habe den Karl daliegen gesehen, in Schieflage, tot, auf der Erde, blutverschmiert. Aber … das war es nicht. Der Ablauf, das stimmte nicht.«

»Wer hat die Einteilung der Sitze vorgenommen?«

»Ich. Ich und mein Jagdaufseher, der Stefan.« Dass die Kommissarin Sitz gesagt hat, ich bin beeindruckt! Ein bisschen Ahnung habe sie ja doch von der Natur, hab ich die Frau dann gelobt und versucht, ihr gleich noch mehr Einblicke zu geben.

»Der Karl saß nicht auf einem Erdsitz, der Karl stand auf der Erde. Bei einer Treibjagd ist das üblich. Der Karl hat es so auch bevorzugt.« Die Kommissarin nickte, zeigte Verständnis, und ich fand es toll, dass sie auch Interesse signalisierte. Ist eine ganz Hübsche, ein bisschen alternativ gekleidet, könnte etwas mehr aus ihrem Typ machen, jeder aber so, wie er will. Nur ihr dauerndes Dazwischenreden, das nervt. Ich kann kaum Luft holen, da hat sie schon die nächste Frage gestellt.

»Wer hat den Karl an seinem Platz abgestellt?«

»Den Karl habe ich selbst abgestellt. Ihn und noch drei Jäger. Die anderen wurden von meinem Jagdaufseher und von zwei Helfern abgestellt. Alles Jäger, die mein Revier kennen und einen Begehungsschein haben«, gab ich beflissen Auskunft. »Kann ich mal ein Wasser haben?«, fragte ich dann. Die Kommissarin nickte. »Danke.« Ich sah sie mit einem Lächeln an. Es wurde nicht erwidert.

»Es ist sehr warm hier in Ihrem Büro, die Heizung ist wohl voll aufgedreht … auf Staatskosten?«

»Die Heizung steht nur auf zwei, vielleicht ziehen Sie Ihre Jacke mal aus? Wenn Sie mir jetzt bitte mehr über den Karl erzählen würden?«

Doch nicht so freundlich, wie ich dachte. Die Kommissarin schien mehr so eine kleine Zicke zu sein.

»Der Karl, das war ein Topjäger. Die letzten, lassen Sie mich mal überlegen, vier, nein fünf Jahre war er hintereinander Jagdkönig geworden. Dem konnte niemand was vormachen. Der Karl sah ein Stück Wild, hob die Waffe und peng! Er traf direkt, kein Verletzen des Wildes. Beim Karl saß jeder Schuss. Das Schießen lag dem Karl im Blut … Ausgerechnet er muss erschossen werden.«

»Was wissen Sie über seine Frau, die Inka?«

»Seine Frau? Viel kann ich nicht sagen über die Inka, mehr über den Karl, wie er so als Jäger war und …«

»Können Sie zurückkommen auf Inka?«

So eine ruppige Kuh. Mit der hält es doch kein Mann aus. Ich machte dann gute Miene zum bösen Spiel. Hatte auch keine Lust, ewig im Büro bleiben.

»Sie ist eine sehr attraktive Frau, voller Lebensfreude und Leichtigkeit ... Ihrem Kollegen scheint sie ja auch gefallen zu haben, so wie der grinst.«

Die Kommissarin sah den Herrn Hansen dann strafend an, tat mir richtig leid der Mann. Der sah aus, als bekomme er morgens immer schön seine Brote von Mama geschmiert. So jemand soll dann unser Land vor Mord und Unrecht schützen? Eine alternative Emanze und ein Dickerchen? Sollte mal in meine Praxis kommen und sich untersuchen lassen.

»Ich warte noch immer auf die Antwort, oder war das alles, was Sie über Inka zu berichten haben? Das erscheint mir doch etwas oberflächlich.«

Ein Lachen kann ich mir nicht verkneifen. »Nein, mehr kann ich Ihnen nicht berichten über die Inka. Hätte ich mich in der Vergangenheit mehr um diese Frau bemüht, oder gekümmert, meine eigene Frau hätte es mir mit Terror gedankt.«

Frau Augustin sah mich enttäuscht an, zog die Stirn hoch und hob ihre Hand, was mich zum Weitersprechen animieren sollte.

»Ja, soll ich jetzt weitererzählen, wie ich den Karl gefunden habe oder von der Schönheit Inkas? ... Ja, ist ja gut, ich bin nicht ungehalten, nur, es ist so, dass hier in der Gegend ein Irrer rumläuft. Vielleicht einer von den Jagdgegnern? Am Samstag ist die Jagd vom Otto.«

»Wer ist Otto?«

»Otto Heime.«

Die Kommissarin blickte sogleich zu ihrem Kollegen. »Ah, jetzt weiß ich … Der Mann hat bei Ihrer Jagd gefehlt, warum eigentlich?«

»Hatte sich am Vorabend abgemeldet, ist nicht angenehm, wenn so kurzfristig alles noch einmal geändert werden muss, das können Sie mir glauben, Frau Augustin. Da macht man sich tagelang Gedanken, wo die einzelnen Jäger am besten platziert werden, dann so etwas. Ich war auch nicht so richtig freundlich zu dem Otto am Telefon. Gut, kann aber wirklich mal vorkommen. Will ja nicht behaupten, dass ich immer perfekt bin …«

»Und der Grund für seine Absage?«

»Er sprach von einem Termin … Was? Welche Termine er hatte, der Otto, wollen Sie wissen? Tja, gesagt hat er nichts Konkretes. Der Otto wird schon was Wichtiges gehabt haben. Er ist doch sonst lieber bei der Jagd als im Büro. Er war aber nicht der Einzige, der kurzfristig absagen musste. Kai Boger fiel auch aus. Der rief erst um sieben am Morgen der Jagd an. War erkältet, hatte kaum eine Stimme. Sein Sohn war aber als Treiber mitgegangen, kam auch pünktlich der Junior. Immerhin musste er über eine Stunde fahren.«

Richtig zuzuhören schien die Kommissarin nicht. Sie wollte anschließend nur wissen, ob der Otto die gleichen Jäger und Treiber wie ich für den kommenden Samstag eingeladen habe.

Puh, die Frau konnte nerven. Nachdem ich tief Luft geholt und tatsächlich meine Jacke ausgezogen und über den Stuhl gehangen habe, gab ich ihr im ruhigen

Ton eine Antwort. Innerlich kochte ich allmählich, ein Blick auf meine Uhr zeigte, dass ich schon über eine halbe Stunde mit der Kommissarin und dem Dickerchen zu Gange war.

»Der Otto wird sicherlich auch den einen oder anderen Jäger nicht eingeladen haben, dafür jemanden, den ich vielleicht nicht kenne. Es gibt auch so etwas wie eigene Freunde.« Ich schüttelte meinen Kopf. Ziemlich naiv, die Kommissarin. Dann wollte sie wissen, wo genau am Samstag die Jagd vom Otto stattfinden würde.

»Der Otto hat das Revier gepachtet, das zwischen Kestert und Sankt Goarshausen liegt.«

»Das Sie natürlich auch gut kennen?«

»Die Frage muss ich nicht wirklich beantworten? … Ist ja gut, wie Sie wünschen, Frau Kommissarin … Ja, ich kenne das Revier von dem Otto schon seit rund vier Jahren.« Und etwas laut füge ich nach. »Wenn wir es hier mit Jagdgegnern zu tun haben … denke, Sie sollten das mal im Auge behalten, Frau Kommissarin.«

»Haben die Jagdgegner Zugang zu Ihrem Revier gehabt?«

»Oh, Mann! Sie sind auch nicht in der Natur groß geworden?«, blaffte ich laut. »Ist aber auch wahr, die Frage ist unnötig.«

»Nicht in diesem Ton!«

»Schon gut. Aber wirklich, Frau Augustin. Ob die Zugang zu meinem Revier hatten? Die Frage ist nicht mal zulässig im ersten Schuljahr … Stimmt doch. Wie bitteschön soll ich mein Revier abgrenzen? Alles einzäunen?«

Musste dann alles von vorne erzählen, da der Kommissar Hansen kurz zur Toilette gewesen war. Kleines Dickerchen hatte sich bestimmt schnell was in der Kantine in den Mund gestopft ... Ist aber vom Charakter her nicht unangenehm der Mann und wenigstens etwas beflissener mit der Natur als die Kommissarin.

»Der genaue Ablauf? Am Morgen? Meine Ansage?«

Gut, der Mann schien tatsächlich etwas Ahnung zu haben, sonst hätte er nicht das Wort Ansage benutzt. Die Kommissarin beäugte mich, fuhr immerzu mit der Hand durch ihre Locken.

»Wenn Sie jetzt bitte berichten.« Die Kommissarin verschränkte die Arme hinter ihrem Kopf.

Ich holte hörbar Luft. »Dann noch einmal von vorne für die Personen, die kurz den Raum verlassen hatten ...« Ich grinste frech. »Am frühen Morgen waren alle Jäger auf meinem Hof, pünktlich! ... Was? Ach so, selbstverständlich auch die Treiber und Hundeführer.«

»Hundeführer? Die haben wir noch nicht einmal bedacht?« Die Kommissarin sah zu Hansen, er hob fragend die Schultern.

»Das darf doch nicht wahr sein, sind wir hier im Kindertheater?« Ich sprang von meinem Stuhl auf. »Die Hundeführer können Ihnen auch egal sein, jedenfalls in meinen Augen. Als der Karl ermordet wurde, waren die nicht einmal in seiner Nähe.« Dann setze ich mich wieder auf meinen Stuhl. »Nur die Treiber waren in Karls Nähe. Trotzdem, wenn Sie mich fragen, hat sich jemand Fremdes unter die Gruppe gemischt, von meinen Leuten war das niemand.«

»Und wer kommt Ihrer Meinung nach infrage als Mörder?«

Ich pfiff durch meine Zähne, die Kommissarin war doch für Überraschungen gut. Fragte sie dann, ob ich nun den Fall aufklären sollte oder sie? Wollte ihr meine Kontonummer für die Überweisung ihres Gehalts aufschreiben. Das kam nicht wirklich gut an.

»Keiner von den Jägern kommt infrage. Die habe ich abgestellt, waren zu weit vom Karl entfernt. Der Schuss kam von vorn, das habe ich gleich erkannt. Der Mörder konnte schießen, und er sah dem Karl dabei in die Augen.« Jil Augustin zog ein Blatt Papier aus der Schublade, las es sich durch. Ich wartete.

»Der Pathologe bestätigt dies.«

Mein Grinsen konnte ich nicht zurückhalten. »Mir ist es nicht angenehm, jetzt einen von den Treibern in Verdacht zu bringen, jedoch ... auch ich habe in der letzten Nacht nur über den gewaltsamen Tod vom Karl nachgedacht. Die Treiber standen zu dem fraglichen Zeitpunkt vor dem Karl. Das hat mir auch mein Junge, der Max, bestätigt. Den lassen Sie aber mal außen vor, für den verbürge ich mich! Auch für seine Freunde. Man kann ja froh sein, wenn sich die Jugend freiwillig meldet und mithilft ...«

»Die Treiber ... Ja, die kommen wann zu uns?« Die Kommissarin sah zu Hansen, er antwortete: »Ab vierzehn Uhr.« Sie nickte zufrieden.

»Meinen Sohn behandeln Sie aber nicht wie einen Verbrecher, damit das klar ist!«

Sie ging auf meinen letzten Satz nicht ein, sondern forderte mich auf, noch einmal meine Sichtweise zu schildern. Puh, das war jetzt unangenehm. Da habe ich doch tatsächlich meinen Treibern die Schuld an den Hals geworfen. Warum nur? Klar, die ganze Nacht über hatte ich an nichts anderes mehr denken können als an den Mord. Immer und immer wieder war ich gedanklich alles durchgegangen, den ganzen Ablauf der Jagd, so wie er vorbereitet war und eigentlich abgelaufen sein sollte. Kein Jäger konnte als Mörder infrage kommen, unmöglich. Meinen eigenen Sohn hatte ich mitten in der Nacht aus dem Bett geholt, um mit ihm zu reden. Er hatte mir versichert, dass der Mord geschehen sein musste, als die Treiber in der Höhe vom Karl waren. Er hatte mir auch versichern können, nichts von dem Schuss auf den Karl mitbekommen zu haben, jedenfalls nicht zur Tatzeit. Es war überall geschossen worden, und die Treiber hatten laut gerufen, um das Wild aus den Dickungen zu locken. Erst als Toni, ein Freund meines Sohnes, ihm einen Schubs gegeben und die Aufmerksamkeit auf den Karl gelenkt hatte, wurde ihm das ganze Ausmaß dieses Unglücks bewusst. Das klang auch plausibel für mich. Der Karl hatte zwischen zwei Bäumen gelegen.

Frau Augustin holte mich wieder aus meinen Gedanken zurück. »Sagen Sie uns etwas über die Treiber! Bisher haben Sie nur von Ihrem Sohn gesprochen.«

»Die Namen? Die Liste haben Sie doch inzwischen … puh! Alles Leute aus der Umgebung. Da muss ich mal meinen Jagdaufseher, den Stefan, fragen. Der hat die meisten Leute besorgt. Ist nicht mehr so einfach, die Treiber zu … Was? Schon gut! Nur das Wesentliche, Frau Kommissarin … Schön, dass Sie wissen, was das Wesentliche ist …«

»Bleiben Sie sachlich!«

»Stimmt doch, Herr Hansen. Gut, ich werde Ihnen meinen Jagdaufseher schicken. Der kann mehr über die einzelnen Treiber sagen. War's das jetzt? Ich muss in meine Praxis, die Leute sind nicht nur unter der Woche krank, und das Geld liegt nicht auf der Straße.«

»Besitzen Sie eine Pistole, Herr Grunwald?«

Das sollte doch jetzt ein Scherz sein? Ich traute meinen Ohren nicht. Ob Sie allen Ernstes mich in Verdacht haben, wollte ich von der Kommissarin wissen. Sie müsse ihren Job machen, die Frage wäre reine Routine. Gut, das konnte ich nachvollziehen. Ich wischte mir Schweiß von der Stirn. Erklärte anschließend, dass ich zwei Pistolen besäße, zeigte meinen Waffenbesitzschein vor und hoffte, nach Hause gehen zu können.

»Die beiden Pistolen werden Sie einem Kollegen von uns übergeben. Wir möchten nur überprüfen, ob damit geschossen wurde.«

»Das ist doch jetzt nicht wahr?«, dachte, die Kommissarin mache einen Scherz. Aber nein. »Gut, dann bitte jetzt gleich, ich muss in meine Praxis.«

»Kommt Ihre Frau an den Waffenschrank?«

Dieses Mal war es Hansen, der mich aufhielt. Meine Hand lag schon am Türgriff. Er stellte sich mir in den Weg, kindisch. »Meine Frau kommt nicht an die Waffen ran. Darin bin ich ganz gewissenhaft. Und wenn ich jetzt bitte mit Ihrem Kollegen gehen dürfte.«

Die Kommissarin verzog ihr Gesicht. War mir doch egal, was die dachte. Ich habe die Praxis jeden Tag voll mit Patienten, auch an Sonntagen nimmt hier auf dem Land keiner Rücksicht und fragt sich, wann ich mal zur Ruhe komme.

»Noch eines, Sie haben den Karl abgestellt. Saß er in Ihrem Jeep neben Ihnen, vorne?«

»Karl setzte sich in meinem Jeep auf die Rückbank … neben Karbach und Alfons. Metzger saß vorn neben mir. Wo ist Ihr Kollege? Guter Mann übrigens. Der Erste, der aus dem Jeep ausstieg, war der Karl. Ich ging die ersten Meter mit ihm mit, dann eilte ich zu den anderen zurück. Wir fuhren weiter. Ausgemacht war, dass ich alle ab halb eins wieder einsammle. Und so lange musste jeder auf seinem Stand bleiben. Die Treiber sind, eine halbe Stunde nachdem alle ihre Plätze eingenommen haben, los, die Hundemeuten zehn Minuten früher. Ihre Aufgabe war es, durch die Dichtung zu gehen, um das Wild locker zu machen.«

»Und warum anschließend noch Treiber?«

Ich verdrehte die Augen, obgleich es mich freute, dass die Kommissarin so mitdachte. »Die Treiber müssen anschließend das Wild aus der Dichtung treiben«, sagte ich tonlos und ging.

Was war ich froh, als ich endlich das Kommissariat verlassen konnte. Mit Zufriedenheit nahm ich zur Kenntnis, dass Metzger mein Begleiter ist, dem ich meine Pistolen zur Überprüfung aushändigen sollte. Er versprach, meine beiden Waffen schnellstmöglich wieder zurückzubringen. Als wir daheim ankamen, unterhielt Metzger sich mit Anni. Ich packte unterdessen meine Tasche, händigte ihm die Waffen aus und eilte in meine Praxis. Wurde auch Zeit.

Den ganzen Tag über war ich gedanklich bei dem Karl. Es ist mir peinlich, dass der Mord in meinem Revier passiert war. Alle Patienten sprachen mich an diesem Morgen auf den Mord an. Glaube, die waren nur deshalb so zahlreich am Sonntag erschienen, um was zu erfahren ... Das Wartezimmer war brechend voll. Von mir würde niemand irgendetwas erzählt bekommen. Das habe ich auch jedem zu verstehen gegeben. Einige sahen mich beleidigt an. Ich bin Arzt und keine Tageszeitung!

Jil Augustin

Dieser Manfred Grunwald hat sicher nichts mit dem Mord zu tun. Diesen Gedanken teilte ich auch Hansen mit. Er fand meine Entscheidung etwas übereilt.

»Grunwald hat uns gegenüber erklärt, er war nicht in Sichtweite vom Karl. Daher konnte er ihn nicht erschossen haben.«

Hansen lief in meinem Büro auf und ab. »Was, wenn er wieder umgekehrt ist? Ich meine, nachdem er die Jäger abgestellt hatte.« Jetzt war ich es, die ihre Nase rümpfte. »Hansen! Das hätten die anderen Jäger bemerkt. Dadurch hätte Grunwald das Wild verjagt. Nein, er kann es nicht gewesen sein. Wir müssen uns mehr auf die Gruppe der Treiber konzentrieren.«

Kollege Hansen schlug vor, noch schnell einen Kaffee in der Cafeteria zu trinken, bevor der Jagdaufseher

Stefan zu uns kam. Gerne willigte ich ein. Hansen ging vor mir die Treppen in den fünften Stock hoch. Ich musste auf seinen Hintern blicken, der allem Anschein nach imposanter geworden war. Seine Hose saß sehr eng, der Stoff wirkte überdehnt. Ich für meinen Teil hätte Angst, sie würde platzen ... Sollte ich den Kollegen darauf ansprechen? Besser nicht, er ist immer so empfindsam in privaten Dingen. Andererseits ... Ich entschied mich zu schweigen. In der Cafeteria angekommen, steckten sogleich einige liebe Kollegen ihre Köpfe zusammen. Wie mich das jedes Mal nervte. Ich steuerte einen kleinen Tisch in der Mitte an, Hansen holte den Kaffee.

»Käsekuchen für Sie.« Er stellte zwei Minuten später einen Teller vor mich hin. »Kaffee kommt sofort.«

»Ich wollte keinen Kuchen, Hansen.« Er nickte und zog den Teller zu sich. Mein Handy klingelte. Beruhigt sah ich, dass es nicht Manfreds Nummer war. Das hätte mir jetzt nicht gefallen, hier vor Hansen mit ihm zu sprechen. Es war Gemmel, unser Pathologe.

»Die Entfernung, aus der geschossen wurde, betrug etwa dreißig Zentimeter. Benutzt wurde eine 9mm Walther PPK. Die Spurensicherung hat inzwischen die Hülse gefunden, die Kugel leider noch immer nicht. In meinem ersten Bericht habe ich das ja schon geschildert. Ansonsten war der allgemeine Zustand des Ermordeten, zumindest bis zu seinem Ableben, einigermaßen stabil. Er hatte nur ein Schilddrüsenproblem. Wundere mich, dass er damit nicht in Behandlung war. Er hatte sicherlich einige gesundheitliche Probleme gehabt.«

»Wieso wissen Sie, dass er nicht in Behandlung war?«

»Meine liebe Kommissarin, ich mache meine Arbeit gewissenhaft, und wen ich auf meinem Seziertisch liegen habe, von dem weiß ich anschließend so gut wie alles.«

»Bitte ... geht es etwas genauer?«

Er lachte. »Ja, ja ... Wäre der Mann in Behandlung gewesen, ich hätte ein Medikament nachweisen können, Sie verstehen?«

»Danke! Sie sind ein Schatz.« Ich hüstelte und ärgerte mich sogleich über meine Spontaneität.

»So gefallen Sie mir gleich viel besser ... Sollte mir das doch noch mal überlegen mit den jungen Frauen und meiner Angst vor zu viel Stress ...« Gemmel lachte erneut, ich zog meine Augenbraue hoch. Hansen wollte wissen, mit wem ich telefonierte. »Es ist Gemmel«, zischte ich ihm zu.

»Aha.« Er schien mich verstanden zu haben und nickte zufrieden. Während ich erfuhr, dass Karl sofort tot war, stand Hansen auf und holte sich ein zweites Stück Käsekuchen an der Theke.

»Hören Sie mir noch zu? Wo sind Sie überhaupt? Das ganze Geklapper im Hintergrund.«

»Ich bin auf einen Kaffee mit Hansen in die Cafeteria.«

»So gut möchte ich es auch mal haben. Mich kann man immer rufen. Egal, ob ich gerade im Bett liege oder Gäste habe. Meine Frau macht mir Szenen, wünscht, ich würde den Beruf wechseln und die liebe Frau Augustin vergnügt sich mit Hansen in der ...«

»So nicht!« Er blieb tatsächlich für einen Moment ruhig. Gemmel hüstelte, ich nutzte die Gelegenheit, um zu Wort zu kommen. »Viel haben Sie nicht für uns herausgefunden.« Bevor Gemmel darauf eingehen konnte, saß Hansen bereits wieder am Tisch. Er schob sich ein Stück Käsekuchen in den Mund, dann bat er nach dem Handy.

»Gemmel, hier Hansen.« Er sprach mit vollem Mund. »Die Witwe hat mir gegenüber erwähnt, der Karl habe in der letzten Zeit sehr geschwitzt. Könnte dies ein Hinweis auf eine Vergiftung sein?«

»O weh! Das habe ich gerade Frau Augustin erklärt. Der Mann hatte Schilddrüsenprobleme, sonst nichts, keine Vergiftung ... Die schwarze Witwe hätte so gut gepasst ... schien auch nicht richtig traurig über den Tod ihres Mannes zu sein. Ich habe Sie beide am Tatort beobachtet, Hansen.«

Hansen hüstelte. Ob er sich verschluckt hatte? Meine Augen taxierten Hansen: Er machte eine abweichende Handbewegung, stand auf, ging ein paar Schritte vom Tisch weg und sprach dann weiter. Etwas sauer zog ich den Käsekuchen auf meine Seite. Als er das Gespräch beendet hatte, war der Kuchenteller leer.

»Dafür, dass Sie Geheimnisse vor mir haben ...« Ich zeigte auf den leeren Kuchenteller. Er grinste. »Frauen!«

Jagdaufseher Stefan

Ich traf gegen elf im Büro der Kommissarin ein, ihr Kollege Hansen war ebenfalls anwesend. Hatte die beiden schon gestern im Jagdrevier kurz gesprochen. Für mich ist es immer noch unfassbar, was geschehen ist. Jemand muss einen großen Hass auf den Karl gehabt haben, teilte ich dann auch mit. Frau Augustin ging nicht darauf ein. Sie müsste so in meinem Alter sein, wusste nicht, dass Strickpullis wieder modern sind.

»Erzählen Sie uns bitte etwas über die Treiber! Ich habe hier eine Liste, wir können die Namen gemeinsam durchgehen.«

»Die meisten von den Treibern sind aus dem Ort hier. Die ersten fünf müssten Sie selbst kennen, Frau Augustin.« Ich sah sie an, tatsächlich nickte sie. »Die beiden hier sind die Jungs von meinem Bruder, die anderen drei Schulfreunde. Dann haben wir noch vier Frauen. Die Simone kennen Sie doch? Die Frau vom Karbach, dem Bürgermeister, die Simone hat auch einen Jagdschein.«

»Ist das nicht gefährlich, so als Treiber mitzugehen?«

Himmel, was für eine Frau. »Sie können sich auch bei der Hausarbeit verletzen oder beim Autofahren.« Mein Wasserglas flog zu Boden, meine Handbewegung war wohl etwas zu rasch gewesen. Hansen verließ kurz das Zimmer, brachte mir kurze Zeit später ein neues Glas Wasser mit. Ich bedankte mich. Dann versuchte ich ihr die anderen Treiber etwas näherzubringen: Alter, Arbeit, Verwandtschaft. Alles, was ich wusste, musste ich ihr erzählen, und Frau Augustin machte sich auf Zetteln Notizen.

»Der Sohn von Grunwald, der Max, war auch bei den Treibern«, warf Hansen dann ein. Ich sah zu ihm. »Den Jungen kenne ich, ein guter Kerl. Überhaupt, was für einen Grund sollte er gehabt haben, den Karl zu ermorden? Nein, das ist zu einfach gedacht. Hier hat sich jemand die Mühe gemacht, den Karl ins Jenseits zu befördern. Jetzt ist es Ihre Aufgabe, sich Gedanken über das Motiv und den richtigen Mörder zu machen. Für die Treiber lege ich meine Hand ins Feuer.«

Meine Stimme zitterte, das Gespräch war mir unangenehm. Frau Augustin fragte mich noch nach meiner Waffenbesitzkarte. Gut, damit habe ich auch gerechnet. Dass auch ich eine 9mm Walter PPK besitze, nahm sie aufmerksam zur Kenntnis.

»Sie sind ja gut sortiert.« Sie sah mich mit hochgezogener Stirn an.

»Sieht nicht gut aus«, wollte ich ihr sagen, »das macht dein Gesicht faltig und streng« ... Stattdessen sagte ich: »Sie haben richtig gelesen, ich besitze auch eine Pistole. Damit habe ich aber nicht den Karl ermordet. Mein Alibi ...« Jetzt überschlug sich meine Stimme vor Wut ... »Ich wäre nicht einmal in der Lage gewesen, den Karl zu ermorden, selbst wenn ich in diesem Moment seinen Tod gewollt hätte. Der Karl und ich ... wir hatten nicht einmal Blickkontakt, so weit waren unsere Stände voneinander entfernt.«

Frau Augustin war aufgesprungen und aus dem Zimmer gegangen. »Ist die immer so?«, fragte ich Hansen, er ging nicht darauf ein. Stattdessen wollte er mehr von meinem Beruf wissen. Warum ich Jagdaufseher sei ... Gut, ich gab ihm geduldig Auskunft. Jeder kann doch machen, was er will, aber das schien nur ich so zu sehen.

»Was machen Sie denn nun so in dem Jagdrevier von dem Grunwald?«

»Ich baue Wildecker an, damit die Tiere etwas zu fressen haben. Dann müssen die Hochsitze gebaut werden, manche auch nur repariert, je nachdem. Ich kümmere mich um die Reduktion des Raubwildes, damit die wenigen Hasen und Fasanen nicht ganz aus …« Frau Augustin kam zurück ins Zimmer und unterbrach mich.

Sie ging kurz mit Hansen aus dem Büro, dann kam er alleine zurück.

»Hier geht es hektischer zu als an einem Bahnhof.« Hansen ging wieder nicht auf meine Bemerkung ein. Er bohrte noch einmal wegen meiner Arbeit bei Grunwald nach. Der Mann nervte.

»Es gibt halt Menschen, die das finanziell können und denen die Natur es wert ist, auch im Alltäglichen gepflegt zu werden. Oder glauben Sie, es geht uns nur um den Jagdtag? Noch nie was von Aufforstung oder Anpflanzungen für die Tiere gehört? Wenn die Bauern jammern, dass die Wildschweine ihnen die Felder zerstören, dann sind alle ganz laut. Aber sich mal Gedanken machen, ob sich im Vorfeld jemand darum bemüht hat, Ablenkfütterungen zu bauen, davon reden sie nicht. Mit Sicherheit haben Sie davon noch nie gehört!«

Hansen schien nicht sonderlich beeindruckt von meinem Monolog. Er sah betont gelangweilt auf seine Uhr. Zehn Minuten später konnte ich das Büro verlassen. Meine Pistole sollte ich am späten Mittag vorbeibringen. Beim Verlassen zündete ich mir eine Zigarette an. Meine Gedanken waren bei den einzelnen Treibern. Konnte nicht glauben, dass einer von denen den Karl ermordet haben soll ... Ob nicht doch ein Fremder ...?

Jil Augustin

Der Fall zermürbte mich. Kaum dass Hansen zusammen mit dem Jagdaufseher Stefan mein Büro verlassen hatte, fühlte ich mich elend. Zum einen kenne ich mich nicht genügend mit der Jagd aus, zum anderen schien jeder ein Alibi zu haben, und falls – wie bei Inka – kein richtiges Alibi vorhanden war, sprach alles andere dagegen. Nicht dass diese Frau keinen Grund gehabt haben könnte ... sie machte auf mich auch nicht den Eindruck, traurig über den Tod ihres Karls zu sein, trotzdem kam sie als Mörderin nicht infrage. Den Treibern wäre diese Frau aufgefallen. Mein Blick fiel auf meine Armbanduhr, es blieb noch etwas Zeit bis zum Eintreffen des ersten Treibers. Bei den Jägern habe ich einige Termine abgesagt, es machte im Augenblick keinen Sinn, sie zu befragen. Nach all dem, was Grunwald und sein Jagdaufseher Stefan mir erklärt hatten, waren die anderen Jäger nicht in der Lage, Karl zu erschießen. Jeder von ihnen war abgestellt worden, zu weit entfernt vom Karl. Blieb aber noch die Frage nach einem Fremden, einem, der von der Jagd wusste und sich dies zu Nutzen machen wollte. Doch wo sollte ich diesen Unbekannten suchen? Mein Kopf schmerzte. Vielleicht würde ein Kaffee helfen ... ich eilte in die Kantine.

Unterwegs traf ich auf Metzger. »Die beiden Pistolen von Grunwald habe ich zur kriminaltechnischen Untersuchung weitergeleitet.« Lächelnd dankte ich dem jungen Kollegen. Er eilte mir nach, setzte sich wie selbstverständlich zu mir an den Tisch. Kaum dass wir unseren Kaffee vor uns stehen hatten, kam Hansen mit einem belegten Brötchen hinzu.

»Was macht die Diät?« Er verzog sein Gesicht. »Gut, dass es auch Frauen gibt, die Männer wie mich zu schätzen wissen.« Damit ging er auch schon wieder. Glaube, mein Hansen ernährt sich nur von Käsekuchen, belegten Brötchen, Fritten und Currywurst. Das ist doch nicht gesund ... Mich ärgerte meine zynische Haltung. Was ging es mich an, ob Hansen ein paar Kilos mehr mit sich herumtrug oder nicht? Metzger hatte mich auch erschrocken angesehen, es aber vorgezogen, sich nicht einzumischen ... Ich seufzte, was Metzger irritiert registrierte.

»Wie bitte?« Er holte mich aus meiner Fantasie heraus. Mein Gesicht glühte, als ich mich rasch von Metzger entfernte, immerhin kamen gleich die ersten Treiber in mein Büro, und ich wollte mich noch auf die Gespräche vorbereiten, dafür hatte der Kollege Verständnis.

»Warten Sie doch, Frau Augustin!« Metzger eilte mir nach, den Mann wird man trotzdem so schnell nicht los. Warum wollte ich das überhaupt? Metzger schwärmt für mich, ist immer nett und adrett gekleidet. Meine Mutter findet ihn sympathisch. Und ich?

Mit einem Ruck riss ich die Bürotür von Hansen auf

und trat sogleich in sein Zimmer. »Es tut mir wirklich sehr …« Abrupt blieb ich stehen. Mein Blick fiel auf Hansen, der mit Inka am Besuchertisch saß. Auf dem Absatz machte ich kehrt, knallte die Tür etwas zu heftig zu und verzog mich in mein Büro. Was war nur los mit mir? Warum diese Szene vor dieser Frau? Gut, diese Inka war hübsch, war das mein Problem? War ich neidisch auf die Witwe, die so gar nicht zu trauern schien? Gönnte ich etwa Hansen sein bisschen Flirten nicht?

»Alles in Ordnung? Ich habe Ihnen noch einen Kaffee besorgt.« Metzger kam in mein Büro. »Danke, sehr nett«, lächelte ich ihn an. Und innerlich beschwor ich mich, mit der Gereiztheit meinen männlichen Kollegen gegenüber aufzuhören. »In der Ruhe liegt die Kraft«, fiel mir meine Mutter ein. Diesen und andere kluge Sprüche verteilte sie gerne als große Weisheit an ihre Mitmenschen.

Als Erster der Treiber kam einer von Stefans Neffen zu uns ins Büro. Machte einen guten Eindruck auf mich, der junge Mann: Freundliche Augen, klarer Blick. Ich konnte nichts Falsches an ihm erkennen. Nach zwanzig Minuten kam der nächste Treiber in mein Büro. Metzger und ich stellten die Fragen abwechselnd, beobachteten die Reaktionen, machten uns Notizen. Ich verglich auch die Angaben, die ich bereits von dem Jagdaufseher Stefan hatte.

Nach einer Stunde gesellte sich Hansen dazu. Ich lächelte ihn an, er sah darüber hinweg. Gut, vielleicht musste ich etwas dauerhafter nett sein, überlegte ich.

»Sie sind sich da ganz sicher?« Metzger war aufgesprungen, sein Stuhl kam ins Wanken, und ich wurde aus meiner Fantasie gerissen. »Bitte wiederholen Sie das noch mal!« Ich sah zu Max Grunwald, der nun vor uns saß. Es war der Sohn von Markus Grunwald. »Ganz sicher bin ich mir nicht … Es hat geregnet, jeder trug eine Mütze auf dem Kopf …« Er wurde ganz leise. »Vielleicht wollen Sie nur von sich oder einem Freund ablenken? Sie haben sicherlich gute Kenntnisse in dem Revier und …«

»Das ist doch!« Der junge Mann war nun ebenfalls aufgestanden und blinzelte Metzger erbost an. »So etwas Unverschämtes muss ich mir nicht anhören. Niemals hätte ich dem Karl etwas antun können, die anderen Jungs auch nicht. Alles Quatsch, wirklich, Frau Kommissarin, Ihr Kollege spinnt doch!«

Ich bat Metzer, kurz draußen zu warten, danach beruhigten Hansen und ich den jungen Mann wieder. »Jetzt erzählen Sie uns bitte noch einmal in Ruhe von Ihrer Vermutung.«

»Es kann nur ein Fremder gewesen sein. Mir ist eine Jacke aufgefallen …« Hansen holte hörbar Luft. »Eine Jacke!«, lachte er und verließ ebenfalls mein Büro. Ich sah ihm nach. Allem Anschein nach sollte mein Kollege auch einmal über sein Sozialverhalten nachdenken.

»Sie heißen Max«, versuchte ich das Gespräch wieder aufzunehmen. Er nickte. »Wenn Sie Jäger wären, dann …!« Er stockte. »Bitte, kann ich nach Hause gehen? Mir ist nicht gut, mein Magen.«

»Dann telefonieren wir am Abend noch einmal. Ist das möglich? Ich glaube Ihnen. Außerdem habe ich auch darüber nachgedacht, dass sich ein Fremder unter die Treiber gemischt und den Karl erschossen haben könnte.«

Er strahlte mich zufrieden an, sein Gesicht war blass.

Nach ihm kamen die anderen Treiber und mit ihnen auch Metzger wieder in mein Büro. Hansen blieb verschollen. Wir erfuhren nichts Neues. Simone, die Frau von Bürgermeister Karbach, kam aufgetakelt wie für eine Modenschau ins Büro. Ich habe diese Frau nie gemocht und auch nie verstanden, dass Karbach sie so schnell geheiratet hatte. War er glücklich mit Simone? War an den Gerüchten über ihr Verhältnis mit Karl etwas dran? Dann hatte sie vielleicht den Karl ermordet. Möglicherweise hatte er die Beziehung beenden wollen, oder sie war schwanger.

»Sind Sie schwanger?«

Meine Frage schlug ein wie eine Bombe. Metzger hüstelte, und Simone fing an zu lachen. »Jetzt nerven Sie nicht auch noch! Mein Mann fragt mich jeden Monat, wann er denn Vater werde, und ausgerechnet Sie hacken nun auch auf mir herum. Sie haben doch auch noch keine Kinder und sind – das glaube ich zumindest – etwas älter als ich.«

Als Simone ging, sah ich auf meine Uhr. Es war achtzehn Uhr. Der Tag war fortgeschritten, ohne dass wir in dem Mordfall auch nur ein Stück weitergekommen waren. »Wir könnten zusammen essen gehen, zu dem Italiener um die Ecke. Anschließend kommt der Spaziergang mit Balu.« Metzger lächelte, er hatte sehr schöne Zähne. Mir fiel Manfred ein. »Ein anderes Mal.« Er schien enttäuscht zu sein. In der Tür blieb er noch einmal stehen. »Wir sollten morgen mal durch den Wald gehen.« Ich blickte ihn verdutzt an. »Nicht, was Sie schon wieder denken, Frau Augustin. Ich brauche keine zwei Körbe an einem Tag … Ich dachte an das Jagdrevier, den Ort, wo der Karl ermordet wurde. Sicherlich nicht verkehrt, alle noch einmal an diesen Ort zu bestellen.«

»Das ist Klasse. Mensch, Metzger, das ist es.«

»Vielleicht kommen wir auch nur ein Stück weiter, aber …«

»Klar, morgen, gleich morgen früh rufen Sie alle an und legen den Termin auf vierzehn Uhr.«

Die Tür fiel in ihr Schloss, ganz sanft. Metzger beschäftigte mich immer noch, als mein Handy klingelte. Es war Max Grunwald.

»Sie müssen mir glauben, da war noch jemand! Diese Jacke, das bilde ich mir nicht ein.«

»Haben Sie das Gesicht gesehen? Oder ist Ihnen an der Jacke etwas aufgefallen?«

»Ja, so ein kleiner Drache über der Tasche, musste noch schmunzeln darüber.«

Mein nächster Anruf galt Metzger. Er dachte schon, ich wollte doch noch mit ihm essen gehen. »Die Treiber müssen morgen alle die gleiche Kleidung anhaben wie am Samstag, das ist ganz wichtig.«

Auf dem Nachhauseweg fiel mir die Party von Elke ein. Ob ich heute Abend mit Manfred darüber sprechen sollte?

Auf meinem Parkplatz stand ein Auto. Ich erkannte es sogleich, Elkes Wagen. Was wollte sie denn hier? Wütend parkte ich ein Stück abseits, stieg hastig aus dem Wagen und eilte auf meine Wohnung zu.

»Guten Abend«, hörte ich eine Stimme. Fast wäre ich gegen ein Fahrrad gelaufen. »Entschuldigung«, blieb ich stehen. Wilma, die Haushälterin des Pfarrers, strahlte mich an. »Wenn sonst nichts passiert ist, kein Problem.« Dann radelte sie weiter. Nette Person, was wusste ich eigentlich von ihr? Ich meine, außer dem Getratsche, die hübsche Wilma und der Herr Pfarrer …, dass sie abends schön brav in ihre Wohnung radelte, davon wurde nie gesprochen. Sie müsste ich auch mal ins Büro bestellen. Jetzt ärgerte ich mich, sie nicht darauf angesprochen zu haben, die Wilma war die Nichte des ermordeten Karl … Ich holte tief Luft … falsches Thema jetzt … mein Blick fiel wieder auf Elkes Wagen.

Elke

War gerade beim Friseur, als ich von dem Mord an Karl erfahren habe. Mein erster Gedanke? Der richtete sich an Jil, jetzt hat sie mal wieder einen Grund, rund um die Uhr zu arbeiten. Dass ich sie beim Laufen getroffen habe, war schön und so vertraut. Die Jil mag ich ja sehr, den Manfred aber auch. Dass ich ihr zuliebe damals dem Manfred aus dem Weg gegangen bin … sogar die Geburtstagsfeier habe ich noch mit organisiert, und dann? Nichts, ich habe von Jil nichts mehr gehört. Sie ist mir gegenüber auf Tauchstation gegangen. Ich kann die Jil ja verstehen, ist auch blöd das ganze Theater um einen Mann. Die Jil kenne ich schon seit einigen Jahren. Sie hat zuvor in Hamburg gelebt und gearbeitet. Direkt in ihrer ersten Woche hier am Rhein sind wir uns begegnet und haben gleich Freundschaft geschlossen. Es folgten viele gemeinsame Ausflüge, Abende mit DVD und Pizza. Wenn ich an die ersten Treffen denke, wo Jil noch versuchte, mich von ihrem Salattrip zu überzeugen und wirklich nichts als Grünzeug gegessen hat, was hat die Frau sich gewandelt. Klar, die Jil hat immer noch eine tolle Figur, ist sportlich, jedoch lange nicht mehr so dünn wie damals, und ihre Speisen sind auch vielfältiger und abwechslungsreicher geworden, wenn auch nicht gesünder. Bei dem stressigen Job auch kein Wunder, wo soll da Zeit zum Kochen bleiben?

Wir hatten wirklich viele tolle Erlebnisse und Begegnungen, jedenfalls bis der Journalist in ihr Leben trat. Manfred Luck war mir zu Anfang nicht mal sympathisch, was ich heute nicht mehr verstehen kann. Immer wenn die Jil euphorisch von ihm geschwärmt hat, habe ich meinen Kopf geschüttelt, ganz energisch. Wie man seine Meinung ändern kann, sich selbst verändert in wenigen Jahren …

Montag, 16. Oktober

»Ich«

Ein Theater war das heute in der kleinen Filiale vom Karl. Wollte mir Brötchen holen. Die Angestellten schienen nun zu tun, was sie wollen. Kann mich doch nicht um alles kümmern. Ich war joggen. Man muss sich doch fit halten, fit für die Aufgaben, die anstehen … Ist das nicht gut? Meine Hausaufgaben sollten mit dem Mord am Karl erledigt sein. Jetzt steht nur noch ein Treffen an. Darauf habe ich so lange gewartet, mir immer und immer wieder ausgemalt, wie es ablaufen kann, wie es ablaufen wird … Ob sie mein Verlangen, meine Sehnsucht, ihren Körper zu spüren, erwidern wird? Was ich für fatale Gedanken hege … natürlich freut sie sich auf mich und die Wärme meines Körpers. Sie kann es bestimmt – genau wie ich – kaum erwarten, dass ich sie nehme und glücklich mache.

Ich war sehr lange weg. Ich musste aber dort bleiben, obwohl ich immer nur überlegt habe, wie ich wieder wegkommen kann … Dahin zurück gehe ich nicht mehr. Das kann niemand von mir verlangen, niemand. … Mir wird heiß! Immer wenn ich mich aufrege, wird mir heiß. Habe dann das Gefühl, mein Gesicht glüht. Und diese Wut … am liebsten schlage ich dann mit meiner Faust … Nein, das sollte ich nicht mehr denken, bin ja zurück … Alles ist wieder gut, so wie früher. Alles gut.

Musste dann fast zehn Minuten warten, bis ich bedient wurde, passte mir nicht. Der Verkäuferin habe ich dann auch gleich mal den Marsch geblasen. Nicht mit mir! … War ganz weiß im Gesicht geworden, fing an zu stottern, sie sei durch den Vorfall durcheinander … hat mir dann auch ein Brötchen extra in die Tüte gelegt und geschenkt, als Entschuldigung. Das hat mir gefallen …

Jil Augustin, Befragung von Kai Boger

Der Mann wollte unbedingt mich sprechen – ohne Hansen. Das passte Hansen zuerst überhaupt nicht. Ich ließ aber den Kollegen Metzger zu dem Gespräch kommen, die beiden kannten sich, und Kai Boger hatte nichts dagegen einzuwenden. Er kam pünktlich gegen acht Uhr dreißig in mein Büro, das gefiel mir gut. Er wirkte nervös, das war unter den Umständen nicht ungewöhnlich. Er machte einen sehr gepflegten Eindruck auf mich, gut gekleidet, perfekt sitzender Anzug, Hemd dezent in Weiß gehalten, die Krawatte dafür kariert und farbenfroh. Aus meinen Unterlagen wusste ich, dass er einundfünfzig Jahre alt war.

Als Erstes interessierte mich sein Verhältnis zum Kollegen Hansen.

»Es ist nicht normal, dass Sie so darauf gepocht haben, den Kollegen nicht zu treffen.«

»Das ist eine lange Geschichte, liegt schon ein paar Jahre zurück ... Eigentlich ist alles schon verjährt und vergessen.« Er sah mich unsicher an. »So vergessen dann auch nicht, wenn ich Ihr Verhalten richtig einschätze.« Kai Boger grinste, es wirkte sympathisch.

»Vor fünf Jahren hatte ich finanzielle Probleme, musste zum Schluss meine Firma abgeben. Das war ein Spießrutenlaufen ... An einem Abend habe ich versucht, mir alles aus dem Kopf zu trinken, die Sorgen eben, Sie verstehen?« Ich sah ihn nur an, sagte nichts. Er berichtete dann weiter. An jenem Abend sei er noch in der Kneipe in eine Diskussion verwickelt worden. Es kam, wie es kommen sollte, er wurde handgreiflich, der Wirt rief die Polizei. Damals war Hansen noch im Außendienst.

»Mein Kollege hat nur seine Pflicht getan.« Er zog seine Schultern hoch. »Beim nächsten Gespräch wird Hansen dabei sein.« Ich ließ mich auf keine weitere Diskussion mehr ein und fragte, wo er am Samstag gewesen war. Mit einer heftigen Bewegung fing er an, den gesamten Tag zu schildern. »Das kommt mir wie auswendig gelernt vor, Herr Boger«, kommentierte ich seine Ausführungen. Erschrocken sprang er auf, wollte gehen. Metzger konnte ihn davon abhalten. »Sie würden sich nur noch mehr in Verdacht bringen«, riet Metzger ihm.

Kai Boger wollte am Samstag gegen acht Uhr sein Haus verlassen haben. Zeugen gab es keine, wie er sogleich erwähnte.

»Sie haben eine Lebensgefährtin?« Die Frage schien ihm unangenehm zu sein. Metzger und ich wechselten einen raschen Blick. Gut, im Augenblick sollte das nicht wichtig sein. »Sie müssen doch irgendjemanden getroffen haben? Grundlos haben Sie die Jagd bei Grunwald bestimmt nicht abgesagt.«

Kai Boger sah mich an, sekundenlang, ich spielte mit. »Gut, ich ... ich brauchte Ruhe, wollte einfach mal einen Tag nur für mich und hatte keine Lust auf den Grunwald und die anderen. Es ist jetzt fünf Jahre her, dass ich alles verloren habe. Hier in der Region war ich wer ...«

Metzger blickte zweifelnd zu mir. »Sie haben kein Alibi«. Ich stand auf und verließ mein Büro. Mein Weg führte zu Hansen. Lachend nahm er die alte Geschichte von Kai Boger auf. Dann unterrichtete ich den Kollegen von dem fehlenden Alibi. Hansen meinte, so naiv kann niemand sein. Kai Boger brachte sich selbst in Verdacht. Gemeinsam gingen wir zurück in mein Büro. Metzger hatte dem Mann einen Kaffee gebracht. Die beiden sprachen über die Jagd. Hansen setzte sich auf einen Stuhl neben Boger. Ich nahm erneut gegenüber auf meinem Schreibtischstuhl Platz und hörte erst einmal nur zu. Metzger kam richtig ins Schwärmen, fragte dann ganz unauffällig, was die Vorbereitungen zu Ottos Jagd am kommenden Samstag machten, da sei er doch gewiss auch eingeladen. Ausgerechnet in dem Moment klingelte mein Handy. Es war Manfred. Von Hansens Grinsen gefolgt eilte ich auf den Flur.

»Manfred? Ich bin gerade in einer Befragung.«

»Du bist immer beschäftigt, Puppe.«

»Ich mag es nicht, wenn du mich so nennst.« Wir lachten beide.

»Mir ist etwas Interessantes zu Ohren gekommen. Der Otto Heime soll letzte Woche ebenfalls in Mallorca gewesen sein.«

»Aha.«

»Wie? Nur aha? Mehr nicht? Kein Wort des Dankes an deinen tollen Freund?«

»Ich verstehe nicht ganz, was du mir sagen willst, Manfred, und in meinem Büro, da sitzen gerade Hansen und Metzger … lass uns am Abend darüber reden.«

Hansen sah auffällig auf seine Uhr, als ich das Büro wieder betrat. Mich ärgerte das. Kai Boger erklärte dann, auch eine 9mm Walter PPK zu besitzen. Metzger bot sich an, später zu ihm nach Hause zu fahren und die Waffe abzuholen. »Ihr Sohn kommt auch an die Waffe ran?« »Selbstverständlich«, bestätigte Boger. Immerhin habe auch Roman einen Jagdschein. Dass er als Treiber mit war, das war reine Gutmütigkeit, da an diesem Tag nicht genügend davon zur Verfügung gestanden hatten.

»Ihr Sohn lebt bei Ihnen?« Kai Boger nickte kurz, sagte kein Wort. Für den Augenblick schien es mir unangebracht, das Gespräch weiterzuführen.

»Bitte, denken Sie nach, ob Ihnen nicht doch jemand am Samstag begegnet ist.« Mit diesen Worten ließ ich ihn gehen. Hansen begleitete den Mann.

»Der Mann war wirklich eine Nummer hier in der Region.« Metzger kaute auf einem Kaugummi herum.

»Wer hat die Firma übernommen?«

»Die Firma hat dann der Karl gekauft. Zu Anfang hieß es, seine Nichte würde die Geschäftsleitung von

Mangaron übernehmen, hatte sie dann aber nicht getan.«

»Dann kam dem Karl die Pleite vom Boger wohl gelegen?«

Metzger stand auf und ging zu meinem Fenster. Versonnen blickte er hinaus. »Das könnte so sein. Trotzdem kein Grund, sich mit einem Mord zu rächen. Zumal Boger selbst daran schuld war, dass er Ärger mit den Banken hatte.«

»Trotzdem, er hat vorhin erwähnt, keine Lust auf den Karl gehabt zu haben. Sein Ärger und Groll auf ihn sind offensichtlich noch nicht ganz verflogen. Ich muss mehr über die Übernahme der Firma wissen.«

Ich sprach anschließend noch einmal die Befragung von Max Grunwald an. »Er ist sich sicher, dass ein Fremder dabei war.« Metzger drehte sich zu mir um, zog die Schultern hoch. »Oder er hat selbst was zu verbergen.«

Dann kam auch Hansen schon wieder in unser Büro. Dass Metzger und ich am Mittag um vierzehn Uhr noch einmal auf alle Treiber im Jagdrevier von Grunwald treffen würden, nahm er gelassen auf, jedenfalls dachte ich das. Hansen verließ rasch mein Büro.

Metzger rückte seinen Stuhl ein Stück näher. Wir sprachen über Kai Boger. Nebenbei kamen wir auch auf Manfred zu sprechen, ganz ruhig und sachlich. Metzger war richtig nett zu mir. Wir könnten doch mal wieder mit dem Hund meiner Eltern spazieren gehen, schlug er vor … Ja, warum eigentlich nicht? Mutter würde sich bestimmt freuen, und ich konnte etwas Abwechslung gebrauchen.

Ein Blick auf meine Uhr sagte mir, dass wir noch eine Stunde Zeit bis zu dem Treffen mit den Treibern hatten. Ich griff zum Hörer und wählte die Nummer von Otto Heime.

Inka

Der Hansen war richtig nett zu mir. Glaube, der sieht mich gern. Mein Handy klingelte mitten im Gespräch. Das war bestimmt Otto. Hansen sagte kein Wort, als ich rasch auf mein Display lugte, er überspielte auch die »Einlage« der Kommissarin. Stand die doch plötzlich im Zimmer, und als sie mich wahrnahm, ist sie überstürzt rausgerannt. Ist ja auch nicht leicht für einen Mann wie Hansen, immer die Launen seiner Vorgesetzten ertragen zu müssen. Bei seiner Frage, ob ich im Besitz einer Pistole sei, wurde Hansen verlegen. Das gefiel mir gut. Wo gab es heute noch Männer, die Gefühle zeigten? Eine Pistole besitze ich nicht, auch den Code für den Waffenschrank von Karl kenne ich nicht, ebenso habe ich keinen Schlüssel zu dem Zimmer, in dem sich der Waffenschrank befindet, habe ich ihm alles brav berichtet. Hansen schien erleichtert zu sein.

»Ihr Alibi … also, Sie haben ja noch geschlafen, als Grunwald anrief.« Da war ich doch etwas perplex. »Wenn Sie das so sehen, Herr Hansen, dann habe ich in der Tat kein Alibi.« Er räusperte sich, brachte mich kurz darauf zur Pforte und verabschiedete sich ganz nett von mir.

Wie fiel mir das schwer, mich noch bis zu meinem Wagen zu beherrschen, Otto nicht direkt anzurufen. »Am besten wird es sein, wir sehen uns so schnell als möglich«, trällerte ich ins Handy, nachdem ich seine Stimme vernahm.

Er meinte, wir müssen vorsichtig sein, die Leute im Dorf, das Gerede. Sobald die Beerdigung vorbei sei, fahren wir nach Paris. Dann, einige Wochen weiter, konnte er zu mir ins Haus ziehen. Oh, ich freute mich so! Paris, die Stadt der Liebe.

Wer ihn von Karls Ermordung unterrichtet habe, wollte ich wissen. Die Polizei, das war ein Ding. Klar, die haben gehört, dass die beiden befreundet waren, zusammenarbeiteten, und dann war er auch nicht zu der Jagd erschienen. Warum eigentlich nicht? Schade, er hatte keine Zeit mehr zum Telefonieren, und ich musste meine Frage für ein anderes Mal aufheben.

Am Abend, als ich so alleine in unserem Haus saß, überfiel mich ein seltsames Gefühl. Ich erinnerte mich an Gespräche mit meinem Mann, als er noch lebte, kleine Gesten und an die ersten Weihnachtsgeschenke von ihm, mir wurde übel. Später fragte ich mich, ob ich den Karl doch noch mehr geliebt habe, als mir bewusst war, ob mit einem Kind eine Chance für unsere Beziehung gewachsen wäre. Ich fiel in einen unruhigen Schlaf, träumte wirres Zeug und wurde mitten in der Nacht ruckartig wach. Das Letzte, an das ich mich erinnern konnte, war der Zinksarg, in dem Karl abtransportiert wurde … warum verfolgt er mich in meinen Träumen?

Der Karl ist tot. Er hat mich nie richtig verstanden, wollte mir seine Art zu leben aufzwingen. Ich brauche meine Freiheit, möchte das Leben und die Lust spüren, solange es geht … Mir fiel ein kleiner Vogel ein. Er gehörte meiner Freundin in Kindertagen. Sie hatte mir stolz ihren Kanarienvogel im Käfig gezeigt. Es dauerte nicht lange. Die Freundin war nur kurz zur Toilette, da schenkte ich dem kleinen Vogel seine Freiheit … Freiheit! Das riecht gut, tut gut, genau wie … egal!

Ich bin dankbar dafür, mein Leben nun selbst bestimmen zu dürfen. Trotzdem, der Karl fehlt mir. Mein Blick fiel auf die leere Betthälfte, und ich fing an zu weinen. Nicht heftig, doch irgendwas in meinem Inneren war aus dem Gleichgewicht gekommen. Mir fällt Otto ein. Es gibt Begegnungen, die sind nur verrückt. Komplimente hat mein Karl schon lange keine mehr gemacht, zumindest nicht mir. Ich sollte repräsentieren und funktionieren. Und jetzt erlebe ich so etwas. Klar weiß ich aus Büchern, dass es Männer bei verletzten Frauen leicht haben. Ein gebrochenes Herz braucht Balsam und … Zärtlichkeit? Ja, ich sehnte mich geradezu danach. Habe ich lange nicht mehr gespürt, dieses Verlangen nach Nähe, gestreichelt zu werden, Küsse zu empfangen, dieses Prickeln auf der Haut. Mit einem Mal fühlte ich mich wieder wie ein Teenager. Das Lachen mit Otto, es tut mir ja so gut.

Jetzt, wo der Karl tot ist, kann ich auch in die Stadt ziehen. Hier riecht alles nach Kleinbürgertum. Ich fühle mich auf Schritt und Tritt beobachtet. Und das Getratsche, es nervt mich von Tag zu Tag mehr. Der Karl war in den letzten Tagen, also vor seinem Tod, so komisch. Irgendwie wirkte er oft abwesend und grübelnd. Dachte schon, die Geschäfte laufen nicht mehr so gut. Das kann es aber nicht gewesen sein, hoffe ich zumindest!

Jil Augustin

Gegen halb zwei klopfte es an meiner Tür, Hansen trat ein. Wir schienen beide nicht an einem weiteren Disput interessiert zu sein, und so fanden wir schnell einen roten Faden. Auch ihn beschäftigte Kai Boger noch immer. »Gegen halb sechs kommt Otto Heime zu mir ins Büro.«

Mein Blick lag auf der Hose von Hansen. Sie war am Oberschenkel verschmiert, schien lange nicht gewaschen worden zu sein.

»Die Sekretärin vom Karl, die Simone, Sie wissen schon?« Klar wusste ich, wen Hansen meinte. Simone war die Frau von Karbach, ich nickte. »Die hat mir am Telefon gegenüber Andeutungen von Drohbriefen gemacht, die der Karl in den letzten Wochen erhalten hat.«

»Das erfahre ich erst jetzt?« Sogleich griff ich zum Hörer. Die Frau war nicht an ihrem Arbeitsplatz erreichbar. »Ich werde sie gleich im Revier antreffen und dazu befragen.« Hansen bot an mitzukommen.

»Was ist mit Inka, der Witwe? Warum hat sie nichts von den Drohbriefen an ihren Mann erzählt? Jede andere Frau hätte doch sogleich bei Mord einen Zusammenhang gespürt.«

Hansen lächelte und ging. Beim Verlassen meines Büros drehte er sich noch einmal um. »Ich rufe die Frau an. Es wird auch besser sein, ich bleibe im Büro. Wir sehen uns um halb sechs, wenn Otto Heime kommt.«

Ich blickte Hansen nach. Das mit den Drohbriefen gab dem Ganzen einen anderen Geschmack.

Markus Grunwald

Dass die Kommissarin für heute Mittag alle Treiber in mein Jagdrevier eingeladen hat, gut, wenn es denn der Aufklärung des Mordfalls dient ... Bin nicht so überzeugt davon. Außerdem scheint sich der Verdacht gegen einen aus der Gruppe der Treiber zu erhärten ... Gefällt mir nicht. Bin in Gedanken alle noch mal durchgegangen, habe überlegt, wer mit dem Karl im Argen lag ... Nichts, wirklich nichts Relevantes war dabei herausgekommen. Bin ja auch froh, will keinen unnötig in Verdacht bringen. Ist sowieso alles komisch gelaufen, auch mit der Polizei. Gut, der Karl ist tot, und Hektik hilft auch niemandem mehr. Trotzdem! Ob was dran ist an dem Gerücht, ein Fremder sei unter den Treibern gewesen? Nur wer? Ob alles mit der alten Geschichte zusammenhängt? Ich habe mir gleich so Gedanken in diese Richtung gemacht. Muss mal den Otto anrufen. Der müsste doch noch besser wissen, was damals alles gelaufen ist. Er war doch so dicke befreundet mit dem Karl. Ja, der Otto! Hätte ja auch einen Grund gehabt, den Karl zu ermorden ... Das Mädchen für alles, so nenne ich den Otto heimlich. Ist ein sehr netter Zeitgenosse, hat alles, wirklich alles für den Karl getan. Hat Jura studiert, aber nichts hat ihm das gebracht. Für den Karl musste er immer nur die unangenehmen Dinge regeln und aus dem Weg räumen. Dass er sein Notariat nicht halten konnte, komisch. Es wurde immer viel geredet, viel zu viel, wenn Sie mich fragen. Nur, meistens ist ja doch was dran an dem Gerede. Die Alten sprachen von Unterschriftenfälschung, ausgerechnet von einem Notar. Das musste schiefgehen. Von einem auf den anderen Tag wurde das Notariat an einen Nachfolger übergeben, und der Otto bekam ein Büro beim Karl. Er sollte dafür zuständig sein, Verträge auszuarbeiten und was weiß ich nicht alles ... Komisch ist aber auch das Verhalten vom Kai. Kommt nicht zu meiner Jagd, hat sich aber noch am Freitag mit dem Landrat getroffen. Wie gut, dass ich so einflussreiche Freunde habe, die mir schon mal was berichten. Will der sich doch das Grundstück unter den Nagel reißen, an dem auch der Karl dran war, und angeblich noch gemeinsame Sache mit dem Otto machen. Der Karl hätte das nie und nimmer zu gelassen. Das Projekt der beiden war von Anfang an zum Scheitern verurteilt ... Puh, der Ärger war vorprogrammiert. Mit dem Karl konnte man sich nicht anlegen, ohne als Verlierer aus der Sache herauszukommen. Er war ausgefuchst in geschäftlichen Dingen, eiskalt und nur auf seinen Vorteil bedacht.

Ob die Inka nun alles erbt? Oder die Wilma, seine Nichte? Damals hat er das Testament zu ihren Gunsten verfasst ... ist aber lange her, kann sich geändert haben. Wir haben nicht mehr darüber gesprochen. Ist wirklich viel seit damals passiert. Dass der Karl ausgerechnet dem Klaus Meis, diesem selbst ernannten Privatdetektiv, vertraut hat. Alles recht sonderbar ... Meine Praxis ist im Moment jeden Tag so voll, kann die Arbeit kaum mehr alleine bewältigen und habe schon überlegt, mir Verstärkung zu suchen. Außerdem bin ich allmählich in einem Alter, in dem ich ans Aufhören denken sollte. Doch wer kommt heute noch in ein Dorf? Die meisten wollen in die Stadt. Obgleich es hier doch viel romantischer ... Quatsch! Hier sind die Menschen kein bisschen besser oder schlechter als in der Stadt.

Jil Augustin, im Jagdrevier von Grunwald

Alle waren pünktlich eingetroffen, hatten – soweit ich das beurteilen konnte – die Kleidung vom Samstag an. Simone gab ich direkt zu Anfang zu verstehen, dass sie mich über die Drohbriefe hätte informieren müssen, sie sah ganz traurig aus.

»Wir sprechen später noch einmal darüber.« Sie nickte. Trotz des guten Wetters bat ich alle, sich ihre Mützen und Stirnbänder, so wie am Samstag, überzuziehen. Ein Gewimmel entwickelte sich, dem Metzger schnell Einhalt gebot.

»Jetzt möchte ich wissen, wie sie am Samstag losgezogen sind«, rief er. Das Durcheinander begann erneut. So kämen wir nicht weiter. Ich bat alle, kurz stehen zu bleiben, mich anzusehen. Dann erwähnte ich den Verdacht von Max Grunwald, ein Fremder habe sich Samstag unter die Treiber gemischt. Wieder ging das Getuschel los, wir hielten uns zurück. Metzger trat neben mich. Nach zwei Minuten war er nicht mehr davon überzeugt, dass die Aktion uns weiterbringen würde. Zumal Max die Jacke mit dem Drachen entdeckt hatte, sie gehörte zu Simone. Damit war der erste Hinweis auf einen Fremden hinfällig.

Dann meldete sich eine Frau und wollte sich sicher sein, einen schlanken Mann gesehen zu haben. »Mir ist er aufgefallen«, zwinkerte sie Metzger zu. Ich musste lachen, versuchte aber mir nichts anmerken zu lassen. »Wie konnten Sie die Statur so genau erkennen? Sie alle trugen weite Regenjacken, Mützen oder Stirnbänder, es regnete noch dazu.« Sie grinste mich an. »Frau Kommissarin, dafür habe ich einen Blick. Heute«, sie sah sich noch einmal um, »heute ist er nicht hier unter uns.« Das Gemurmel wurde erneut laut, Köpfe wieder zusammengesteckt. Plötzlich wollten noch zwei Männer so einen Mann bemerkt haben. »Ich dachte, der gehörte zum Freundeskreis der Jüngeren, die kenne ich nicht mehr alle«, bemerkte ein älterer Mann. Er war der Bruder von Grunwald, wie ich erfuhr.

»Und was ist mit der Jacke von der Simone?«, flüsterte ich in Metzgers Ohr. »Der Max hat sich vielleicht getäuscht.«

Die ganze Versammlung löste sich dreißig Minuten später auf, der Erfolg war gering. Nur Simone bat ich, noch zu bleiben.

Simone

Die anderen haben mich komisch angesehen, wollten auch wissen, was es mit den Drohbriefen auf sich hatte. So viel Neugierde! Schrecklich! Natürlich habe ich keine Auskünfte gegeben. Das bin ich dem Karl doch schuldig, nach so vielen Jahren, in denen ich seine Sekretärin gewesen war. Klar war mir das ganze Gerede von wegen Affäre zu Ohren gekommen. Dazu habe ich mich nie geäußert, soll jeder erst einmal vor seiner eigenen Türe kehren.

Die Drohbriefe konnte ich dann an Ort und Stelle, also noch im Wald, der Kommissarin übergeben. Hatte sie schon in eine Klarsichthülle gesteckt und in meiner Jackentasche verstaut. Für heute hatte ich mir vorgenommen, mit der Kommissarin zu sprechen. Es gab keinen Grund, mich so anzugehen vor den anderen.

Frau Augustin machte sich sogleich ans Lesen, der junge Kollege tat es ihr gleich. Mir war kalt. Ich stampfte von einem Fuß auf den anderen, was die Angelegenheit nicht beschleunigte. Jetzt ein heißes Bad oder in der Sauna sein …

Ob ich einen Verdacht hätte, wer die Briefe verfasst haben könnte, wollte Metzger von mir wissen. Wie er mich dabei angesehen hat ... Was sollte ich nur sagen? Den halben Morgen über war ich mir nicht sicher, ob ich schweigen sollte oder plaudern ... Wem brachte das was?

Ich entschied mich dafür zu schweigen ... Zu meinem Glück wurde mir geglaubt. Womit ich aber nicht gerechnet hatte. Frau Augustin verlangte, gemeinsam mit ihr ins Karls Büro zu fahren. »Und was soll Ihnen das bringen?« Meine Stimme verriet mich ... Das war schon als Kind mein Problem, meine Lügen wurden immer am schnellsten aufgedeckt.

»Dann fahren wir mal los, Sie kommen am besten mit uns mit.«

»Und mein Auto?«

Sie ließ sich nicht erweichen, würde mich später wieder hierher zurückfahren ... Später, dann hätte sie eventuell alles herausgefunden und gesehen. Fieberhaft überlegte ich, wie ich die Kommissarin von dem Regal fernhalten konnte, dann dachte ich aber, dass es mir eigentlich egal sein konnte. War nicht mein Kopf, der in Gefahr war ... Und was hatte der bisher schon für mich getan? Warum sollte ich ausgerechnet für den meinen eigenen Kopf und Kragen riskieren?

Diese Kommissarin kann schon nerven, wirklich. Gut, es ist nur ihr Job. Mich in Verdacht zu haben, verrückt! Habe genau gesehen, wie sie und der Metzger sich angesehen haben, nachdem beide erfahren hatten, was ich am Samstag getan hatte … Nichts! Ja, ich hätte die Wahrheit sagen können, doch warum? Ist es nicht die Freiheit eines jeden Menschen, einen Tag mal nichts zu machen?

Das letzte Treffen mit dem Karl … Er hat mich provoziert, mich eine Kakerlake genannt. Die Simone hat alles mitbekommen, das war peinlich. Die ist aber verschwiegen, da habe ich keine Bedenken. Wie ein kleiner König hat er sich aufgespielt, nur weil er jetzt mit den Großen pinkelte und Geschäfte machte. Stimmt doch! Wenn Metzger die Untersuchung meiner Pistole abgeschlossen hat, bin ich hoffentlich aus dem Schussfeuer raus.

Samstag, Samstag gehe ich zu Ottos Jagd. Die Treiber kommen alle, die gleichen, die auch beim Grunwald waren … Ob einer von denen der Mörder ist? Eigentlich … Nein, mir kann es doch egal sein, mir doch wirklich. Ich bin nun frei. Der wollte mich ins … Dieses Schwein … Dankbar bin ich seinem Mörder, wirklich nur dankbar. Ein guter Mensch … der Mörder.

Wenn es nicht so traurig wäre … Ich bin schon etwas angetrunken, der ganze Wein. Kaum dass Metzger meine Wohnung verlassen hatte, fing ich an zu trinken. Mein Kopf ist so voll mit Müll … Simone? Sie wird nicht reden, die nicht. Und sonst? Wer kann davon wissen? Die Inka? Nein, das hätte ich gespürt, nicht die Inka. Das kleine Kätzchen will schnurren und Spaß haben, die hat vom Karl nie was über seine Geschäfte erfahren. Gut so. Der Wein tut gut, streichelt meine Seele. Ich werde ruhig, fühle mich gelassener ... tut gut. Ob ich die Simone anrufen ... Nein, der Karbach wird längst zu Hause sein, und dann schöpft er Verdacht. Andererseits ... der Flughafen, ... Inka? Ob Sie ...? Wenn ich das nur wüsste. Bei der Frau ist nichts auszuschließen. Ich brauche Geld, so oder so. Vielleicht sollte ich Inka besuchen, heute Nacht?

Am besten wird sein, ich schlafe jetzt ... Morgen, morgen ist auch noch ein Tag.

Otto Heime

Die Kommissarin sah auffällig auf ihre Armbanduhr, kleine Spießerin. Gut, ich war mehr als zehn Minuten im Verzug. Kann doch mal passieren. Ihr Kollege Hansen war freundlicher, gab mir einen Kaffee. Dann ging auch schon die Befragung los. Warum ich am Samstag nicht auf der Jagd vom Markus Grunwald gewesen war. Die Frau scheint auch zum Lachen in den Keller zu gehen, so ernst, wie die sich gibt. Die wäre nichts für mich.

Mit einer Pistole konnte ich nicht dienen, das schien sie zu enttäuschen. »Tja, so einfach fängt man keinen

Mörder«, habe ich ihr gesagt. Das schien ihr nicht zu gefallen. Hansen räusperte sich und fragte erneut nach meinem Fehlen am Samstag. »Kann ja von Herzen froh sein, nicht anwesend gewesen zu sein«, gab ich Auskunft. Erschrocken war die Kommissarin, als sie erfuhr, dass der Karl auf meinem Platz ermordet wurde. Das hätte Grunwald aber auch schon erzählt haben sollen. Ich für meinen Teil bin nicht abergläubisch, denke, der Mörder hatte es schon ganz gezielt auf den Karl abgesehen und nicht nach meinem Leben getrachtet. Immerhin, so die Kommissarin, hatte der Mörder nur dreißig Zentimeter vom Karl entfernt gestanden. Da hat er sein Ziel vor Augen gehabt, nein, auf mich hat es niemand abgesehen. Das verstand Frau Augustin dann auch. Am Samstag findet meine Jagd statt. Denke mal, alle werden nur vom Karl reden. Verrückt, dann liegt der vielleicht schon unter der Erde … Also, wenn er bis dahin aus der Pathologie freigegeben ist …

»Was? Wo ich nun am Samstag war? Wie ich mit dem Markus Grunwald in Verbindung kam?« Die Kommissarin nickte, ich sollte ihr dies beantworten. Mir war heiß. Die schienen die Heizung wirklich voll aufgedreht zu haben. Ich zog meine Jacke aus. Hansen beobachtete mich, und ich spürte, dass es Zeit wurde zu antworten.

»Den Markus habe ich vor etlichen Jahren kennengelernt, auf einer Jagd in Bayern. Wir waren uns sympathisch, und so kam es, dass er mich eines Tages zu seiner Jagd eingeladen hat. Vorbildliches Revier, kann man nur loben. Die Anni, seine Frau, ist eine ganz Nette.«

»Wo waren Sie am Samstag? Wenn der Grunwald doch so nett ist.«

So eine arrogante Ziege, diese Kommissarin. »Ich hatte einen Geschäftstermin mit dem Landrat.« Meine Antwort schien Frau Augustin zu irritieren. Dann wollte sie natürlich wissen, worum es bei dem Treffen am Samstag gegangen war. »Ein Grundstück, ich wollte es erwerben. So einfach ist das ... Patzig? Ich? Nein, gewiss nicht. Es ist nur so, dass ich mich nicht wohl fühle in dem überheizten Raum hier. Bekomme ja fast keine Luft. Wie Sie das aushalten und dann noch in einem Strickpulli. Das ist nichts für mich. Ich habe noch Feuer, Herr Hansen ... Ha, ha.«

Mein Lacher blieb unbeantwortet, die Kommissarin und ihr Kollege verzogen nicht mal ihre Mienen. Wie Trockenfrüchte. Ganz brav berichtete ich von meiner Vision, hier am Rhein eine Firma zu gründen.

»Was für eine Firma?«

»Zeitschriftenverlag!«

»Aha. Und etwas genauer?«

»Ich möchte einen Zeitschriftenverlag gründen für Jagdzeitungen. Mir wurde eine zum Kauf angeboten, und für ein weiteres Projekt bin ich im Rennen. Übrigens gemeinsam mit Kai Boger. In großen Lettern steht dann überall: ›Lesestoff von Boger und Heime, so pur wie die Natur!‹«

Mensch, was haben die mich angesehen, so eingefahren. Ich dachte, das halt ich nicht aus. Hansen wollte den genauen Standort wissen. Lieb und brav gab ich Auskunft. »Das Grundstück liegt am Ortsausgang von Kamp-Bornhofen in Richtung Braubach. Wir haben uns letzte Woche auch mit dem Bürgermeister getroffen.« Frau Augustin schrieb eifrig mit ... ganz beflissen, die Frau. Ich musste mich zusammennehmen, um nicht unhöfliche Kommentare von mir zu geben. Ärger mit der Polizei kam nicht gut. »So, so, Sie wollen gemeinsam mit dem Kai Boger eine Firma gründen? ... Ist doch interessant, gerade die zwei Männer, die von dem Karl ...«

»Schon gut! Ich kann mir denken, was Sie sagen wollen, das ist aber falsch!«

Als die Kommissarin mich auf die Schließung meines Notariats ansprach, war mir das sehr unangenehm. Gut, dass sie inzwischen davon erfahren haben musste, das war mir schon klar, ich hatte bereits mit der Frage gerechnet.

»Es war so, wie man es Ihnen sicherlich berichtet hat. Ein einziges Mal habe ich etwas Unrechtes getan, und irgendwer hat mich angezeigt, reingerissen ... Das war eine Sauerei!«

»Na, Sie waren es doch, der sich nicht richtig verhalten hat ...«

»Schon gut, Herr Hansen.« Ich wurde laut. »Es ist lange vorbei, ich habe bezahlt, mit meinem Ruf, meiner Karriere. Die Jagd musste ich aufgeben. Jetzt geht es endlich wieder bergauf bei mir.«

Habe dann noch berichtet, dass ich anschließend beim Karl gearbeitet habe. Als Jurist hatte ich gute Kenntnisse, konnte seine Verträge ausarbeiten und vorbereiten.

»Dann mussten Sie dem Karl ja richtig dankbar gewesen sein?« Ich nickte. Dann sprachen Sie mich auf Inka an, das war wieder unangenehm für mich. Habe mich etwas gewunden und gemeint, man kenne sich natürlich und dass ich mich jetzt etwas um sie kümmere, damit das Geschäftliche erst einmal in geordneten Bahnen weiterlaufe.

Nachdem ich wieder an der frischen Luft war, habe ich mir als Erstes eine Zigarette angezündet. Für mich waren die überheizten Räume reine Verschwendung von Steuergeld. Mir fiel ein, dass sich die Kommissarin gar nicht nach meinem Wohnsitz erkundigt hatte, komisch. Egal, ich war auf alles vorbereitet. Meine Waffenbesitzkarte hat sie auch nicht gesehen. Die habe ich am Morgen kopiert und beim Gehen dem Beamten, der mich zur Pforte begleitet hatte, in die Hand gedrückt.

»Mit schönen Grüßen an Frau Augustin … Sie sollte öfter mal lüften, das ist gut fürs Gehirn.«

Hansen

Als der Beamte mit der Kopie der Waffenbesitzkarte in das Büro von Jil Augustin kam, das war uns schon peinlich. Wir beide haben nicht daran gedacht, den Mann danach zu befragen. Glaube, die privaten Probleme mit meiner Frau nehmen mich mehr mit, als mir lieb ist. Verdammt aber auch, das ganze Theater mit ihrer Bekanntschaft aus der Kur. Musste der Typ sich nach so vielen Monaten noch einmal melden? Ganz durcheinander in ihrer Gefühlswelt sei sie, müsse nachdenken und brauche eine Auszeit, um zu sich zu finden.

Otto Heime besitzt keine Walther PPK 9mm, zumindest danach hatten wir ihn gefragt. Jil telefonierte bereits mit dem Landrat. Sie blickte kurz zu mir, gab mir ein Zeichen und stellte das Telefonat auf laut.

»Sie sind sich da ganz sicher, Herr Landrat?«

»Wenn ich es Ihnen doch sage, Frau Augustin. Das Gelände gehört der Gemeinde. Ich habe damit nichts zu tun. Jedenfalls nicht mit dem Verkauf.«

Wilma

Dass der Pfarrer sich so wegen des Mannes mit der Maske aufgeregt hat. Richtig Angst hatte er, mir könne auf dem Nachhauseweg etwas zustoßen. Das fand ich richtig lieb. Obgleich ich nicht den Tod vom Karl mit diesem Maskenmann in Verbindung bringe.

Als meine Arbeit getan war, ich mich auf meinen Heimweg machte, spielten meine Gedanken mir einen Streich. Ich, die eigentlich nie ängstlich bin, hatte mit einem Mal das Gefühl, beobachtet zu werden. »Leide auch schon unter Verfolgungsangst«, lachte ich laut über mich selbst und hoffte, so etwas Abstand zu erhalten. Warum sollte jemand mir nachlaufen? Quatsch. Dachte noch, der Pfarrer hat mich mit seiner Angst angesteckt, und das Getratsche im Dorf, der Mörder sei noch unterwegs … hat mir auch zugesetzt. Alles nur Einbildung … und was, wenn es nicht nur Einbildung ist? Heute Morgen war ich für den Pfarrer noch schnell im Supermarkt, seinen Joghurt kaufen. Er isst doch gerne Naturjoghurt. Dass ich überhaupt noch darüber nachdenke, ich muss mich etwas mehr zusammennehmen. Bin doch kein Kind mehr. Aber diese Augen, sie haben mich an jemanden erinnert. Nur ganz kurz konnte ich sie sehen, unsere Blicke trafen sich, als ich den Joghurt aus dem Regal nahm. Dann war er weg. Meine Fantasie schien mit mir durchzugehen. Dann fing ich an, mich zu beeilen … gerade so, wie ein gehetztes Tier verhielt ich mich … Jemand, der meinen Onkel ermordet hat, hat sicher kein Interesse an mir, der kleinen Wilma. Ich habe kaum Geld, und … das Testament! Was, wenn der Karl es nie verändert hat? Bin ich jetzt reich?

Als der Pfarrer nach dem Abendessen wieder von dem Mann mit der Maske anfing, da habe ich ihn unterbrochen, wollte nichts mehr davon hören … War das ein Fehler?

Die Arbeit im Pfarrhaus ist ein Glücksfall für mich. Ich bekomme gutes Geld, und die Bedingungen sind top. Nie hat der Pfarrer sich über mein Essen beklagt. Meine Desserts liebt er, und was die Führung des Haushalts angeht, die Wäsche, den Einkauf – alles ist zu seiner Zufriedenheit. Macht mir aber auch Freude, hier zu arbeiten. Diese tolle Küche, und immer kommen Leute vorbei. Gut, es gibt auch die traurigen Besuche, wenn einer gestorben ist oder im Sterben liegt, die Angehörigen dann weinend in meiner Küche sitzen und ich versuche, sie mit einem Kaffee und meinen selbst gebackenen Plätzchen zu trösten. Der Pfarrer sagt immer, auch der Tod gehört zum Leben dazu …

Er hat nie über meine Vergangenheit gesprochen, hat mich nie gedrängt, was zu erzählen. Das ist gut so. Vorbei und aus! Ich blicke gerne nach vorn, und lachen tue ich auch sehr gerne. Natürlich habe ich auch das Getratsche im Dorf mitbekommen. Manche haben sich nicht mal die Mühe gemacht, es vor mir zu verheimlichen. Nur dann, wenn sie plötzlich den Pfarrer brauchten, dann saßen sie ganz kleinlaut und fromm in der Küche vor mir, warteten auf den Pfarrer und nahmen dankbar meinen Kaffee an. Nein, wirklich böse war ich deshalb nicht. Kann es ja auch verstehen. Welch ein Glück ich hatte, von dem Pfarrer diesen Job zu bekommen, obgleich er von Anfang an wusste, die würden sich die Mäuler zerreißen.

Von wegen junge Frau, üppig in der Figur und mit dem Pfarrer bis spät am Abend alleine unter einem Dach. Das ist ja auch der Grund, warum ich am Abend immer wieder in mein kleines Apartment gehe. Will nicht, dass der Pfarrer wegen mir unter falschen Verdacht gerät. Er hat mir geholfen, als ich alleine dastand, mit all dem Kummer und den Sorgen. Als der Pfarrer mir von Karls Tod berichtet hat, ja … wie habe ich mich gefühlt? Es tat etwas weh, vor allem der Vorwurf, den ich mir nun selbst machen muss, sich nicht mehr ausgesprochen zu haben … Da glaubt man doch immer, die Zeit, um sich mal auszusprechen, komme noch, aber dann …? Jetzt ist er tot, erschossen. Das war nicht vorherzusehen. Wir hatten uns noch kurz vor seinem Tod gesehen, aber nicht unterhalten. Aber wenn ich mal ganz ehrlich bin, ich wäre auch in einem Jahr oder in zwei, drei Jahren nicht zu dem Karl gegangen, um mich zu versöhnen ... Der Dickkopf scheint bei uns in der Familie zu liegen. Der Pfarrer hat von seinen großzügigen Spenden gesprochen. Ab und an kam mal ein Scheck, ja, das stimmt. Der kauft sein Gewissen rein, so habe ich damals über den Karl gedacht. Das habe ich aber nicht laut ausgesprochen, wollte der Pfarrer auch nicht aus meinem Mund hören. Als ich meinen Onkel das letzte Mal sah, er sah schlecht aus, ganz blass. Wollte ihn ansprechen, leider habe ich mich nicht getraut, und jetzt ... Es ist nun zu spät dafür ... Ich sollte weniger an die Vergangenheit denken ... was bin ich froh, endlich das Haus, in dem ich lebe, erreicht zu haben. Mit einem Ruck habe ich die Tür hinter mir zugeknallt und den Fernseher angemacht, um abzuschalten. War ein langer und anstrengender Tag heute ... Wie es der Inka geht? Ob sie trauert???

Dienstag, 17. Oktober

Manfred

Mit meiner Jil, das ist aber auch immer ein Auf und Ab der Gefühle. Gut, das mit der Elke war ja auch nicht so gut gelaufen, jedenfalls nicht für die Jil. Musste die aber auch immer gleich mit dem Bübchen Metzger zu ihrer Mama laufen? Die Nachbarin hatte richtig gestrahlt, als sie mir das am nächsten Tag beim Bäcker steckte. War natürlich mal wieder auf das Gestichel der Alten reingefallen, meine Laune war gleich bei null. In der Redaktion war nur miese Stimmung. Heute schien sich alles gegen mich zu wenden, dachte ich jedenfalls bis zum Mittag. Dann kam Anna Sturm rein. Wie aus dem Nichts stand die kleine rothaarige Göre vor mir ... Das kam mir bekannt vor. Anna setzte sich auf meinen Schreibtisch, kaute auf ihrem Kaugummi herum und lachte. Das Lachen steckte mich an, das war gut so. Sie wolle wieder mal was Neues ausprobieren und habe sich beim Bürgermeister Karbach als Pressesprecherin beworben. Ich bekam fast einen Lachkrampf. »Für was oder wen braucht der Karbach eine Pressesprecherin?«

Sie kam sehr nah an mein Gesicht. »Er will demnächst gegen den Landrat kandidieren, da braucht der Mann etwas gute PR.«

So, das war mir neu, hatte bisher nichts davon mitbekommen. Sachen gibt es, unser Karbach. Sollte doch mal wieder auf ein Bier mit dem ausgehen. »Was mache ich mit dir?«

Die Kleine kicherte. »Kann ich bei dir bleiben, nur für ein paar Tage? Hab dir ja schon gesagt, dass ich eine Veränderung brauche und dann auch eine neue Wohnung … Stressig das alles.«

Klar, das war es also, die Anna brauchte eine Unterkunft, und da war ich ihr wieder eingefallen. »Nee, geht nicht. Ich lebe mit Jil zusammen.«

Am Abend musste ich doch noch oft an Anna denken. Jil könnte aber auch mal früher Feierabend machen.

Markus Grunwald

Dass ich Inka angerufen habe, war meiner Anni überhaupt nicht recht. »Das ist jetzt meine Sache«, hab ich gesagt und den Hörer gegriffen. Ist doch jetzt alleine mit allem, den Sorgen, den ganzen Filialen. Da muss doch einer helfen. Was war ich verwundert, wie die mir sagte, der Otto würde sich kümmern, der Freund vom Karl. Puh! Was wusste die Frau schon? Stimmt doch auch. Damals haben alle gedacht, der Karl habe seine Finger im Spiel gehabt … deshalb sei der Otto mit seinem … Na ja, man soll auch nicht alles glauben. Aber gepasst hätte es.

Ein Angebot für die Filialen wollte ich ihr unterbreiten. Inka lachte und sagte, es läge längst ein anderes

Angebot vor. Das hat mich etwas geärgert, gebe ich auch zu. Die Filialen laufen gut, und das bisschen Verwaltung hätte ich schnell im Griff, notfalls würde ich auch den Otto übernehmen. Wer das andere Angebot abgegeben hat, konnte ich nicht in Erfahrung bringen. Aber morgen schon treffe ich Bürgermeister Karbach. Er soll mal seine Simone aushorchen, die ist doch die Sekretärin vom Karl gewesen.

Der Karl hat nichts dem Zufall überlassen. Die Inka scheint einen guten Lehrmeister gehabt zu haben. Hat mich noch gefragt, was ich denn bieten würde für die Filialen, so ganz nebenbei. Sie werde ja jetzt die neue Verhandlungspartnerin sein … Wie sie das betonte. Obwohl, der Karl hat mir gegenüber mal was von seiner Nichte, der Wilma, als Erbin gesagt …

»Können wir das die Tage besprechen? Eventuell bei einem guten Glas Wein?« Ich habe versucht, so natürlich wie möglich zu klingen, wollte auch nicht, dass die Inka gleich spürt, wie sehr ich hinter den Filialen her bin.

»Das wird sich einrichten lassen. Wir telefonieren dann wieder.« Inka hatte es nicht eilig, das wunderte mich. Ob sie auch an das Testament von Karl dachte? Vielleicht hatte er es auch längst verändert, zu Inkas Gunsten, der ganze Ärger mit Wilma ist ja jetzt schon ein paar Jahre her … Schade, war alles keine gute Zeit, nicht für den Karl, nicht für die Wilma und nicht für … Viel ist seither geschehen, wirklich viel.

Inka und ich sprachen noch ein bisschen über den Karl. Er würde noch einige Tage in der Pathologie bleiben. Verrückt das alles, Inka pflichtete dem säuselnd bei.

Dann beendete ich das Telefonat. Meine Frau blickte mich düster an, unser Sohn lugte kurz ins Wohnzimmer, verzog sich dann aber in seine Etage. Ich goss mir einen Wein ein und dachte an den Karl. Was man alles mit einem Menschen erleben kann oder ertragen muss … Meine Gedanken trifteten ab. Der Fernseher lief, aber ich bekam von dem Programm nichts mehr mit. Der unnatürliche Tod vom Karl hat viel Bewegung in die Region gebracht … und Unruhe. Ich habe die Befürchtung, eine Menge Unruhe wird noch kommen …

Anni war müde, hatte auch viel gearbeitet die letzten Tage. Sie hat sich einen Urlaub oder besser noch eine Kur verdient. Ich war froh, als sie schlafen ging.

Jetzt, wo der Karl tot ist, was ist mir wichtig, was hat sein Tod in mir bewirkt? Es kann doch niemand von sich behaupten, dass ihn so ein Schicksal nicht bewegt … Ist doch normal. Man hat doch gesehen, wie schnell es vorbei sein kann – und dann? Was hat man verpasst? Mir fällt die fehlende Leichtigkeit in meinem Leben ein, was kann ich nur ändern?

Ich schenkte mir erneut ein Glas Wein ein, nahm am Kamin Platz, grübelte nach und schlief darüber ein.

Kommissar Schuster

Als ich von dem Mord an Karl erfuhr, hat mich das schon bewegt. Der Mann war hier in der Region jedem bekannt. Gut, ich war auch erleichtert, einmal nicht in den Fall involviert zu sein. Bei Jil Augustin und Hansen war der Fall ja in guten Händen. Trotzdem, ich vermisse die Zusammenarbeit mit den Kollegen. Mein Leben und der Alltag sind im Augenblick zu einer Routine geworden, die mich nicht mehr erfüllt. Was war das im letzten Jahr noch anders ... der gemeinsame Fall, die vielen Treffen mit den Kollegen. Und dann ... dann stand eines Tages die Anna Sturm vor mir, fragte mich nach einem Interview, wow! Mein Leben war von einem auf den anderen Tag wie auf den Kopf gestellt. Ich hatte wieder Spaß, morgens aufzustehen, freute mich auf die Arbeit. Die Kollegen waren anfangs über meine gute Laune verwundert, ich habe mich nur leicht und glücklich gefühlt ... dabei war ich zu diesem Zeitpunkt einfach nur verliebt. Mein äußerlicher Wandel fiel den Kollegen schnell auf, einige machten Scherze oder Bemerkungen. Sie dachten, ich hätte es auf Frau Augustin abgesehen. Warum sollte ich was sagen? Nein, ich schwieg. Die heimlichen Treffen mit der Anna ... das war pures Glück! Es kribbelte bei jeder Verabredung in meinem Bauch. Wie aufgeregt ich immer war, ich, als Mann, wie oft ich in den Spiegel gesehen habe? Es hat mir gut getan, alles war so richtig, dass ich nicht eine Minute bereue, nicht eine Sekunde missen möchte. Im Gegenteil! Vom Grunde her bin ich dankbar. Sie kam zu einem Zeitpunkt in mein Leben, als ich anfing, alt zu werden. Alles verlor sich bis dahin in gewohnter Routine, die Freude am Leben war längst der Pflichterfüllung gewichen. Anna ... sie ist einfach nur ein Geschenk gewesen. Ein Glück, das nur begrenzt anhielt, was mir aber vom Beginn unserer Affäre an bewusst war. Ihr Körper war so traumhaft und die Haut so weich ... Ich habe sie gekostet, geliebt und mich in ihr verloren ... und ich bin dankbar für diese Erfüllung meiner innersten Träume, die ich wahrscheinlich ohne sie nie ausgelebt hätte ... Ja, es stimmt, ich war aufgeblüht. Sie war leicht, luftig, lustig ... unbekümmert ... jung ... ihre Brüste so zart ... zehn Kilo habe ich abgenommen in der Zeit.

Anna Sturm, der Name passte zu ihr. Was sie jetzt macht? Keine Ahnung, leider. Meine Frau kam zurück aus der Kur. Ich konnte nicht mehr so weg, wie ich wollte, musste Treffen mit ihr absagen, was mir unendlich schwer fiel ... Später dann war es Anna, die weniger Zeit hatte. Es verlief alles so spielend, so gleitend ... ohne große Aufregung ... eines Tages war sie dann weg. Ihre Handynummer habe ich noch immer gespeichert. Wenn es mir nicht gut geht, denke ich an sie, an ihr Temperament, stelle ich mir vor, sie anzurufen. Getan habe ich es aber nie mehr ...

Jetzt, da ich wieder zu Hause mit meiner Frau lebe, kann ich wieder essen, was ich will. Habe auch wieder einen Bauch bekommen. Klar, es ist gemütlich, die Abende vor dem Fernseher, das gute Essen. Liebe, Bratkartoffeln und Schnitzel ... Mit Anna gab es Gemüse und Folienkartoffeln, enge Hosen und Turnschuhe, war 'ne coole Zeit mit ihr. Alles an ihr hat mich gereizt, mein Leben auf den Kopf zu stellen, doch die Gefahr, einen Schiffbruch zu erleiden, zu riskieren, sitzengelassen zu werden, hat mich davon abgehalten, einmal etwas wirklich Verrücktes zu tun.

Wie ich Hansen um seine Arbeit mit Jil Augustin beneide. Nur wenige Kilometer trennen die Zugehörigkeit … Schade! Werde mich aber trotzdem die Tage mal bei den Kollegen blicken lassen, mal hören, was es Neues gibt, erste Ermittlungserfolge besprechen. Vielleicht kann ich doch was mit einbringen …

Mittwoch, 18. Oktober

»Ich«

Im Dorf herrscht eine Unruhe, das gefällt mir richtig gut. Alle reden sie nur von der Ermordung. Ein Mörder sei unter uns … Muss mich schön zurückhalten. Muss mich im Hintergrund und unauffällig an dem erlaben, was mir zu Ohren kommt. War heute am Hallenbad, das liebe ich. Habe Wilma gesehen, plötzlich stand sie vor mir … Ist schon so lange her, das alles. Angesehen hat die mich, komisch … dann lächelte sie … Es war fast wie damals. Auf einen Kaffee wollte ich sie einladen, sie lehnte ab und sagte, es sei alles lange schon vorbei mit uns. Wilma ging … Sie ging einfach weiter, mein kleiner Engel …

Sehnsucht!!!!!!

Wilma!!!! Heiraten wollte ich sie, Kinder wollte ich von ihr … Und jetzt? Sie arbeitet beim Herrn Pfarrer, wusste ich doch längst. Ich hab ein Versteck gefunden, von dem aus ich in das Innere des Schwimmbades sehen konnte. Wie hübsch sie noch immer war, die Wilma, der rote Bikini stand ihr gut.

Mir tut keiner so einfach weh, mir nicht mehr! Morgen, morgen komme ich zu dir,

zieh dein schönstes Kleid an, mein Kind,
zum Ausgehen,

wehe, du zierst dich,

dann werde ich dich opfern wie ein …, welche Gedanken sich in meinem Kopf abspielen. Ich will nicht so denken, brauche Ruhe …

Der Tod nur kann mir nehmen, was ich will,

es gibt nichts mehr, das mir nicht gelingt …

Wilma, meine Wilma … Morgen sehen wir uns wieder … Morgen schon, Wilma, komme ich und hole, was mir zusteht, was zu lange vor mir verborgen war … es soll zu meinem Besten sein, soll sie überrumpeln, nur so kann ich ihr Herz zurückgewinnen … oder?

Sie hat mich vorhin noch auf meine Augen angesprochen und meinte, ich würde krank aussehen, ob ich Medikamente nähme …? »Aber, meine Wilma«, habe ich gelächelt, »ich brauche das nicht … Mir geht es gut …« Sie hat sich gesorgt um mich, also liebt sie mich noch immer. Das ist gut so … Morgen, liebe Wilma, komme ich … morgen …

Manfred Luck

Was hat meine Jil gestaunt, als ich ihr von Karls Idee, den Flughafen Hahn zu kaufen, erzählt habe. »Und der Karl wollte tatsächlich unterschreiben?« Sie war ganz verwundert. »Dem ging es doch gut mit seinen Filialen. Und in seinem Alter noch mal so ein Riesenprojekt anzufangen … Ich weiß nicht, bist du dir sicher, dass an den Gerüchten was dran ist?«

Ja, so ist sie, meine Jil. Am liebsten soll immer alles schön geregelt ablaufen. Sie sollte sich in den Innendienst versetzen lassen. Wir hätten es dann auch leichter. Auf das Thema reagiert sie immer gereizt. Denke aber schon, dass sie darüber nachdenkt, meine Jil. Ihrer Mutter bin ich heute auf der Straße begegnet. Sie hat wieder irgendwelche weiten Gewänder getragen … Sieht immer etwas exotisch aus, die Lydia. Aber lustig und gut gelaunt ist die Frau, jedenfalls meistens. Sie hat mich wieder so von oben bis unten betrachtet, daran bin ich schon gewöhnt.

»Na, kann ich mich so unter die Leute trauen?«, habe ich sie gefragt.

»Also, Manfred, wie redest du?«

»Lydia, wir beide kennen uns schon so lange.«

»Dann kann ich dich auch darauf hinweisen, dass ich endlich Oma werden möchte, Manfred. Ich kann nicht ewig warten, und die Jil ist auch schon vierzig.«

»Das Thema bitte nicht.«

»Du hast Brötchen gekauft? Dann frühstückt mal schön, anschließend … Na, du wirst schon wissen, wie ein Kind entsteht«, sie drehte sich um und ging, hob noch die Hand zum Gruß. Schon etwas durchgeknallt, aber lieb. Jil habe ich nichts von der Begegnung mit Lydia erzählt.

»Du triffst dich doch ab und an auf ein Bier mit dem Bürgermeister …« Jil lässt nicht locker, wenn sie sich an etwas festgebissen hat. Vielleicht hätte ich mal meinen Mund halten sollen, was die Gerüchte über den Flughafen Hahn angeht. »Du willst, dass ich …? Vielleicht ist es ihm unangenehm, über den Karl zu sprechen.«

Donnerstag, 19. Oktober

Inka

Fast hätte ich die Klingel nicht gehört, so laut lief mein Radio.

»Ihre Musik tönt bis auf die Straße!«

»Guten Tag, Frau Augustin.«

»Darf ich reinkommen?«

»Natürlich, bitte. Ich habe schon viel früher mit Ihrem Besuch gerechnet.« Ich machte eine Handbewegung, und die Kommissarin trat an mir vorbei ins Wohnzimmer.

»Schön haben Sie es hier.«

»Für so etwas haben Sie einen Blick?« Puh! Das hätte ich mir besser verkniffen. Frau Augustin konnte darüber nicht lachen. Kleine Zicke.

»Sie haben keine Kinder?« Die Kommissarin sah mich an, als wäre ich von einem anderen Stern. »Nein«, sagte ich und schüttelte meinen Kopf. Ich ließ mich in einen Sessel fallen. »Und Sie? Haben Sie Kinder?« Frau Augustin machte eine rasche Handbewegung, die mir nichts sagte. »Das tut nichts zur Sache«, fügte sie tonlos nach. Für einige Sekunden sahen wir uns nur an.

»Im Dorf wird erzählt, Sie und Karbach seien in Spanien gewesen.«

»Das darf nicht wahr sein! So eine Unverschämtheit! Wer erzählt das über uns? Kein Wort davon entspricht der Wahrheit.« Ich regte mich auf, und trotzdem entging mir nicht, dass die Kommissarin mich nach wie vor eindringlich beobachtete.

»Fakt ist aber doch, Sie waren in Mallorca, Karbach auch.«

Die hatte sich ja total festgebissen auf Karbach und mich. Wütend sprang ich auf. Alle Versuche, sie vom Gegenteil zu überzeugen, scheiterten. »Dann rufen Sie doch in meinem Hotel an.« Zum Abschluss gab ich ihr die Anschrift. »Vergessen Sie aber nicht, Karbach zu fragen, wo er übernachtet hat, bei mir jedenfalls nicht.«

»Können Sie mit einer Pistole umgehen?«

»Oh! Sie denken, ich habe übersinnliche Kräfte und kann den Karl aus dem Bett heraus auf der Jagd erschießen?« Meine Stimme war sehr laut geworden.

»Haben Sie Zugang zu dem Waffenschrank Ihres Mannes?«

»Nein! Vielleicht sollten Sie öfter mal mit Ihrem Kollegen Hansen sprechen, er hat mich das Gleiche schon vor Tagen gefragt.«

Die Kommissarin schien für das Erste zufrieden zu sein und verabschiedete sich. »Wir sprechen uns aber noch.«

Wütend ließ ich meine Tür ins Schloss fallen, nachdem die Kommissarin endlich gegangen war. Diese lieben Leute, die immer alles wissen wollen. Erst soll die Simone was mit meinem Karl gehabt haben, und damit es noch spannender wird, habe ich jetzt ein Verhältnis mit Karbach. Prima! Dann kommen als Mörder nur Karbach und ich in Betracht, vielleicht ja noch seine Simone. Und nach Otto hat sie überhaupt nicht gefragt. Muss sich doch herumgesprochen haben, dass er in Spanien war ... Da fällt mir ein, ich habe Otto noch nicht gefragt, warum er ... Quatsch! Nicht einmal denken sollte ich das, oder doch? Was, wenn ich ihn völlig falsch eingeschätzt habe, er eiskalt ist und über Karls Leiche an unser Geld kommen will ... ich nur eine Hürde für ihn darstelle ... Vielleicht liebt er mich nicht einmal und denkt selbst beim Sex nur an das Geld? Durch mich würde er ein bequemes Leben bekommen und mit einem Mal zum Chef aufsteigen, falls ich die Filialen nicht verkaufe ...

Muss mir einen Whisky eingießen, diese Jil Augustin bringt mich um den Verstand. Seit die hier war, denke ich mir einen Mist aus. Das muss aufhören! Warum der Grunwald die Filialen kaufen will, habe ich nicht verstanden. Wir wollen uns noch mal treffen, dann werde ich ihn fragen. Dem geht es doch finanziell gut genug. Warum sich freiwillig Arbeit aufhalsen? Außerdem, er als Arzt hat doch keine Ahnung von der Geschäftsführung ... und sein Sohn? Kann ich mir nicht vorstellen, dass er das Geschäft für ihn machen will ... Dachte, der Markus Grunwald wolle sich langsam aus der Praxis zurückziehen. Es muss also doch um seinen Sohn, den Max, gehen. Aber ob der die Verantwortung für so viele Leute übernehmen kann? Er war die Tage mal hier, das war an dem Abend, als ich aus Mallorca zurückgekommen bin. Für meinen Karl habe ich schön gekocht, wollte ihm eine Freude bereiten und mein schlechtes Gewissen etwas beruhigen. Mitten bei den Vorbereitungen kam dann Max Grunwald. Ich hab ihn noch ins Haus geholt und ein paar Worte mit ihm gewechselt, nichts Wichtiges. Den Karl wollte er unbedingt sprechen, der war aber noch in der Firma. Dann hat der Max noch gemeint, er komme die Tage wieder, wenn es denn in Ordnung für mich sei. Er könnte sonst auch um einen Termin in der Firma bitten, wollte uns nicht privat stören ... Das fand ich sehr angenehm und aufmerksam. Plötzlich hörte ich aus der Küche ein Geräusch – was war ich gerannt! Die Nudeln hatte ich total vergessen und mir war das Wasser über den Topf gelaufen ...

»Ich«

Dieses kleine Luder war im Grunde doch selbst schuld. Hätte sich nicht so neugierig in alles einmischen müssen. Das mag ich nicht, ganz und gar nicht. Im Hallenbad fand ich sie noch so unschuldig und lieb ... Genau gesehen habe ich ihren Blick, besser gesagt die Blicke! Gestarrt hat sie, in der Tageszeitung war groß eine Pistole abgebildet, alles nur Schau!

Warum ich diese Pistole besitze ...? Warum nur? Du kleines, dummes Weib? Nein, das habe ich nicht gesagt, nicht in dem Augenblick. Warum auch? Sie war immer noch so schön, ihr Haar fiel leicht und lockig bis über die Schulter, und es glänzte ... Das sah ich sehr gerne. Hatte sich zickig angestellt, wollte nicht sogleich und direkt was mit mir anfangen. Das gefiel mir nicht, nein, ganz und gar nicht. Ich bin es nicht gewohnt, abgewiesen zu werden, nicht ich! Hatte sie doch extra zu Hause aufgesucht … Genau so sollte ich doch handeln … war doch alles besprochen.

Meine Hände konnte ich kaum bei mir behalten, wollte unbedingt ihren Körper berühren, die Brüste spüren, und meine Zunge wollte in ihren Mund eindringen …

Es war nicht gut, mich wegzuschubsen, nicht mich! Dummes, kleines Ding! Sie sah mich erschrocken an, rasch habe ich zu meinem Lächeln zurückgefunden. Warte nur! Warte nur ab … Ob es ihr gut ginge, sie einen Freund hätte, wollte ich wissen. Meine Hände umklammerten dabei etwas zu fest ihre Oberarme. Sie erschrak … Das habe ich nicht gewollt … Nein, wirklich nicht. Lieber küssen …

»Die Pistole, mit der Karl erschossen wurde …« Sie fing erneut davon an und trat einen Schritt zurück. Die Pistole hatte ich noch in meiner Jackentasche, war rausgefallen, als ich meine Jacke ausgezogen hatte … Natürlich wurde mir schlagartig bewusst, dass sie Angst vor mir hatte. So weit waren wir voneinander getrennt? So viel lag zwischen unseren Herzen, dass sie Angst empfand? »Küssen möchte ich dich und spüren, deine Lippen berühren …« Sie ließ es geschehen, stand jedoch wie angewurzelt vor mir … Meine Hände glitten über ihren Körper. Wilma zitterte … Warum nur? War sie so erregt?

»Los, zieh dich aus! Ich will dich jetzt spüren … Jetzt, bevor … bevor der Tod dich mir wegnimmt.«

Das hätte ich nicht so sagen sollen, war wirklich dumm von mir. Ich war zu ehrlich, ungeschickt eben. Wie konnte ich nur vergessen, welch liebe Seele in ihrem Körper steckte.

Süße kleine Frucht,
hab von Dir gekostet,
Dich aufgesogen in mein Inneres.
Jetzt darfst du fort, für immer gehen,
meine Sonne, mein Stern,
niemals die Erinnerung wird vergehen …

Sie war ein tolles Weib, die Wilma. Nur so böse, ja, sie hat böse Dinge zu mir gesagt. Heiraten wollte ich die Wilma … Immer habe ich an Wilma gedacht, all die Jahre, in denen ich weg war … Mein Therapeut meinte, ich sei nicht in der Lage, mich in die Gesellschaft einzugliedern … Der ist böse.

Mama mag meine Gedichte … Papa findet die doof … Er ist auch alt und weiß nicht immer, was er redet … hat vielleicht auch schon den Tod in seinen müden Knochen sitzen.

Habe mir vorhin eine Currywurst mit Pommes gekauft, an der Imbissbude am Rheinufer. Stand doch plötzlich diese junge Frau neben mir. Dachte mir zuerst, jetzt quatscht die dir dein Ohr ab … Es kam aber ganz anders. Hübsches Kind, beim zweiten Hinsehen fiel mir das kleine Grübchen auf ihren Wangen auf, nett, richtig nett. Sie erzählte viel. Gut, Frauen reden oft zu viel und unnötiges Zeug … Sie hatte eine klasse Figur. Gab mir ihre Handynummer, nicht schlecht! Dafür hatte ich ihr eine Cola ausgegeben … Kleine Geschenke erhalten die Freundschaft … Ich bin so lieb …

Am Samstag würde eine Party bei ihr steigen, sagte sie. Ob ich Lust hätte zu kommen? Sie sah mich an, ich musste immer auf das Grübchen sehen. Dann habe ich zugesagt. Warum auch nicht? Etwas Abwechslung kann mir nicht schaden. Das Leben muss weitergehen, *the show must go on*! Eigentlich war ich ganz froh, als dieser Alt-68er-Typ vor ihr stand und sie ziemlich abgelenkt zu sein schien ... Die Handynummer steckte ich ein, dann verzog ich mich. Hat sie nicht mal bemerkt, der Typ hat mir noch nachgesehen, schien sehr neugierig zu sein. Ist so ein Frauentyp, lange Haare, coole Kleidung, in meinen Augen einfach nur ein Weichei.

Die Frau war nicht übel. Wie hieß die noch mal? Ela? Elli? Nein, Elke! Beim Autofahren dachte ich wieder an das Grübchen. Vielleicht fange ich was mit der Frau an. Meine Hausaufgaben sind abgeschlossen.

Muss wieder an Wilma denken. Sie hat mich mit ihren ach so großen Augen angesehen. Ich habe gelacht, nicht laut, und dann fiel der Schuss ... Jetzt kann sie mir keiner mehr wegnehmen, meine Wilma ...

Mir geht es gut, natürlich geht es mir gut. Habe nur noch wenige Tage Zeit ... Dann soll ich wieder zurück. Mutter sagt, es tut mir gut. Mutter weiß immer, was mir gut tut, auch damals wusste sie es ... als ich hier weg musste ... wegen Opa ... Eigentlich habe ich doch nichts Schlimmes getan ... Opa hat immer in dem Schaukelstuhl gesessen, jeden Mittag, mit Blick aus dem Fenster auf den Rhein. Das olle Ding quietschte, mir missfiel es ... Musste doch was unternehmen, um es abzustellen. Jeden Mittag das Gleiche ... quietsch ... quietsch ... quiiiiiieeetsch ... macht einen total verrückt … und der Alte lächelte immer versonnen. Selbst wenn er schlief, schaffte er es noch, dass der Schaukelstuhl sich bewegte und quietschte … Opa war doch sowieso kurz vorm Sterben. Er hat selbst immer gesagt, der Tod stehe schon auf der Schwelle. Gut, dachte ich damals, dann lasse ich ihn mal rein, den Tod … Mutter fand es nicht lustig. Es gab anschließend aber eine schöne Beerdigung und erst der Kuchen, der hat richtig gut geschmeckt. Ich liebe diese Veranstaltungen, und Schwarz steht mir ausgezeichnet.

Freitag, 20. Oktober

Otto

Inka ist eine wunderbare Frau. Als ich eben mit ihr telefoniert habe, war ich fast so weit, es zu erzählen. Ob sie bei mir bleibt, wenn sie von meinem kleinen Geheimnis erfährt? Ja, ich habe einen Fehler gemacht, mich hinreißen lassen. Das war falsch. Aber hatte ich nicht auch allen Grund, so …

Bei der Trauerfeier setze ich mich ganz nach hinten. Will die Inka nicht durcheinanderbringen. Der MP soll ja auch zur Trauerfeier kommen. Tja, das schöne Geld vom Karl fließt nun nicht in den Flughafen … Klar, dem Karl habe ich so eine Sanierung schon zugetraut. Also, wenn es jemand zustande gebracht hätte, dann er. Für die Filialen hätte er richtig Geld bekommen. Was die Inka damit machen wird? So wie ich die einschätze, Party und einkaufen gehen. Warum auch nicht? Das Mädel ist jung und soll machen, was es will. Am besten wird sein, die Inka packt ihre Siebensachen und zieht hier weg … Ob sie mich mitnimmt? Ich würde nicht nein sagen. Seit meiner Pleite damals hatte ich keine feste Beziehung mehr. So einem wie mir hat keine mehr getraut. Die Inka hat nie so genau gefragt. In der Hinsicht ist sie etwas naiv … mein blonder Engel. Sie hat mich doch schon im Büro vom Karl gesehen …

Gut, dass im Dorf geredet wurde, war der egal, glaube ich zumindest. Sie wird nie mit jemandem über mich gesprochen haben, warum auch?

Am Samstag bei meiner Jagd muss alles gut ablaufen. Das wünsche ich mir und den anderen Jägern. Eine Gedenkminute für den Karl lege ich ganz am Anfang ein. Vielleicht noch mal vor dem Schüsseltreiben? Oder ist das übertrieben? Bin ja froh, dass ich die Jagd ausrichten kann, wieder in der Lage bin, ein kleines Revier zu unterhalten ... hab auch eine lange Durststrecke hinter mir. Ist alles so lange her, die Zeit sollte ich besser vergessen.

Samstag, 21. Oktober

Jil Augustin

Es war mir schon klar, als mein Handy klingelte. Es war wieder was passiert. Die ganze Woche nur Stress, die Befragungen, immer und immer wieder habe ich mit Hansen und Metzger die Liste der Treiber angesehen, diskutiert über ein mögliches Motiv, doch nichts, wir kamen kein Stück weiter in dem Mord. Heute, am Samstag, wollte ich einmal bis zum Mittag nur für Manfred Zeit haben, ihn genießen und mich fallen lassen …

Gerade saß ich mit Manfred in unserer Küche, er hatte Brötchen geholt. Die Nacht war er bei mir gewesen. Es war sehr schön mit ihm und unsere Versöhnung wie ein wahr gewordener Traum … Wir sprachen weder von Elke noch von meinem Treffen mit Metzger. Es ging nur um uns beide und unser Verlangen, zusammen zu sein.

Kaum dass ich gestern unsere Wohnungstür aufgeschlossen hatte, roch ich Manfred. Sein Rasierwasser lag in der Luft. Ich liebe diesen hölzernen Duft an ihm. Mein Blick fiel in die Küche. »Du kochst für uns?« Neugierig kam ich näher. Manfred lachte, ich liebe es, wenn er mich so ansieht. »Nicht direkt, meine Puppe.« Dann gab er den Blick auf den Ofen frei, und ich sah, dass er sich Hilfe bei unserem Italiener geholt hatte. »Machst du uns einen Rotwein auf?«

Zehn Minuten später saßen wir eng umschlungen auf dem Sofa, die Pizza auf dem Schoß und fütterten uns gegenseitig, was damit endete, dass mein Pulli Tomatensoße abbekam. »Zieh ihn aus, Jil!«, forderte Manfred und nahm meinen Teller an sich. Er ließ nicht eine Sekunde seine Augen von mir. Ganz langsam und genüsslich zog ich meinen Pulli hoch. »Da, auf deinem BH ist auch ein Fleck.« Er fingerte an dem Verschluss ... Es war herrlich. Dann stellte er die Teller auf dem kleinen Tisch ab, zog sein Shirt aus, kam näher und küsste meinen Nacken. Seine Hände wanderten über meinen Rücken und blieben auf meinem Busen liegen.

Ich war froh, dass zwischen uns wieder alles im Lot war. Wir waren, irgendwann sehr viel später, auf dem Sofa eingeschlafen ...

Ich wollte mein Handy einfach überhören, so tun, als sei heute mein freier Tag, wollte nur für Manfred auf der Welt sein ... Der Duft von frischen Brötchen lag in der Wohnung, der von Kaffee mischte sich hinzu.

Manfred blickte auf mein Display. »Es ist ein Anruf von Kommissar Schuster, soll ich?« Traurig nickte ich ein Ja. Zwanzig Sekunden später habe ich dieses Nicken bereits bereut. »Warum immer am Wochenende?« Doofe Frage, Schuster war sicherlich auch nicht begeistert darüber. »Wir treffen uns dann vor Ort? Ich muss noch sehen, dass ich eine Fähre bekomme.« Dann beendete er das Gespräch. Manfred gab mir anschließend einen Kuss auf meine Stirn. »Komm, eine Tasse Kaffee kannst du noch trinken. Du siehst angespannt aus, Jil. Warum hat Schuster angerufen?« Meine Augen sahen ihn traurig an. Bevor ich eine Antwort gab, biss ich in mein Brötchen. »Es gibt eine neue Leiche.« Manfred ließ die Tageszeitung fallen. »So ganz nebenbei erzählst du das? Ist Schuster nicht in Sankt Goarshausen tätig?«

Während ich mein Brötchen in Rekordzeit verschlang und meinen Kaffee trank, holte Manfred schon seine Jacke und die Kamera. »Ich begleite dich, dann kannst du mir im Auto alles erzählen.«

Mein erster Anruf im Auto galt Hansen. Seine Frau nahm das Gespräch entgegen, das freute mich. Ihre Stimme klang allerdings alles andere als begeistert. »Da komme ich nach einer Woche nach Hause, und mein Mann muss gleich wieder weg.« Ich sagte nichts dazu und fragte noch einmal nach Hansen. Sie meinte, er würde später zurückrufen, und unterbrach die Leitung.

Manfred, der das Gespräch über Lautsprecher verfolgt hatte, fing an zu lachen. »Gut, dass andere Paare auch ihre Problemchen haben.« Bevor ich was sagen konnte, klingelte mein Handy. Es war Otto Heime. Der Mann war völlig aufgelöst und durch den Wind. »Das ist jetzt selbst für mich zu viel … Die Frau … noch so jung, ganz nackt. Ich habe ihr meine Jacke über den Körper gelegt und …«

»Nein! Lassen Sie jetzt die Finger von der Leiche, Sie zerstören uns alle Fingerabdrücke!«

Nach dem Telefonat sah Manfred mich an. Gut, dass er den Wagen lenkte. Ich sah kurz zu den Schiffen auf dem Rhein, und meine alte Sehnsucht, mit einem solchen einfach mal für unbestimmte Zeit zu verschwinden, kam wieder auf. »Wer ist die Frau?« Ich sah Manfred an und zuckte mit den Schultern. »Das hat Kollege Schuster nicht gesagt. Nur, die Frau war nackt.«

»Und die Leiche wurde in Otto Heimes Revier gefunden?«

»So ist es. Laut Schuster wurde die Leiche auf einem Erdsitz platziert.«

»Dann sollte die Leiche auch heute gefunden werden.« Dem stimmte ich zu. Dass heute im Revier von Otto Heime Jagd war, wussten viele Menschen.

Mein Kollege Hansen rief zurück, als ich gerade aus dem Auto stieg. »Ich kann noch nicht mehr sagen, bin aber gleich bei der Leiche, Hansen. Sie kommen noch?« Er versprach, in zwanzig Minuten im Revier zu sein.

Die wenigen Meter bergauf zeigten, dass ich zu wenig Sport machte. Das letzte Mal, als ich joggen war, da hatte ich Elke getroffen. Oh, nein! Die Party, heute Abend ist die Party. Mist, meine Haare wollte ich mir noch machen lassen. Der Ansatz ist leicht grau … Ich sollte mir dafür etwas mehr Zeit nehmen. Mein Blick suchte Manfred, der mir folgte.

»Gut, dass Sie da sind.« Grunwald kam mir entgegen. »Der Otto sitzt da oben und sagt nichts mehr, ist total neben sich. Letzte Woche erst der Karl und jetzt die Wilma.«

Ich hob meine Augenbraue. »Wilma?« Dann eilte ich an ihm vorbei zu der Leiche. Otto Heimes Jacke verdeckte alles. Vorsichtig zog ich sie weg. Der Stich in meinem Magen war mir nicht fremd. Es war wirklich Wilma, die da lag, nackt. Ihre Haut zeigte Kratzspuren.

»Glaubst du, sie wurde vergewaltigt?« Manfred hielt sich etwas im Hintergrund, was mir gefiel. Mein Nicken fiel vorsichtig aus, wir mussten auf Gemmel warten. »Hat schon jemand Doktor Gemmel angerufen?« Meine Kollegen der Spurensicherung wussten es auch nicht. Mürrisch zog ich mein Handy hervor und rief ihn an.

»Immer das Gleiche! Keinen Samstag kann ich ausschlafen. Meine Frau meint schon, ich habe ein Techtelmechtel mit Ihnen.« An der Stelle unterbrach ich die Verbindung. Zuvor hatte ich Gemmel noch den genauen Ort mitgeteilt, an dem die Leiche lag.

»Sie hat auch einen Kopfschuss«, flüsterte Grunwald und kam mit seinem Gesicht so nah, dass ich seinen Atem riechen konnte. Es war mir unangenehm. »Hier läuft ein Irrer herum.« Dann stand auch Otto Heime neben mir, sein Gesicht war blass. »Die arme Wilma. Wer sagt jetzt dem Pfarrer Bescheid?«

Nachdem Gemmel eingetroffen war, bat ich Markus Grunwald, mir den genauen Ablauf des bisherigen Morgens mitzuteilen. Otto schien nicht in der Lage dazu zu sein, er war immer noch ganz blass.

Von Markus Grunwald erfuhr ich, dass sich die Jäger rund hundert Meter von dem Fundort der Leiche entfernt getroffen hatten. »Es war alles ganz normal. Wir haben eine Gedenkminute für Karl eingelegt. Das hatte der Otto vorgeschlagen, kam auch gut an. Später hat er uns dann die Regeln für die heutige Jagd vorgestellt, dann wurden wir in Gruppen aufgeteilt. Die Treiber und Hundeführer waren auch schon dabei. Otto und ich haben die Frau gefunden. Das war mein Stand, an dem …«

»Wo ist Kai Boger?« Er zeigte auf eine Gruppe mit Männern, ich erkannte ihn sofort. Somit schienen alle wieder versammelt zu sein. Simone hatte ich auch schon gesehen. Fast die gleiche Gesellschaft und wieder eine Leiche.

»Frau Augustin!« Überrascht drehte ich mich um, Gemmel rief mich zu sich. Neugierig streckte ich ihm mein Gesicht entgegen. Er kniete neben der Leiche. »Sie wurde allem Anschein nach vergewaltigt, nicht heute oder gestern. Muss schon zwei Tage her sein, dass sie hier abgelegt wurde. Genauere Angaben kann ich Ihnen aber noch nicht geben, erst muss ich die Leiche gründlich untersuchen.«

Pfarrer Klein

Geahnt habe ich es … Wilma war so zuverlässig, lieb, herzlich … Alles, was in schöne Worte zu fassen ist, passte zu ihr. Nein, sehen wollte ich Wilma so nicht. Das habe ich Frau Augustin auch gesagt. Wilma, meine liebe Wilma … tot, für immer erloschen und still. Sie war wie ein eigenes Kind für mich, ein Kind, das ich niemals haben werde … Auf dem Handy habe ich immer und immer wieder versucht, Wilma anzurufen, doch sie meldete sich nicht, nur die Mobilbox sprang an. Es war nicht ihre Art, sich nicht bei mir zu melden. Selbst wenn sie ein paar Tage frei hatte, Wilma rief zwischendurch an und erkundigte sich nach meiner Gesundheit. Warum ich nicht bei der Polizei angerufen habe? Die Kommissarin hatte ja recht, ich hätte ihr Verschwinden melden müssen. Warum war ich so kraftlos? Ja, weil ich schon gespürt habe, sie ist weg … Doch so? Oft habe ich ihr gesagt: »Wilma, so eine tolle Köchin wie du, die müsste eine ganze Schar von Kindern versorgen.« Gelacht hat sie immer und gemeint, der Richtige würde noch fehlen, dann war das Thema wieder vorbei.

Hatte versucht, ihre Tante anzurufen. Ging keiner ans Telefon, habe ihr eine Nachricht hinterlassen, sie möge sich bitte melden. Morgen ist die Trauerfeier vom Karl. Wurde verschoben auf Sonntag. Der MP hat sich doch angesagt. Außerdem war der Karl erst gestern aus der Pathologie gekommen, der Arme. Montag ist die Beerdigung im ganz kleinen Kreis. Das werden noch harte Stunden für mich, Ablenkung von meinen Problemen? Wilma … Ich konnte ihr nicht helfen in der Stunde ihrer Qual … Wieder muss ich an den Mann mit der Maske denken, bin mir nun ganz sicher, dass er was mit dem Tod von Wilma zu tun hat.

Frau Augustin hatte mir viele Fragen gestellt, als sie mich im Pfarrhaus besuchte, sah aber dennoch nicht zufrieden aus. So eine junge Frau und dieser Beruf! Ich habe Kaffee für uns gemacht. Das kann ich gerade noch alleine. Frau Augustin wollte mir die Kanne in das Wohnzimmer tragen. Sie kleckste, und Kaffee tropfte auf ihre Hose. Ihr schien es nicht so wichtig zu sein … Da war meine Wilma ganz anders, so auf Reinheit und Ordnung bedacht.

Ich habe Frau Augustin von der Begegnung mit dem Mann erzählt. »Er stand mit einem Mal vor mir, mit dieser Maske im Gesicht. Nur seine Augen, diese leuchtend blauen Augen, die habe ich gesehen, wirkten aber wie unter Drogen ... oder wenigstens Alkohol.«

Frau Augustin zog die Augenbraue hoch, sagte nichts, nahm mich allem Anschein nach nicht ernst. Ich war von der Frau enttäuscht.

»Was ich über Wilma sagen kann? Ja ... sie war wie ein Engel, ganz herzlich und rein, nicht so ...«

Frau Augustin unterbrach mich, sie wollte keine Lobeshymne auf eine Tote, sondern etwas Realistisches über ihr Leben erfahren, etwas, das sie zu dem Mörder bringen würde.

Meinen Kaffee ließ ich stehen und sah aus dem Fenster, erblickte die Kirche. Alles wirkte wie immer, ruhig und friedlich ... was nicht stimmte!!!

»Na ja, ich kann bloß erzählen, dass Wilma jetzt seit fünf Jahren für mich tätig war. Vorher? Wo sie vorher gearbeitet hat? Sie hatte gerade erst ihr Studium fertig, war doch noch so jung.«

Vorbereiten muss ich mich, auf den Trauergottesdienst für den Karl, vergessen sollte ich. Ja, ich will vergessen und versuchen, zu arbeiten und zu funktionieren. Funktionieren, das ist es ... Die Zeit ist reif zu arbeiten ... Es war nur ein geliehenes Glück ... Tage voller Freude und Licht. Vorbei! Muss mich jetzt beeilen und arbeiten, die Worte für morgen finden. Erst diese Trauerfeier, dann am Montag die Beerdigung ... für den Karl, danach fange ich an, darüber nachzudenken, welche Worte passend sind für diesen wertvollen

Menschen ... wie leer es mit einem Mal im Pfarrhaus ist. Das Wort Beerdigung hat jetzt so etwas anderes für mich. Diese Endgültigkeit und ... Warum weine ich? Ich, ich der eigentlich andere trösten und ihnen zuhören muss und der weiß, dass alles weitergeht und der Tod nicht das Ende ist, sondern nur der Anfang ... Ausgerechnet ich weine.

Schöne Worte soll ich für den Karl formulieren. Er hat so viel Geld gespendet für unsere Gemeinde. Ja, darüber werde ich reden ... Darüber werde ich viel sagen können, nicht aber über ... Ich sollte nicht daran denken, nein, nicht heute und nicht morgen ...

Die Inka muss ich nach der Beerdigung ansprechen, auf das Versprechen vom Karl, noch die Kosten für die Renovierung des Heiligenbildes zu übernehmen.

Ob ich Inka erwähnen sollte? Immerhin ist sie die Erbin vom Karl ... ich meine seine Witwe. Ob die Wilma auch in seinem Testament erwähnt wird? Früher hat der Karl sich wirklich rührend um Wilma gekümmert, sie wie eine Tochter behandelt und für ihr Wohl gesorgt. Bis zu diesem einen Tag ... Das ganze Dorf war in den Schlamassel hineingezogen worden, so schien es zumindest. Das Ende war, Wilma kam zu mir ins Pfarrhaus, zumindest tagsüber hatte sie Arbeit bei mir gefunden. Sie behielt ihre kleine Wohnung am Rhein, ging auch noch putzen. Wie oft habe ich schon mit Wilma darüber gesprochen. Es ist nicht gut für eine junge Frau, nur zu arbeiten, sie müsse mal ausgehen und wieder fröhlich sein und lachen. Obwohl, sie war ja trotzdem immer fröhlich, und Lachen gehörte auch zu ihren positiven Eigenschaften. Die Kommissarin ist dann rasch gegangen, will sich aber wieder melden.

Gegen Abend rief Markus Grunwald an, wollte mich dringend unter vier Augen sprechen.

»Gut, kommen Sie zu mir ins Pfarrhaus! Ich arbeite gerade an den Worten für die Trauerfeier vom Karl.«

»Dann sollte ich Sie jetzt doch nicht mehr stören. Es ist auch schon spät. Wir sehen uns morgen, und ich melde mich wieder bei Ihnen, Herr Pfarrer. Gute Nacht!« Komisch, er beendete das Gespräch, ohne dass er mich noch einmal zu Wort kommen ließ. Ihm saß der Tod vom Karl sicher auch noch unter der Haut. Ausgerechnet bei seiner Jagd wird der Karl erschossen. Ob es einen Zusammenhang gibt? Vielleicht wollte der Mörder Markus Grunwald damit schaden? Oder ob der Markus …? Nein! Die Sache mit dem Kronleuchter habe ich auch schon zugetragen bekommen. Einige sprachen von einem ersten Mordversuch, der nicht funktioniert habe, daher dann der Nachschlag … Ich muss mich nun auf die Vorbereitungen konzentrieren, ist jetzt alles so anders hier geworden, so … Mit dem Grübeln kam ich nicht weiter. In meiner Schreibtischschublade fand ich eine Kopfschmerztablette und hoffte, dass sie helfen würde. Dann summte mein Handy. Hansen.

Samstag, 21. Oktober, am Nachmittag

Elke

Heute ist Party ... Ich war schon am Morgen aufgeregt. Ob ich an alles gedacht habe? Sekt? Ja. Wein? Ja. Bier? Ja. Wasser und Cola auch ... Dürfte nichts vergessen haben. Beim Friseur, den ich mir öfter leiste, als mein Konto es eigentlich zulässt, konnte ich mich kaum konzentrieren. Dann kam der Super-GAU für mich ... Jede Frau weiß, wie schrecklich es ist, mit Farbe und Alufolie in den Haaren im grauen Kittel dazusitzen, Klatschzeitschrift in den Händen, und dann kommt ein Mann herein ... Nicht irgendein Mann ... nein ... einer, den man auch noch gerne sieht. Horror!! Absolut grauenvoll!

Versunken in meine Illustrierte, spürte ich den kleinen Druck seiner Hand auf meiner Schulter ... Vorsichtig sah ich in den Spiegel, um mich zu vergewissern, wer hinter mir stand ... O Schreck, lass nach! Es war MANFRED.

»Hey, Elke, alles klar? Hätte dich fast nicht wiedererkannt, so ... ja, so ...« An der Stelle nahm ich die peinliche Situation schnell selbst in die Hand. »Manni ... Ach, wie nett ... Du, hier?«, klang doch megaintelligent, oder? Ohrfeigen hätte ich mich können. Ging aber grad nicht anders ... Was für eine doofe Situation.

»Sehen wir uns am Abend?« Warum trällerte ich so? Meine Friseuse kam angerannt und wollte wissen, ob alles in Ordnung sei … Verdammt, wie kam ich aus der Situation wieder raus?

»Mal sehen …« Klar, das bedeutete: »Ich will mich nicht festlegen …« Entweder der Typ war so cool und spielte mit mir … oder? Nein!!! Er hatte kein Interesse an einer fast Vierzigjährigen mit Farbe auf dem Kopf und grauem Kittel auf den Schultern, ohne Make-up, die im Friseurstuhl festsaß … Sexy sah anders aus.

»Du riechst so …« Er beugte sich über meine Schulter. Nicht das noch, das war die Biofarbe!

»Also die Party … heute Abend …«

Er lachte laut. »So kannste da aber nicht erscheinen …« Dann ging er weiter in den Bereich für Männer. Ich wurde immer kleiner in meinem Stuhl. Scheiße!!!! Warum reagiere ich eigentlich immer so auf den Typen? Er ist mit Jil zusammen. Also, Elke, vergiss ihn ein für alle Mal! … Dieser Manfred Luck ist belegt. Ich musste laut lachen, er war doch keine Toilette … belegt. Trotzdem, die Erinnerung an den Sex mit Manfred ist auch nie aus meinem Kopf verschwunden …

Meine Friseuse sah mich erstaunt an, beugte sich zu mir. »Der sieht aber auch gut aus, der Luck. Den würde ich auch nicht von der Bettkante schubsen.«

Mein Wunsch, vor Manfred fertig zu sein, schlug fehl. Meine Friseuse beeilte sich, aber die Farbe brauchte ihre Zeit. Immerhin war ich, als Manfred Tschüs sagen kam, schon wieder etwas hergerichtet.

»Geht doch!«, lachte Manfred. »Was ist mit heute Abend?« Er sah mich von der Seite an. »Muss mal sehen, heute ist schon wieder eine Leiche gefunden worden, und die Jil …« Er brach seine Worte ab. Klopfte mir zum Abschied auf die Schulter, dann war er verschwunden.

Hansen

Das mit Wilma war kein schöner Anblick. Sie war noch so jung. So tolle Figur, nicht dünn, eben richtig proportioniert … Da kann man schwach werden. Was war ich froh, dass die Kommissarin nichts zu dem Telefonat mit meiner Frau gesagt hatte. Immerhin verstehe ich jetzt, wie unangenehm es für Jil Augustin jedes Mal sein musste, wenn ich meine Kommentare über sie und den Journalisten abgab. Der war schon wieder bei ihr und machte Fotos, allerdings nicht von der nackten Wilma, das machte ihn mir gleich sympathischer. Vielleicht ist er nicht so verkehrt, und wir sollten mal ein Bier zusammen trinken … Bin ich sentimental heute? Liegt bestimmt an meiner Frau.

Manfred Luck ging nach einer halben Stunde. Glaube, der kann nicht gut Leichen sehen.

Da hatte sich jemand an der Wilma vergangen und sie richtig grob behandelt. Die Wilma, so meinte Gemmel, sei zuerst vergewaltigt, dann hierher gebracht und erschossen worden.

»Ich melde mich am Nachmittag oder am frühen Abend, halt dann, wenn ich mehr weiß«, ließ Gemmel uns zurück, zuvor packte er akribisch seine Tasche ein. Die Wilma wurde abtransportiert. Wie sie in einen Plastiksack gelegt und dann aus meinem Blickfeld getragen wurde, tat sie mir leid … War jetzt auch zu spät. Die Guten müssen gehen, und die Bösen … Plötzlich dachte ich an meine Frau. So schnell konnten sich die Gedanken ändern, ich erschrak.

Doktor Gemmel

Das mit der Wilma war schlimm, wirklich. Erst war ich sauer, dass das Telefon wieder mal an einem Samstag klingelte und Frau Augustin mir einen Mord meldete. Gut, die Frau konnte nichts dafür, mag sie vom Grunde her wirklich. Aber die Art, wie die sich kleidet, ist alles andere als sexy. Mit der würde ich mich so nicht in den Restaurants blicken lassen, in denen ich Stammgast bin … Das ginge gar nicht. Meine Freunde würden mich so was von verarschen …

Sollte mal daran denken, dass ihr Körper auch nicht ewig jung bleibt. Jetzt kann sie noch kurze Röcke und enge Tops tragen. Wenn nicht jetzt, wann dann? Dass ich Frau Augustin noch um einundzwanzig Uhr im Büro erreicht habe … Die ist verrückt, und ihr Journalist tat mir zum ersten Mal leid … Da muss Mann ja auf andere Ideen kommen … Stimmt doch!

»Haben Sie DNA gefunden? Etwas, das uns dem Täter näherbringt?«

»Guten Abend, liebe Frau Augustin«, habe ich betont langsam gesagt ... »Denken Sie immer nur an die Arbeit? Was sagt denn ihr Manfred Luck dazu? Oder ist er alleine unterwegs, an einem Samstagabend?«

»Das geht Sie nichts an!«

Puh, das war laut und deutlich. Hatte es aber auch herausgefordert, mit Freuden! Ja, so ein bisschen Gehässigkeit tat doch gut ...

»Sie können mir dankbar sein. Ich habe eine Spur, lassen Sie mir noch etwas Zeit. Ich kann Ihnen morgen mehr Details geben, dann werde ich alle Arbeiten abgeschlossen haben.«

»Soll ich zu Ihnen kommen?«

»Zum Arbeiten oder privat?«

»Wie bitte?«

»Genau auf die Antwort habe ich gewartet. Wir sehen uns morgen, vor der Beerdigung vom Karl.«

»Es ist keine richtige Beerdigung morgen.«

»So? Was wird das denn?«

»Nur ein Trauergottesdienst. Der Ministerpräsident kommt, es musste anscheinend ein Tag gefunden werden, wo es allen passt. Die Inka, also die Witwe, hat mir gesagt, dass erst am Montag die Beerdigung stattfinden wird – im ganz kleinen Kreis. Uns interessiert aber mehr der Trauergottesdienst. Möchte sehen, wer kommt.«

»Und wann?«

»Um vierzehn Uhr.«

»Gut, dann sehen wir uns vorher.«

»Wieso senden Sie mir nicht ein Fax? Ich kann gerne warten ...«

»Frau Augustin! Den Mörder fangen Sie heute Abend nicht mehr, machen Sie jetzt Feierabend. Ich komme gegen halb elf, elf in Ihr Büro, dann müsste ich meine Arbeit beendet haben.«

Bevor sie weiterbetteln konnte, beendete ich das Telefonat.

»Ich«

Ist das nicht toll? Gleich zweimal kann ich von dem Karl Abschied nehmen, richtig auskosten kann ich das ganze Szenario.

Die Trauerfeier vom großen Karl wollte sich keiner entgehen lassen. Sensation, Sensation! Wie froh die lieben Bürger sind, endlich mal wieder einen richtigen Skandal zu haben, über den man tratschen kann … Geld! Das Argument kommt immer, wenn die Fantasie nicht ausgeprägt ist oder der Neid in einem schlummert … Jetzt bin ich es, der das Futter zum Tratsch ausbreitet, doch ich habe mich verändert, ha! Das klingt gut … Egal, es ist wirklich egal, was die anderen tuscheln werden. Aber vielleicht wird der Tag nie kommen, an dem alle erfahren, dass ich ein Mörder bin, und vielleicht lebe ich einfach weiter im Dorf, tratsche mit den anderen und lache das Lachen eines Siegers! Ich werde dann der Mensch sein, der etwas mehr weiß als die anderen … Ich musste es ja tun, war alles richtig so. Vorbestimmung … das waren die Worte … »Du musst es tun, sonst wirst du niemals frei werden.« Ich habe jedes Wort verinnerlicht … Ach, was geht es mir gut!

Werde heute mal zu Opa ans Grab gehen … Ob er im Himmel, wo er jetzt ist, auch einen Schaukelstuhl hat? … Besser nicht, wenn ich dort ankomme, würde ich ihn nur in die Hölle schubsen, falls das Teil wieder quietscht …

Sonntag, 22. Oktober

Lydia

Immer dieses Auf und Ab in der Beziehung von Jil und Manfred. Kaum habe ich mich wieder an diesen Mann gewöhnt, da ist er wieder out. Neuerdings schleppt die Jil dann immer dieses Bübchen an, den Metzger. Ist ja ein ganz Lieber, als Schwiegersohn bestimmt gut zu gebrauchen, doch für meine Jil? Die ist eine gestandene Frau, braucht einen richtigen Mann, nicht so einen Weichling. Aber mich fragt ja niemand.

Dann noch das Theater mit der Elke! Weiber! Gestern war ich auch auf der Party bei Elke, war ganz nett, ging bis um drei Uhr heute Morgen. Was habe ich getanzt … Mein Mann war erst gar nicht mitgekommen. Selbst schuld, der ist auch langweilig geworden …

Die ganze Wohnung war offen, selbst ihr Schlafzimmer hatte Elke freigegeben, waren dann auch schnell zwei drin verschwunden … Verrückte Jugend, aber gut so. Das Leben soll man genießen. Wünschte mir, meine Jil hätte etwas von Elkes Leichtigkeit. Die ist aber mehr wie ihr Vater, der nimmt das Leben auch viel zu ernst.

Und dann dieser Typ, den Elke ständig an ihrer Seite hatte … Komisch, wenn man mich fragt. Sah aus, als nähme der Drogen … Gut, hab ich auch schon mal … Denke mal, er ist etwas jünger als Elke. Die Augen sind sehr hübsch, das Blau ist tief, und ich dachte gleich an das Meer, Urlaub eben. Ansonsten hatte der was Lauerndes, sah sich immer zu um. Ich wollte mit dem Mann reden, habe ihn gefragt, was er beruflich mache.

»Ich bin ein Herrscher«, sagte er trocken, ohne eine Regung im Gesicht. Offensichtlich war er durchgeknallt. Ich bin dann weiter in die Küche und habe mich mit anderen Leuten unterhalten. Gegen halb zehn kam Manfred. Er sah mich zuerst nicht. Umarmte die Elke, gab ihr auch eine einzelne Rose. Ob Jil davon wusste? Sie wird doch nicht wieder im Büro gesessen haben? Um diese Uhrzeit? Elke hatte nur noch Augen für Manfred. Die beiden tanzten, und ich muss zugeben, der Manfred sah glücklich aus. Der nächste Wein brachte mir Ablenkung. Ich vergaß Manfred und amüsierte mich mit den übrigen Gästen. Gegen drei waren nicht mehr viele Leute in der Wohnung. Manfred war auch nicht mehr zu sehen. Dieser komische Typ war auch weg. Er fiel mir erst wieder ein, als ich gehen wollte.

»Was war das für ein Mann?« Ich half Elke noch beim Aufräumen. »Habe ihn an der Imbissbude in Osterspay kennengelernt. Hat tolle Augen«, antwortete sie mir direkt.

»Ja, aber das war es auch schon.«

Elke hörte mir nicht mehr zu.

»Na dann, bis die Tage.« Ich verschwand, was Elke gar nicht mehr registrierte.

Frau Augustin sah nicht gut aus heute Morgen. »Muss ich mir Sorgen um Sie machen?« War schon klar, dass die Frau direkt auswich, konnte schlecht über Gefühle reden, schade eigentlich. Und dann wieder dieser Schlabberlook ... in ihrem Alter. Aber gut, auch das sollte mich nicht interessieren.

»Unter den Fingernägeln von Wilma habe ich DNA-Spuren gefunden.« Meine Ergebnisse legte ich auf den Tisch. Hansen und Schuster waren auch gekommen. Hansen hatte Brötchen mitgebracht, sah auch nicht gut aus.

»Habe übrigens in der Kreuzstraße das Auto von Manfred Luck gesehen.« Das hätte ich lieber nicht erwähnen sollen.

Schuster bat mich, zum eigentlichen Grund unseres Treffens zurückzufinden. Musste der gerade sagen. Ich hielt mich aber ab diesem Zeitpunkt mit meinen Kommentaren zurück.

»In dem Bericht können Sie erkennen, was mir noch aufgefallen ist.« Ich wollte gehen, Schuster bat mich zu bleiben.

»Sie haben noch eine DNA bei Wilma gefunden?«

»Warum lesen Sie nicht zuerst meinen Bericht, Hansen?«

»Dann hätten Sie ihn mir auch einfach faxen können.« Frau Augustin war fahrig.

»Sie haben gewonnen.« Ich zog mir einen Stuhl heran, schenkte mir einen Kaffee ein. »Im Genitalbereich war es nur eine DNA. Die Faserspuren, die ich unter ihren Fingernägeln gefunden habe, könnten von einem Wollpulli sein. Als Zeitpunkt des Todes nehme ich Donnerstag zwischen dreiundzwanzig und vierundzwanzig Uhr an.«

»Wir haben die Leiche dann am Samstag gesichtet.« Jil Augustin griff nach einem Brötchen.

»Und es war wieder Markus Grunwald, der die Leiche gefunden hat?«

»Nicht direkt, lieber Doktor, dieses Mal war es Otto Heime gemeinsam mit dem Grunwald. Jedoch waren die Grunwalds, der Stefan, der Bürgermeister, die Simone und einige andere erneut anwesend.«

»Die Männer, mit denen Sie schon vor einer Woche beim Fund von Karls Leiche zu tun hatten, die würde ich mal untersuchen.« Genüsslich biss ich in ein Leberwurstbrötchen. »Wir können gerne mal rübergehen in die Pathologie und uns die Wilma noch mal ansehen.«

Hansen blickte mich vielleicht an. Weiß doch, dass der nicht gerne zu mir kommt, verdirbt ihm sicherlich jedes Mal den Appetit.

»Wo könnte der Mord an Wilma geschehen sein?«

»Fest steht, der Fundort war nicht der Tatort, das kann ich mit hundertprozentiger Sicherheit sagen. Und wenn ich mal eine vage Äußerung machen darf: Haben Sie sich die Wohnung von der Wilma angesehen?«

Frau Augustin sprang auf. »Nein, nein!« Sie war eine Zeitbombe, fast wäre dieses Mal Hansen der Kaffee aus der Hand gefallen. »Dann glauben Sie, die Wilma hatte ihren Mörder mit in ihre Wohnung genommen?«

»Im Wald wurde sie nicht vergewaltigt. Hatte die junge Frau keinen Freund?«

»Der Pfarrer sagt nein. Es habe vor Jahren mal eine kurze Beziehung gegeben, der junge Mann sei dann aber weggezogen, und seither war Wilma wohl nicht mehr fest liiert.« Frau Augustin ging auf und ab. »Dann fahren wir jetzt zu der Wohnung von Wilma. Hat jemand einen Schlüssel?«

»Der Pfarrer sagt, er hat einen Ersatzschlüssel.« Hansen stand auch auf. »Wir fahren zuerst bei ihm vorbei, anschließend zu der Wohnung. Jetzt ist es zwölf, die Trauerfeier beginnt um zwei. Das schaffen wir.«

»Dann darf ich mich zurückziehen?« Zufrieden holte ich meine Aktentasche unter dem Tisch hervor. Schuster, Hansen und die Kommissarin schienen kein Interesse mehr an mir zu haben …

Hoffe, das restliche Bisschen vom Wochenende habe ich nun Ruhe und kann mal relaxen. Am Abend wollen meine Frau und ich mit Freunden in die Sauna … Immerhin dort funktioniert mein Handy nicht, gut so!

Pfarrer Klein

Auch das noch, habe ich mir gedacht, als die Kommissare vor der Tür standen. Die letzte Nacht konnte ich wieder nicht schlafen. Seit Wilmas Verschwinden, ihrem Tod, diesem unnatürlichen Tod und der Vergewaltigung … Wüsste zu gern, wer das nur war?

Sie sagten, sie müssten sich unbedingt die Wohnung der Wilma ansehen, und baten mich, den Schlüssel herauszugeben. Was genau sie zu finden hofften, teilten sie mir nicht mit. Sagten, das wäre eine vertrauliche Ermittlungssache.

Hansen nahm die Schlüssel an sich. Dann waren sie auch schon wieder unterwegs. Nur gut, dass die Inka sich morgen für eine Beerdigung im kleinen Kreis entschieden hat.

Heute Morgen wurde mir gleich zugetragen, dass die Inka sich mit dem Otto getroffen habe. »Ja, und?«, fragte ich. Meine Reaktion hat die Frau, die mir das mitgeteilt hatte, sehr verwirrt. Egal, im Moment war alles ein großes Durcheinander.

Auf dem Weg in die Kirche sinnierte ich über Wilma und ihren Tod. Hoffentlich ist Frau Augustin kompetent genug, um den Fall zu klären. Es waren ja nun schon zwei Menschen, die auf ihre Beerdigung warten – und das innerhalb einer Woche … Hoffe, es geht so nicht weiter. Einige reden von einem Fluch. Ich habe aber allen vehement verboten, das in meiner Gegenwart zu sagen. An so etwas glaube ich nicht.

Als ich in der Kirche angekommen war, probte der Kirchenchor schon. Wie schön die Stimmen klangen, tat gut, sie zu hören, es lenkte mich etwas ab.

Ob ich es schaffen werde, den Gottesdienst für Wilma zu gestalten? Sollte ich vielleicht …? Nein, das bin ich dem Mädchen schuldig, die war immer so gut zu mir. Keiner hier im Ort konnte sich beklagen oder ein schlechtes Wort über die … Ach ja, das Gerede über ihre Anwesenheit hier im Pfarrhaus mal ausgenommen … Manche müssen immer reden, ob mit oder ohne einen Grund. Der Hansen wollte vorhin noch mal wissen, ob die Wilma wirklich keinen Freund hatte.

Vielleicht würde mich der Trauergottesdienst für eine Weile von Wilma ablenken … Wilma … Ihr Lachen fehlt so sehr … Zwei Frauen haben sich bereits heute Morgen um ihre Stelle beworben. Wilma ist nicht mal unter der Erde, das habe ich denen auch entgegengeschrien, mich dann aber dafür entschuldigt. Keine von beiden wäre ein Ersatz. Demnächst wird es im Pfarrhaus still werden, ein Haus der Einsamkeit und Trauer … Vermisse ihr Lachen …

Erst das Rufen vom Küster holte mich in die Wirklichkeit zurück, ich sollte doch in die Sakristei kommen.

Elke

Puh! Der Manfred war vielleicht geladen. Er hatte vorhin vor meiner Tür gestanden. Ich dachte, er kommt zum Frühstück. In meiner Küche machte er mir sofort Vorwürfe. Ich hätte der Jil ein Foto von letzter Nacht geschickt, über sein Handy … War gar nicht so einfach, den Manfred von meiner Unschuld zu überzeugen.

»Jil übertreibt mal wieder. Wenn die einen Mord aufzuklären hat, geht ihre Fantasie manchmal mit ihr durch.« Manfred lächelte, das war gut … Kleine Notlügen mussten sein, jedenfalls manchmal … Er hatte dann auch nicht mehr nachgefragt, und ich habe ihm sein Handy zurückgegeben. »Das hast du hier liegengelassen.« Auch das glaubte er mir. »Ist dir bestimmt beim Tanzen aus der Tasche gerutscht.«

Gut, dass ich schon aufgeräumt hatte. Heute Morgen sah es grauenvoll aus.

Inka, vor dem Trauergottesdienst für Karl

Ich weiß nicht, was ich heute anziehen soll. Ist zwar erst der Trauergottesdienst, aber trotzdem. Die Kirche wird voll sein. Kostüm, Hosenanzug? Schwarz, was für eine Farbe! Ich habe Schwarz nie gemocht. Es macht mich traurig, schwarze Kleidung zu tragen.

Oh, wie die Leute tratschen, sich ihre dummen Mäuler zerreißen. Beim Bäcker habe ich gestern das Getuschel über mich gehört ... An mich gehalten und Luft geholt habe ich, versucht, mir nichts anmerken zu lassen. Angesehen haben sie mich, von oben bis unten gemustert. Dann ist der Name vom Bürgermeister Karbach gefallen. Moral, Moral! Keine von denen hat doch auch nur den Schimmer einer Ahnung, wie es wirklich in mir aussieht. Haben die meine Tränen der letzten Tage gesehen? Nein!

Ob sie nun die Kuchen in die Halle liefern solle, hat die Loni gerufen. Mit einem ganz lieben Lächeln habe ich mich umgedreht. »Sie sollten die Bestellungen vor dem Bedienen durchlesen.« Dann zog ich die Tür hinter mir ins Schloss.

Was soll ich nun anziehen? Schwarz steht mir einfach nicht. Ich sehe so gedrückt, so traurig aus ... Lippenstift, da hilft nur ein kräftiges Rot! Jawohl! Oder doch lieber Orange? Die Farbe bringt mehr Leben in mein Gesicht, mehr Freude, und ich strahle. Immerhin sitze ich neben dem Ministerpräsidenten. Er hat sich angekündigt.

Meine Freundin hat mich gestern angerufen, einige würden lästern, ich habe ein Verhältnis mit dem Karbach. »Das ist doch lächerlich«, habe ich geantwortet. Und sie würde hoffentlich nicht an dem Gerede teilnehmen. Ganz kleinlaut hat sie sich dann verabschiedet, wir würden uns bei der Trauerfeier sehen. Dann war das Telefonat beendet. Ich konnte erst einmal nichts sagen, so verrückt war der Gedanke für mich. Das Getratsche um Karbach und mich schien anzuhalten.

Warum kommt der Ministerpräsident eigentlich? Am Montag kam dieser Anruf aus der Staatskanzlei. Eine nette Frau war das, so höflich und ... Sie sprach nur zu viel von Anteilnahme. Sie hatte den Ministerpräsidenten angekündigt für heute, Punkt zwei Uhr würde er in der Kirche sein. Er wünschte, neben der trauernden Witwe zu sitzen.

Dann klingelt auch noch mein Handy. Warum jetzt, so kurz vor der Trauerfeier? Ich weiß nicht einmal, wo das Ding gerade liegt. Klar, unter meinen Klamotten.

»Karbach hier.«

»Ist da mein lieber Herr Bürgermeister??? Was macht der Sonnenbrand?«

»Inka! Du sollst nicht so vertraut am Telefon mit mir sprechen! Hast du auch von dem Gerede im Dorf gehört? Ich meine, dass wir beide … sozusagen …«

»… ein Verhältnis haben?«, beendete ich seine Frage. »Sei nicht so langweilig und komm auf den Punkt!«

»Mich belastet das Ganze.«

Ich holte hörbar Luft. »Das tut mir jetzt aber sehr leid.« Mein Lachen fiel etwas zu laut aus.

»Inka! Heute bei dem Trauergottesdienst sollten wir etwas Abstand zueinander halten – wegen der Leute.«

»Du Spießer!«

»Ich stelle mich im Frühjahr zur Wahl. Bis dahin muss das Gerede ein Ende gefunden haben. Dass du ausgerechnet nach Mallorca reisen musstest.«

»Jetzt bist du aber auf dem völlig verkehrten Trip, mein Lieber!«

»Inka! Es geht hier um mein Ansehen.«

Ich wollte nicht zickig sein. Wenn ich ihn schon einmal am Ohr hatte, wollte ich wissen, warum sich der Ministerpräsident zur Beerdigung angekündigt hatte.

»Das weißt du nicht? Inka! Dein Mann wollte in den Flughafen Hahn einsteigen. Hat er nie mit dir darüber gesprochen? Hast du dich nie gefragt, warum er so oft in Mainz zu tun hatte?«

Klar, jetzt fällt es mir wieder ein. Mein Karl hatte in der Tat in den letzten Wochen oft in Mainz zu tun. Einige Male war er über Nacht dort geblieben. Gedanken habe ich mir keine gemacht, warum auch?

»Soll ich dich besuchen? Brauchst du Hilfe, Inka?«

»Und die Leute? Hast du keine Angst, es könnte dich jemand sehen, wie du in mein Haus gehst? Dann werden sie auf ihre Uhren achten und warten, wann du mich wieder verlässt … Und in der Zwischenzeit spielen die Gedanken Karussell … Man sieht uns beide eng umschlungen auf dem Teppich liegen, knutschen, dann reißt du mir die Kleider vom Leib und …«

»Inka!«

»Stimmt doch. Aber ich muss herausfinden, ob Karl den Vertrag unterzeichnet hat. Kannst du nicht Simone fragen? Tust du das für mich? Bitte!« Meine Stimme überschlug sich. Diese Nachricht war ein Schock für mich. Karl hatte hinter meinem Rücken schon alles in die Wege geleitet.

Augenblicklich wurde mir heiß. Ich fühlte mich nicht gut. Der Karl liebte es aber auch, die Menschen an der langen Leine zu lassen. Zappeln, sagte er mir, mache die Menschen geschmeidiger … diese Seite an ihm hasste ich.

»Hörst du mir überhaupt noch zu, Inka? Simone hat jedenfalls schon von einem Vertrag für den Flughafen erzählt.«

»Vertrag? … Bitte frage Simone nach einer Unterschrift, hörst du? Es ist ganz wichtig für mich.« Ich spürte Panik in mir aufsteigen. Meine Kleider rutschten auf den Boden.

»Hörst du mir noch zu, Inka?«

»Nein, ich … Wir reden nach der Trauerfeier.« Damit beendete ich das Telefonat. Ob der Ministerpräsident jetzt noch kommen würde? Lohnte sich doch nicht mehr. Ich würde unter keinen Umständen das schöne Geld in einen Flughafen investieren. Der war doch in den letzten Wochen immer wieder negativ in den

Schlagzeilen gewesen, Geldprobleme sollte es geben. Klar habe ich davon gehört, dass erst ein Investor gesucht wurde und ein paar Tage später ein solcher in der Region gefunden worden ist. Ein Glücksfall für alle und … Hoffentlich war alles nicht zu spät. Hoffentlich hatte Karl nichts unterschrieben, was nicht rückgängig zu machen ist … und wenn doch? Wovon hatte der Bürgermeister gesprochen? Vertrag? Ich konnte mich nur an den Ehevertrag … Ob er das meinte? Aber der hätte nur negative Auswirkungen bei einer Scheidung, nicht aber beim Tod. War doch jetzt die einzige Erbin. Egal … die Wilma konnte nichts mehr erben. Es ist … eigentlich sollte ich mich nicht quälen, nicht so viele Gedanken machen.

Neid muss man sich erarbeiten, da ist was dran! Ich würde es allen noch zeigen, allen. Eine halbe Stunde später war ich schon wieder die taffe Inka, zog die Haustüre hinter mir zu und verließ das Haus …

Trauerfeier für Karl

Die Rede des Pfarrers nahm die Anwesenden mit auf die Suche nach dem tief verborgenen Gefühl, das noch nicht bei allen zum Vorschein gekommen war. Ein Gefühl, das in jedem brodelte und jedes Mal hervortreten wollte, wenn der Tod seine Präsenz zeigte.

So war es verständlich, dass sich einige Menschen noch am späten Abend an ihrem Glas festhielten …

War alles besser, als zu Hause nachzudenken ... über das eigene Leben nachzudenken. Gegen Mitternacht erst war die Simone gegangen, nicht alleine. Das spielte aber an diesem Abend keine Rolle. Klar, es wurde registriert, und man sah ihnen nach. Es wurde jedoch nicht mit der ganz großen Verwunderung wahrgenommen, die solch ein Verhalten sonst weckte ... Heute war ein anderer Tag, eine große Trauergemeinde war zusammengekommen, um den Karl zu verabschieden, ihm die letzte Ehre zu erweisen ... oder aber, nur um sich zu vergewissern, dass der Saukerl endlich weg war und weg blieb ... *für immer und ewig.*

Ob der Karbach das nicht bemerkt hatte? Bis zur Landratswahl würde alles vergessen sein ... und auf dem Grab vom Karl wachsen dann schon Blumen ... So ist das Leben. Wer weiß, ob der Karbach dann noch mit der Simone zusammenlebt ...?

Natürlich sprach man auch von der Wilma. Die Ärmste war noch so jung und jetzt, da sie eventuell so ein Erbe gemacht hatte ... Erbe? Der Kommissar Hansen hatte das aufgeschnappt und sich gleich dazugesellt ... Neugierig der Mann, ist doch sein Job, meinten die anderen ...

Ministerpräsident

Unangenehm das Ganze, wirklich unangenehm. Da war der Vertrag so gut wie unterschrieben. Mit dem

Karl hatten wir einen Investor gefunden, der mehr als fundiert war, geschäftlich war er grandios. Er hätte das Zeug dazu gehabt, den Karren aus dem Dreck zu ziehen, davon bin ich überzeugt. Seine Frau – konnte mir ein Bild von ihr bei der Trauerfeier machen – schien nicht die trauernde Witwe zu sein. Ich war ja auch mehr Karbach zuliebe gekommen. Will sich doch um das Amt des Landrats bewerben. Guter Mann, wirklich! Von dem halte ich viel. Er war es, der mich mit Karl zusammenbrachte und alles eingefädelt hatte. Für das tragische Ende konnte der Mann nun wirklich nichts. Die Frau vom Karbach, die Simone, hole ich vielleicht zu mir in die Staatskanzlei. Fachlich ist die versiert, menschlich? Ich will eine Kraft für mein Büro und basta! Das Privatleben meiner Mitarbeiter kann ich nicht auch noch kontrollieren. Bei den Begegnungen mit der Simone und dem Karl hat sie alle Verträge vorbereitet, sich bei den Gesprächen aber im Hintergrund gehalten. Das war alles gut. Habe mal gefragt, ob sie und Karbach nicht Kinder wollten. Da hatte sie etwas zu vehement mit dem Kopf geschüttelt. Hoffe, die Beziehung geht nicht in die Brüche. Diese halbe Portion, ich meine diesen dünnen Mann, den Simone und Karl mal mitgebracht hatten, einen Privatdetektiv, schien ihr ganz schön die Augen verdreht zu haben. Ob ich Karbach etwas sagen sollte? Nein, besser ich halte mich da raus, geht mich nichts an. Warum kam der Karl eigentlich mit dem Privatdetektiv? Ach ja, er erwähnte diese Drohbriefe. Unangenehm, wirklich. So viel ich weiß, hatte sich das aber aufgeklärt … Also, der Karl hatte mir gegenüber erwähnt, er wüsste nun, wer für die Briefe verantwortlich wäre, und den würde er jetzt an der langen Leine zappeln lassen … Aber geschockt schien er schon zu sein … Den halben Abend sprach er von Freunden, die man sich genauer ansehen sollte, und Vertrauensbruch in den ersten Reihen … Zum Glück war die Simone an dem Abend dabei und brachte etwas Esprit in die Runde. Glaube, die Frau kann eine ganze Firma leiten, der muss man nur mehr Verantwortung übertragen.

Die Rede vom Karbach bei der Trauerfeier war gut, richtig gut. Nicht aufgesetzt, nein, ehrlich und die Worte gut gewählt. Prima, der Junge! Aus dem kann was werden. Der Pfarrer schien neben sich zu stehen. Ich hoffte, ich würde einen anderen Pfarrer bekommen, wenn meine Bestattung mal anstünde. Später dann erzählte man mir von der Leiche seiner Haushälterin, der Wilma. Sie war erst am Tag zuvor gefunden worden, nackt, vergewaltigt … Das tat mir leid. Jetzt konnte ich den Pfarrer verstehen. Hinter vorgehaltener Hand wurde beim Nachkaffee getratscht, auch über die Wilma, den Herrn Pfarrer, die Simone … Ach! Schöne, heile Welt, wo bist du?

Das Stück Streuselkuchen war das Beste am ganzen Tag. Ich verschwand, so schnell ich konnte. Simone ruft mich Montag an, habe ihr kurz von dem Job in der Staatskanzlei berichtet. Die Frau schien begeistert … »Nur nicht, dass herauskommt, dass Sie oder Ihr Mann mit dem Mord zu tun haben, dann ziehe ich mein Angebot zurück.« Ohne mich noch einmal umzudrehen, ging ich zu meinem Chauffeur.

Metzger

War schon etwas enttäuscht, dass die Kommissarin mich nicht verständigt hatte. Erst als Hansen mich anrief, erfuhr ich von dem morgendlichen Treffen mit Gemmel und der anschließenden Durchsuchung von Wilmas Wohnung. Kam gerade noch rechtzeitig dort an, bevor die Kollegen der Spurensicherung uns aus der kleinen Wohnung schickten. War aber auch eng. Eine Blumenvase lag auf dem Teppich, der kleine Wohnzimmertisch war verschoben, Papiere lagen zerstreut herum. Denke mal, wir haben nun den Ort gefunden, an dem die Wilma vergewaltigt wurde. Frau Augustin schien übernächtigt zu sein. Ob es wieder Streit mit ihrem Manfred gab? Kann mir schon denken, woran das lag. Elke!

Frau Augustin war ganz in Gedanken. Wir standen inzwischen auf dem Flur, um die Kollegen von der Spurensicherung nicht zu stören.

»Es könnte sein, dass die Wilma nach der Vergewaltigung aus der Wohnung gerannt ist, um jemanden aufzusuchen.« Schuster unterstrich seine Worte mit einer fahrigen Handbewegung.

»Das kann sein. Doch zu wem hatte die Wilma Vertrauen gehabt? Und warum sollte ihr Vergewaltiger einfach so verschwunden sein?«

»Frau Kommissarin«, Schuster lächelte sie süffisant an, »denke als Erstes an den Pfarrer …«

»So ein Quatsch, Schuster! Nein, das kann und will ich nicht glauben. Nehmen wir mal an, sie suchte dort Halt, einen Menschen, mit dem sie hat reden können. Was aber sollte der Pfarrer tun? Glauben Sie tatsächlich, er sei in der Lage gewesen, die Wilma zu erschießen? Hat er eine Pistole?« Frau Augustin redete sich in Rage. Ich glaubte auch nicht, dass der Pfarrer mit dem Mord zu tun hat.

»Bei der Wilma wurde die Kugel wieder nicht gefunden. Lediglich steht anhand der gefundenen Hülse wieder fest, dass eine Walter PPK 9mm verwendet wurde.« Ich zog alle Blicke auf mich. Frau Augustin sah erschreckend blass aus. Ich lächelte sie an, sie erwiderte meinen Blick.

»Wir müssen nach der Kleidung suchen. Sie wird nicht nackt aus der Wohnung gegangen sein, ob alleine oder in Begleitung. Metzger, Sie klingeln bei den anderen Bewohnern hier im Haus! Vielleicht hat jemand etwas bemerkt.«

Passte mir nicht, aber ich begab mich sogleich an die Arbeit. Frau Augustin bemerkte noch, dass sie später mit Hansen und Schuster zur Trauerfeier gehen würde. Sie hätte auch mich fragen können, ob ich mitkommen möchte. Das verstand ich nicht. Immer wenn ich das Gefühl hatte, ihr einen Schritt näher gekommen zu sein, ging sie wieder einen Schritt auf Abstand.

Im Haus wohnten noch vier Parteien, drei davon habe ich angetroffen. Die Frau gleich unter Wilma wollte was von einem Streit mitbekommen haben, am Donnerstag gegen zwanzig Uhr. »Warum wissen Sie die Uhrzeit so genau?«

»Ich wollte in Ruhe die Tagesschau sehen, aber das Theater von oben hat mich gestört. Ziemlich unüblich für die Wilma, deshalb habe ich mich zurückgehalten. Wenn ich doch geahnt hätte, dass da oben ein Verrückter ist, der die junge Frau ermordet und … Furchtbar!« Sie begann zu weinen. Habe noch einen Tee mit ihr getrunken, aber nichts Relevantes mehr erfahren. »Wir leben doch so schön hier am Rhein, da ist doch kein Platz für so ein Verbrechen.« Ich hob meine Schultern und verabschiedete mich. In der Tür hakte ich noch einmal nach. »Sie haben wirklich nicht gesehen, wer am Donnerstagabend bei der Wilma war?«

»Wirklich nicht! Ich war froh, vor dem Fernseher zu sitzen. Habe den ganzen Tag auf meinen Beinen gestanden, ich arbeite in Braubach im Frisiersalon ›Katy‹. Sie können mich gerne dort besuchen.«

Als ich wieder im Flur stand, hatte ich ihre Visitenkarte in der Hand. Ob meine Haare einen Schnitt nötig hatten? Vielleicht sollte ich sie mal im Salon aufsuchen, sah ganz modern aus, die Frau. Ein neuer Look kann Wunder bewirken, gerade auf Frauen, das hatte sie mir noch mit auf den Weg gegeben.

Bei der letzten Wohnung hatte ich wenig Erfolg. Ich klingelte einmal, zweimal und versuchte es auch ein drittes Mal. Schade, es schien niemand zu Hause zu sein, oder die Bewohner wollten ihre Ruhe. Ich entschied, erst mal in das kleine Café am Rheinufer zu gehen, danach wollte ich zu der Wohnung zurückkommen.

Ein Blick auf meine Uhr zeigte, dass der Trauergottesdienst bereits angefangen hatte. Es war kurz nach zwei. Die wenigen Schritte bis zum Rheincafé bewältigte ich trotz des Regens zu Fuß. Ich wollte die Zeit zum Nachdenken nutzen. Im Café hatte ich Glück, ein kleiner Tisch mit Blick auf den Rhein war frei. Der Besitzer des Cafés – so erfuhr ich von seiner Frau – war wie fast die gesamte Gemeinde beim Trauergottesdienst.

Ein Stück Käsekuchen und drei Tassen Kaffee später stand ich wieder auf der Straße. Die B 42 war gut befahren. Ich musste etwas warten, bis ich die Straße überqueren konnte. Der Regen hatte aufgehört, es war diesig und kalt. Was freute ich mich auf den Frühling! Erst musste ich an den Karl denken, dann an die Wilma. Eigentlich dachte ich ununterbrochen an keinen anderen Menschen ... außer an Jil. Bis zum Frühling werden wir wissen, wer für alles Verantwortung übernehmen muss. Ob es ein Paukenschlag in der Gemeinde geben wird? Wie war das mit dem Pfarrer? Natürlich gab es auch für einen Polizisten eine gewisse Hemmschwelle vor einem Pfarrer. Mit den Parteien habe ich auch so meine Probleme.

Unterwegs bin ich noch Frau Grunwald begegnet. War doch sehr verwundert, dass sie nicht bei Karls Trauergottesdienst war.

»Die Kirche macht mir Angst ... Da muss ich zu viel denken.« Sie sah müde aus. Dann ging sie weiter. Muss wohl jeder mit sich selbst ausmachen, was er tut. Plötzlich fiel mir wieder das Auto von Manfred Luck auf. Hier in der Gegend wohnte auch die Elke. Ob er bei ihr war? Erneut klingelte ich an der Wohnungstür. Ich hatte Erfolg. Eine junge Frau machte mir auf, schien verschlafen zu sein. »Es ist schon nach drei?« Das war kein guter Einstieg für ein Gespräch. Sie blickte mich mit rollenden Augen an. »Spießer.«

»Nein, Polizist.«

»Ah?«

Ich fragte nach der Wilma, die gleich neben ihr wohnte.

»Tut mir leid, echt. Ich bin erst vor wenigen Tagen hier eingezogen, habe diese Wilma noch nie gesehen. Die anderen hier im Haus? Was soll ich da sagen? Außer dem Hausmeister kenne ich niemanden. Wenn ich jemandem begegnet bin, ja, dann habe ich Hallo gesagt, das war's ... Was? Einen Fremden gesehen?«

Sie schien total verwundert über meine Frage. Ich wollte gerne in ihre Wohnung, sie machte keine Andeutungen, dies anbieten zu wollen.

»Ob ich alleine hier lebe? Ja ... also ... im Grunde schon.«

Das half mir jetzt auch nicht wirklich weiter. Dann erkundigte ich mich nach dem Namen der jungen Frau, die so lustiges, rotes Haar hatte. »Anna Sturm.«

Ich blickte auf, der Name sagte mir etwas, leider kam ich nicht darauf, was es war. »Dann ... Wir melden uns wieder, Frau Sturm. Sie arbeiten?«

»Wenn Sie mir einen Job vermitteln.«

Lustiges Weib, aber etwas zu forsch für meinen Geschmack. Im Hintergrund hörte ich das Klappern von Geschirr. Die war niemals alleine, schoss es mir augenblicklich durch den Kopf. Ohne Durchsuchungsbefehl und ordentlichen Grund gab es keine Berechtigung, mir Einlass zu verschaffen. Die Frau hatte, zumindest soweit ich wusste, nichts Verbotenes getan.

»Also arbeitslos?«

»Nicht ganz.« Sie kicherte. »Bin Volontärin bei der Tageszeitung, das heißt, inzwischen habe ich einen Abschluss, werde in naher Zukunft aber für den Bürgermeister arbeiten.«

»Ah.« Wir sahen uns an. »Dann kennen Sie auch Manfred Luck? Durch die Zeit bei der Zeitung?«

Sie lachte, hatte schöne Zähne, sehr gepflegt. »Kann gut sein. Jetzt muss ich aber …«

Dann stand ich vor der verschlossenen Tür. Ich stieg in mein Auto und fuhr nach Hause. Das heißt, ich hatte keine rechte Lust, nach Hause in meine Wohnung zu fahren … Da wartete keiner auf mich. Habe dann einen Umweg gemacht und so getan, als sei ich zufällig in der Straße unterwegs gewesen, als ich Jils Mutter sah. Sie stellte gerade eine neue Figur in ihrem Garten auf. Die Frau ist eine Wucht. Egal, was für ein Wetter herrscht, die macht, was sie will. Gut so!

Ob ich einen Tee möchte, fragte sie dann. Da konnte ich nicht Nein sagen. Ehrlich, damit hatte ich nicht gerechnet. Als sie mir dann von Elkes Party am Vorabend berichtete … Das war ein Ding! Dieser Manfred Luck ist ein Idiot! Da hat der so eine tolle Freundin wie die Jil und lässt die immer wieder sitzen, dann auch noch wegen der Elke. Die wäre nicht mein Typ …

»Ja, war denn da was zwischen …?« Ich druckste herum und nippte an dem Tee. »Nein, das nicht … Aber die Elke hat Gefallen an dem Manfred, das steht fest. Am Anfang war so ein junger Mann neben ihr, dachte noch, wer ist das denn? Sah aus, als sei der auf Drogen …«

»Elke hat also einen Freund?« Jils Mutter verdrehte die Augen. »Nein, glaube ich nicht. Sie müssen mir schon zuhören. Ich sagte, zu Anfang habe ich das vermutet, später war der aber verschwunden.« Sie sah mich skeptisch an. »Meine Jil sehen Sie gerne? Möchten Sie Kinder, Herr Metzger?«

Die war immer so direkt. »Klar will ich Kinder, später.«

Sie stellte ihre Tasse ab, bat mich dann zu gehen. Fand ich jetzt etwas abrupt. An der Türe meinte sie noch: »Also, wenn das mit meiner Jil etwas geben soll, dann müssen Sie das mit dem Kinderkriegen aber vorziehen. Jil ist jetzt vierzig, und ich will auch nicht ewig auf ein Enkelkind warten.«

Dann war die Tür zu …

Dass Jils Mutter nicht mal mit ihrer Tochter redete. Die war doch so aufgeschlossen, tat so taff. Mit ihrer Art wird die nie mehr in den Genuss kommen, ein Enkelkind zu hüten, wobei ich mir Jils Mutter auch nicht als sorgende Großmutter vorstellen wollte. Als sie mir erzählte, dass sie auf Elkes Party war, dachte ich, die wird sicherlich auch ab und an mal einen Joint rauchen … Trotzdem, als Schwiegermutter hätte ich die Lydia schon gerne, das gebe ich ja zu. Mir machte der Altersunterschied zu Jil nichts aus. Im Gegenteil, für mich war Jil die schönste Frau, die ich kannte, trotz all ihrer Macken … oder gerade deshalb. Und mit dem Gedanken, Vater zu werden, hatte ich auch keine großen Probleme. Sollte ich das vielleicht mal Jil gegenüber erwähnen? Aber die war ja immer noch per Sie mit mir …

Pfarrer Klein, Karls Trauergottesdienst

So voll war die Kirche lange nicht, das letzte Mal an Weihnachten. Den Karl hat aber auch jeder gekannt und fast jeder was mit ihm am Hut gehabt. Geschäftlich, meine ich. Ehrlich, der war nicht immer einfach … Das dürfte ich so nicht denken, bin aber auch nur ein Mensch. Den Trauergottesdienst habe ich richtig gut gestaltet. Die Mühe hat sich gelohnt. Auch dass der Kirchenchor sang. War nicht so einfach, alle so kurzfristig zusammenzutrommeln. Karls Frau, die Inka, hatte richtig vehement darauf bestanden, dass der Kirchenchor singt. War aber dann doch leichter zu arrangieren als erwartet. Die Inka hätte mir ruhig helfen können, anstatt nur zu meckern. War doch schließlich alles für ihren Karl. Hat doch glatt später so getan, als habe sie alleine alles organisiert. Angeberin! Aber so sind sie, die jungen Frauen … Geht mich ja auch nichts an, aber die Gerüchte mit dem Bürgermeister kreisen ja auch schon eine ganze Weile durch die Straßen … Getuschelt wird halt immer. Das hat meine Mutter früher schon gesagt. Was kümmert mich das Geschwätz der anderen?

Gut geredet hat der Bürgermeister, muss man ihm lassen. Obwohl, etwas scheinheilig, wenn man bedenkt … Die alten Weiber haben getuschelt, ich habe das gesehen. Nächste Woche werde ich darauf eingehen in meiner Predigt.

Und es werfe der den ersten Stein, der frei von Sünde ist, werde ich laut sagen. Nächste Woche, hoffentlich sind bis dahin die Morde aufgeklärt. Ich darf nicht an die Beerdigung von Wilma denken, nicht jetzt, das schaffe ich nicht. Ob ich mir Hilfe von einem Kollegen holen sollte? Aber nein, das hat sie nicht verdient, die Wilma. Sag leise Servus … wenn du gehst … Mir fehlt ihr Lachen, ihre herzliche Art, das Unkomplizierte, alles, der ganze Mensch.

Im Zusammenhang mit Karls Mord muss ich dauernd an diesen sonderbaren Abend denken. Ob das alles auch schon etwas mit Wilma zu tun hatte? Mir geht der Mann nicht aus dem Kopf, der wie aus dem Nichts aufgetaucht war, seine Worte, die Art, wie er vor mir stand. Es war kurz vor einundzwanzig Uhr, und wie immer um diese Zeit wollte ich gerade die Kirche abschließen. Ordnung muss sein. Die wenigen Schritte bis zu meinem Pfarrhaus tun mir immer gut, mein Bauch würde sonst noch schneller wachsen.

Der Mann. Er stand plötzlich hinter mir. Zuerst spürte ich seinen Atem, warm und alkoholgetränkt. Rauch lag in der Luft.

»Guten Abend! Ein Kneipengänger auf dem Nachhauseweg?« Meine Stimme sollte aufgeschlossen und heiter klingen. Beim Anblick des Mannes verlor sie ihre gewohnte Stärke. Er trug eine Maske über seinem Gesicht.

»Karneval ist vorbei, mein Sohn.«

»Sohn ist nicht, Alter.«

»Gut, dann sag mir deinen Namen.«

»Gott, nenn mich einfach Gott.«

»Sie sind nicht Gott!« Meine Stimme polterte. Ich war aufgebracht und voller Zorn. Ein Lachen kam als Antwort. Dann klopfte er mir auf die Schulter, stand ganz dicht vor mir. Durch die Schlitze seiner Maske sah ich zwei blaue Augen, kalt wie ein See am frühen Morgen. Fast unschuldig wirkten sie … aber seltsam kalt.

»Ist gut, Alter.« Er ging an mir vorbei.

»Es gibt halt Leute, die wissen nicht, wann sie mit dem Trinken aufhören sollen«, kommentierte fünfzehn Minuten später meine Haushälterin, meine Wilma, das Erlebte. Wilma war so leicht nicht zu erschrecken, glaubte auch immer an das Gute, öfter als ich. Das muss ich gestehen. Ohne weiter darüber nachzudenken, lud sie meinen Teller mit Milchreis und heißen Kirchen voll. Ich sah ihr dabei zu und dachte, die Frau schafft es noch, dass ich platze. Aber ich liebe das Süße. Jeden Abend nachdem ich die Kirche abgeschlossen hatte, bekam ich einen Nachtisch von ihr.

»Passen Sie auf dem Nachhauseweg auf, Wilma!«, habe ich ihr gesagt. Sie lächelte sanft. Spülte das Geschirr. Ich schaute ihr zu und rauchte genüsslich eine Zigarette in der Küche, wie jeden Abend.

»Wer oder was sollte mir etwas tun, Herr Pfarrer?« Wilma war wirklich eine gute Person.

»Ich geh dann jetzt«, unterbrach sie meine Gedanken und grinste mich frech an. Ich hatte nicht bemerkt, dass sie mit dem Aufräumen der Küche fertig war.

Wenige Tage sind seit diesem Gespräch mit Wilma vergangen, doch so vieles ist heute anders. Am nächsten Morgen war sie schon in der Küche, als ich das

Zimmer betrat. »Auf dem Nachhauseweg war alles wie immer, gestern Abend? Diesem Mann mit der Maske sind Sie nicht begegnet?«

Wilma lachte ... Ich weine, wenn ich daran zurückdenke. Diese Frische, pure Lebensfreude.

»Nein, dem Mann mit der Maske bin ich nicht begegnet. Hätte ihn wahrscheinlich auch nur ausgelacht. Ein Betrunkener. Nichts, was Sie so ernst nehmen sollten, Herr Pfarrer. Außerdem habe ich gehört, es gab einen Kindergeburtstag in der Nachbarschaft. Da hat sich jemand bestimmt einen üblen Scherz mit Ihnen erlaubt, mehr nicht.« Damit hatte sie auch dieses Thema weggelacht.

Bei der Beerdigung vom Karl heute habe ich versucht, die kalten, blauen Augen wiederzufinden. Geradezu gehofft hatte ich, jenen Mann hier zu treffen, während er Karl auf seinem letzten Gang begleitete. Vergeblich. Schade, doch ... Was hätte es mir gebracht? Kann ich einen Mann nur wegen einer Alkoholfahne oder einer Maske verdächtigen, einen Mord begangen zu haben? Oder zwei? Immer wieder musste ich mich ermahnen, nicht an Wilma zu denken. Komisch, ihr Tod hatte sich nicht so rasch herumgesprochen wie der vom Karl.

Nach dem Gottesdienst haben es einige sehr eilig gehabt, wollten rasch in die Gemeindehalle zum Leichenschmaus kommen. Es war doch traurig, dieses Gerangel der noch Lebenden auf die Wurst und Käseplatten. Aber gut, sie sollten nicht den ganzen Tag nur an den Tod denken müssen, der kommt, früher oder später, aber er kommt ...

Hansen

Nach dem Trauergottesdienst war die Kommissarin gleich nach Hause gefahren, ich bin noch zu dem Nachkaffee, was auch gut war. Das Ganze hatte der Bürgermeister organisiert, bestimmt weil der MP extra gekommen war. Der Karl würde doch erst morgen richtig unter die Erde kommen.

Was ich dann von den Frauen aus dem Dorf erfuhr … Die Wilma war nicht nur die Nichte vom Karl, sondern auch seine alleinige Erbin gewesen. Verrückt! Da dachte ich doch die ganze Zeit, die Inka wäre die Erbin. So kann man sich täuschen. Ich habe direkt die Kommissarin angerufen. Sie sagte, ich sollte zu ihrer Wohnung kommen und Schuster Bescheid sagen. Sie würde uns Kaffee kochen.

Auf dem Weg dachte ich über ein Zusammentreffen mit Manfred Luck nach. Hatte keine Lust, den schon wieder zu sehen …

»Hereinspaziert … der Kaffee ist auch schon fertig!« Jil Augustin machte mir die Tür auf. Sie drehte sich gleich um und gab mir ein Zeichen, ihr in die Küche zu folgen. Die Tür zu ihrem Schlafzimmer stand offen …

»Wollen Sie ein Stück Kuchen?« Ihre Stimme klang kraftlos. Der Kuchen war aufgetaut, nicht schlecht, noch etwas kühl im Inneren. Habe dann einfach nur an den Außenseiten geknabbert, fiel der Kommissarin nicht auf.

»Die Wilma, Karls Nichte, war die alleinige Erbin. Das Testament hatte er vor seiner Ehe mit Inka gemacht. Es gab damals viele Leute, die den Karl vor der Ehe gewarnt hatten. Daher der Ehevertrag und das Testament zugunsten von Wilma. Geändert hätte sich alles, wenn die Inka schwanger geworden wäre.«

»Dass die kein Kind bekommen hat ... Dachte, die Frau wäre eine ganz ausgekochte Person.«

»Oder aber die hat sich sicher bei ihm gefühlt. Was dann ausschließen würde, dass sie die Mörderin war.« Frau Augustin nickte, schenkte Kaffee nach.

»Dieser Otto, was für einen Eindruck hat er auf Sie gemacht?«

Bevor ich antworten konnte, klingelte es. Wir sahen uns verwundert an. »Ob Manfred ...?« Die Kommissarin eilte zur Tür. Sekunden später hörte ich die vertraute Stimme des Kollegen Schuster.

»Schneller ging es nicht. Ich habe mich direkt nach Hansens Anruf auf den Weg gemacht, dabei stand ich schon auf der Fähre, konnte gerade noch runter, bevor sie ablegte.«

»Hier ist es etwas zu eng ... Wir könnten in mein Wohnzimmer gehen.« Jil Augustin stellte ihre Kaffeemaschine noch einmal an, während Schuster und ich die Tassen und den Kuchen – allmählich taute er ganz auf – mit ins Wohnzimmer nahmen.

War dann unangenehm für uns, das Bettzeug von dem Sofa zu nehmen. Ich legte alles rasch in ihr Schlafzimmer, Frau Augustin hatte nichts davon bemerkt, stellte fahrig den Kaffee auf den Tisch und zog sich einen Sessel heran.

»Gibt es eine Nachricht von Metzger? Hat er von den anderen Bewohnern etwas über Wilma erfahren?«

»Ich werde ihn anrufen.« Frau Augustin ging in den Flur.

»Jetzt ist Inka wohl doch die alleinige Erbin.« Ich legte meine Gabel auf den Teller. Der Kuchen war nicht mit dem aus der Kantine zu vergleichen.

»Gestern Abend im Büro habe ich über alle Beteiligten nachgedacht.« Jil stand mit dem Handy in der Hand vor uns.

»Wann?«

»Gegen einundzwanzig Uhr.«

»Da waren Sie noch im Büro?« Schuster blickte mich an, dann sah er wieder zu Frau Augustin.

»Warum nicht? Ich war noch bis gegen zweiundzwanzig Uhr dort.«

»Ja, richtig, Sie haben noch auf meine Mobillbox gesprochen, hatte mich echt über die Uhrzeit gewundert.«

»Okay, lassen wir das. Was uns Gemmel heute über den … Mist, das tut mir jetzt leid.« Schuster hatte sich ein Stück Kuchen nehmen wollen und dabei den Teller fallengelassen.

Frau Augustin schien das gelassen zu nehmen, das fand ich sympathisch. Kaum dass wieder Ordnung herrschte, ging die Tür auf und Manfred Luck stand vor uns.

»Wir müssen los, wird Zeit. Ich komme dann morgen zu Ihnen ins Büro, gegen halb neun?« Schuster war es, der die Situation gleich richtig einschätzte. Wir standen bereits vier Minuten später vor der Tür.

»Dicke Luft bei den beiden.« Ich nickte. »Kommt mir bekannt vor.« Ich ging zu meinem Wagen.

»Etwa immer noch wegen dem Kurschatten Ihrer Frau?«

»Lassen wir das … verdammt.«

»Warum gehen wir nicht noch ein Bier zusammen trinken? Sie können mir noch was vom Karl erzählen und den anderen … diesem Otto oder dem Kai Boger, der hat auch noch einen Sohn …«

»Den Roman, ja.« Ich nickte Schuster zu, und wir entschieden, die wenigen Meter zwischen der Wohnung von Frau Augustin und der Kneipe am Rheinufer zu Fuß zu bewältigen. Es war kühl, aber trotzdem angenehm. Ich sollte öfter mal spazieren gehen, das tat richtig gut. Auf dem Weg schwiegen wir, Schuster konnte richtig nett sein. In der Dorfkneipe angekommen, trafen wir auf Karbach. Er wollte sich zu mir setzen, sah dann aber, dass ich nicht alleine war, und blieb an der Theke stehen.

»Den kennen Sie noch?« Schuster nickte. »Der Bürgermeister. Hat doch so gerne unsere Kommissarin gesehen.« Er lachte und setzte nach: »Und immer wenn die beiden an der Imbissbude waren, kam Frau Augustin mit Flecken an … Schade, das fehlt mir schon richtig.«

»Der ist ja inzwischen verheiratet, mit der Simone. Die war die Sekretärin von dem Karl.«

»Der Karbach hat auch Waffen. Was ist bei der Untersuchung der Pistolen herausgekommen?« Schuster leerte sein Bierglas und winkte die Bedienung zu uns.

»Nichts, leider. Wir sind da nicht weitergekommen.«

»Kann ich morgen mal die Liste sehen?«

»Warum?«

»Nicht so fahrig! Soll keine Kritik sein. Kann doch vorkommen, dass was übersehen wurde oder eine Person noch nicht kontrolliert wurde, die mit der ganzen Geschichte zu tun hat.«

Ich nickte Schuster mein Einverständnis zu. Dann ging die Tür auf, und der Grundwald junior kam mit einem anderen Mann herein. Beide gingen an die Theke. Karbach sprach kurz mit den Männern.

Otto

Die Inka ist eine tolle Frau ... Ich muss heute mit ihr reden, bevor dieser Privatdetektiv versucht, Geld mit der Angelegenheit zu machen, so ein Schwein! Wenn ich nur könnte, ich würde den ... Lassen wir das. Mit der Inka rede ich gleich, wenn wir uns sehen. Für in einer Stunde sind wir zwei verabredet. Im Wald treffen wir uns zum Spazieren. Ich wollte schon am Samstag mit ihr reden, dann kam aber der zweite Mord, also die Wilma, ihre Leiche in meinem Revier, das war eine Aufregung!

Die Leute achten im Augenblick noch genau auf die Inka. Die hat es nicht leicht, jetzt da auch noch die Wilma ermordet wurde ... Einige glauben, Inka habe damit zu tun, wegen des Erbes. Klar, jetzt ist sie an der

Reihe. Ist auch gut so, steht ihr als Witwe ja zu. Mit der Wilma hatte der Karl doch nichts mehr geredet, oder besser gesagt, die Wilma war ihm aus dem Weg gegangen … die alte Geschichte. Hat viel Ärger gebracht das alles.

Vorhin habe ich diesen Klaus Meis angerufen. Er war so arrogant zu mir … Zehntausend Euro will er, oder er geht zur Polizei. Mist, das passt mir nicht. Was soll ich nur machen? Habe vorgeschlagen, dass wir beide uns mal treffen, ganz alleine versteht sich, am Abend. Der hat doch glatt abgelehnt, wäre ihm im Moment zu gefährlich …

Inka, meine kleine Prinzessin. Ich habe ihr einen Ring gekauft, bin dafür extra in die Stadt gefahren. Sieht toll aus. Eigentlich wollte ich noch nicht an eine feste Beziehung denken, doch seit Inka frei ist … Zuerst war alles ein Spiel …

Dass wir die Simone mit dem Privatdetektiv getroffen haben … Das war mir direkt auf den Magen geschlagen. Inka hatte sich auch aufgeregt, wegen der Leute und dem Gerede … Die Simone schien sich dafür ja auch einfach freigenommen zu haben. Ob der Betrieb nicht weiterlaufen müsse, habe ich gefragt. Richtig rot war sie geworden. Der Meis hat mich richtig böse angesehen. Wusste, was er dachte. Ob er der Simone was erzählt hat? … Ich muss sehen, wie ich aus der ganzen Sache wieder rauskomme, ohne zu viel Wirbel um meine Person zu machen.

Inka … Jetzt muss ich noch vierzig Minuten auf sie warten … Die Zeit geht heute nicht wirklich vorbei. Auf meinem Handy war ein Anruf von der Polizei, ich müsste mich dringend bei Frau Augustin oder Herrn Hansen melden …

Wie es jetzt mit mir weitergeht, beruflich? Keine Ahnung. Bin in einer doofen Situation … Vielleicht kann ich für die Inka alles weiterführen, dann aber ohne diese Simone. Möchte mir nicht jeden Tag ihr vorwurfsvolles Gesicht ansehen müssen. Nein, danke!

Am Samstag, das war wieder eine Aufregung. Die ganze Jagd war ausgefallen. Sah auch schlimm aus, die Wilma. Anschließend wieder das gleiche Polizeiaufgebot wie eine Woche zuvor bei der Jagd vom Grunwald, als die Leiche vom Karl entdeckt wurde. Nachdem die Kommissare alle Namen notiert hatten, durften die Anwesenden gehen.

Hoffentlich kommt die Inka pünktlich zu unserem Treffen. Ich werde sicherlich erleichtert sein, wenn ich ihr alles erzählt habe. Anschließend kümmere ich mich um den Privatdetektiv. Der wird mich kennenlernen … Vielleicht will die Inka auch, dass wir ihm das Geld geben und somit die Geschichte aus der Welt schaffen. Sie hat auch immer davon geredet, hier wegzuziehen, in den Süden. Das würde mir auch gut gefallen … Palmen, Sonne …

Sonntagabend, 22. Oktober

Manfred Luck

Die beiden Kollegen von Jil werden mir immer sympathischer. Mit Jil konnte ich nicht reden, die war gleich auf hundertachtzig, darauf hatte ich keine Lust. Habe mir dann wieder meine Jacke geschnappt, brauchte frische Luft. Irgendwann stand ich vor der Kneipe. Drinnen wurde der Abend gut. Hansen winkte später noch den Karbach an unseren Tisch. »Wo ist die Simone?« Ich hob zum Gruß mein Bier. Mensch! Ausgerechnet ich musste ihn so begrüßen, war mir dann auch sogleich peinlich. Karbach ignorierte meine Frage. Schob mein Verhalten sicherlich auf das Bier. Er hatte auch sofort irgendwas mit Hansen zu bereden.

»Der Mann soll Privatdetektiv sein.« Karbach griff in seine Tasche und zog eine Visitenkarte hervor. »Die hat er mir aufgeschwatzt.«

Hansen wollte wissen, warum der mit dem Junior vom Grunwald, dem Max, zusammen war. Laut Karbach kannten die zwei sich von früher. Der Vater Grunwald hätte den Privatdetektiv auf einer Jagd kennengelernt und ihn seitdem jedes Jahr hierher eingeladen.

Wir bestellten die nächste Runde. Die Themen wurden allgemeiner, was mich erfreute. Gegen halb zwei meinte der Wirt, eine letzte Runde würde er auf das

Haus geben, dann wäre Feierabend ... Und morgen wäre doch Montag ... Das wollte ich nicht wissen. Der Wirt brachte uns die letzte Runde, da wurde es an der Bar laut. Allem Anschein nach hatte Max Grunwald einen Streit mit dem Privatdetektiv. Hansen und Schuster waren auch gleich wieder bei den Morden angelangt.

Schuster blickte in die Runde. Er war wieder in seiner Rolle als Polizist angekommen. Hansen, leicht beschwipst, säuselte etwas vor sich hin. Den Sinn konnte ich leider nicht mehr aufnehmen. Eine halbe Stunde später standen wir in der Nacht ... Die beiden Streithähne hat der Wirt vor die Tür gesetzt. Dann schien er froh zu sein, seine Ruhe zu haben.

Ich wusste immer noch nicht, wo ich hinsollte. Schuster rief sich ein Taxi. »Ob Sie noch über den Rhein kommen?«

Er schüttelte seinen Kopf. »Nein, keine Chance. Schade, aber manches Mal hat es auch seine gute Seite: keine Vorwürfe zu Hause, kein Gezanke oder dumme Fragen. Ich hab eine Couch im Büro und für den Notfall immer einen Rasierapparat und ein frisches Hemd bereitliegen.«

Der Mann gefiel mir immer besser ... Hansen hatte sich ebenfalls ein Taxi genommen. Ich machte mich zu Fuß auf den Weg.

Keine zwei Straßen weiter fiel mir ein weiterer Nachtschwärmer auf. Verrücktes Leben ... süß und voller Überraschungen ...

Montag, 23. Oktober

Befragung Roman Boger

Die Kommissarin sah mich so komisch an. Schien eine Alternative zu sein … nicht ganz meine Kragenweite.

»Ihr Vater war auch zu der Jagd bei Markus Grunwald eingeladen?.«

»Soweit mich mein Vater informiert hat, haben Sie beide miteinander gesprochen. Dann kennen Sie auch die Hintergründe.«

»Bei unserem ersten Gespräch waren uns noch nicht so viele Details wie heute bekannt.« Dieses Mal mischte sich der Kollege Hansen in das Gespräch. Wie der sich ausdrückte … Angeber.

»Und heute, da Sie mehr Informationen haben, laden sie mich erneut ein. Was soll das? Glauben Sie, ich habe den Karl und die Wilma erschossen? Peng, peng! Dachte, Sie haben meine Pistole untersucht.«

Es war sehr warm in dem Büro, ich zog mein Jackett aus. Dass die Kommissarin immer noch ihren Pulli anhatte – unverständlich für mich. Sie nahm mich aber ganz schön in die Mangel. »Die Pistolen haben wir untersucht.«

Ich stand auf. »Na also, dann ist das Theater hier also beendet?« Ich klatschte in meine Hände, kam nicht so gut an. »Ob ich was? Mich öfter mit der Wilma getroffen habe? Wer behauptet denn so etwas? … Das glaube ich jetzt aber nicht. Der Otto hat Ihnen das gesagt? Der Otto Heime? Ausgerechnet der will mir was anhängen?«

Plötzlich redeten beide auf mich ein. Wusste nicht mehr, wem ich zuerst antworten sollte. Das war ein Ding, da hatte der Otto doch von meiner kurzen Beziehung mit der Wilma getratscht. Hatte kaum einer mitbekommen. War ja auch schon lange her.

»Während wir hier zusammensitzen«, die Kommissarin strahlte erhaben, »wird gerade ihr Zimmer durchsucht.«

Ich sprang auf. »Das geht doch nicht! Sind Sie verrückt? Mein Vater lässt das nie zu, er lässt Ihre Kollegen nie in mein Zimmer!«

Sollte mich beruhigen, Hansen stand mit einem Mal neben mir. Die Kommissarin verließ das Büro. Ob ich ein Glas Wasser möchte … Da witterte ich meine Gelegenheit …

Hansen

Wer konnte denn damit rechnen, dass der Junge einfach wegrennt? Die Kommissarin hatte mir Vorwürfe gemacht. Die war doch vorher selbst aus dem Büro rausgegangen, dann aber schön die ganze Verantwortung auf mich abwälzen. An der Pforte hatte keiner die Anweisung, den Roman aufzuhalten. Klar, dass die den jungen Mann dann gehen lassen haben. Wir mussten wohl oder übel eine Fahndung rausgeben. Ich entschied, zum Vater von Roman zu fahren, zu Kai Boger. Von den Kollegen der Spurensicherung wusste ich, dass er zu Hause war, keine Probleme gemacht und den Kollegen das Zimmer seines Sohnes gezeigt hatte.

Mir war nicht ganz wohl bei dem Gedanken, den Roman Boger so ranzunehmen, sein Zimmer zu durchsuchen. Andererseits hatten wir keine andere Wahl.

Jil Augustin wollte mich nicht zur Wohnung der Bogers begleiten, also nahm ich Metzger mit, den ich im Flur traf.

»Wie war der Trauergottesdienst?«

»Der Bürgermeister Karbach hat nette Worte für den Karl gefunden. Der Ministerpräsident zog es vor, nichts zu sagen. Inka saß zwischen den beiden Herren.«

»Sie ist doch jetzt die Erbin.« Ich musste über Metzgers Worte lachen. »Genau so hat sich auch die Kommissarin gestern ausgedrückt.«

Täuschte ich mich, oder war Metzger verlegen? »Wie alt sind Sie?« Metzger hüstelte. »Zweiunddreißig.«

Vor dem Haus der Bogers war ein Aufgebot von Autos unserer Kollegen. Die lieben Nachbarn werden einiges zu tratschen haben …

Kai Boger war freundlich, mir entging allerdings nicht, dass er nervös war. Er rauchte unentwegt. Plötzlich stand auch noch Manfred Luck hinter uns.

»Was wollen Sie hier?« Metzger war richtig aggressiv.

»So nicht, ein Foto von der Wohnung ist okay.« Ich legte meine Hand auf Lucks Schulter.

Metzger gab mir einen Schubs. »Schauen Sie sich mal das Foto an der Wand an!«

Ich bückte mich etwas. Über dem Bett von Roman Boger hing ein Foto von Wilma. Ich wollte Metzger antworten, da klingelte mein Handy, es war Schuster.

»Sie haben was? Und Sie sind sich da ganz sicher, Schuster? Das stellt den Herrn Boger und seinen Sohn in ein ganz anderes Licht. Können Sie mir die Unterlagen in mein Büro faxen? Danke … Die Kommissarin? Nein, ich bin mit Metzger unterwegs. Versuchen Sie's mal im Büro.«

Metzger sah mich fragend an. »Das Foto nehmen wir mal mit.« Ich riss es von der Wand und sah ganz beiläufig auf die Rückseite. »Oho! Da ist eine Widmung: P. S.: Danke für den schönen Tag.«

Kommissar Schuster

Ich habe Frau Augustin dann doch noch im Büro erreicht. »Hansen hat mir heute Morgen die Liste mit den Namen der Personen, die Sie verhört haben, rübergemailt. Mir ist da was durch den Kopf gegangen.«

»Ich höre.« Das liebe ich ja so, Frau Augustin und ihre kurzen Antworten.

»Sie haben Ihr Augenmerk auf die Treiber gerichtet.«

»So ist es. Alles andere ergab keinen Sinn.«

»Wer sagt das?«

»Herr Grunwald.«

Ich konnte sie atmen hören. »Gut, Frau Augustin.« Ich nahm einen Schluck Kaffee, dann sprach ich weiter. »Aus Sicht von Herrn Grunwald ist das zu verstehen. Es klingt auch logisch, dass einer der Treiber oder aber der große Unbekannte den Karl erschossen hat.«

»Fakt ist aber auch, wir haben alle Personen vernommen und die wenigen Treiber, die eine Pistole besitzen, überprüft. Die Untersuchung hat uns nicht weitergebracht.«

»Was sagt der Pfarrer über die Wilma aus? Gab es einen Freund?«

»Herr Schuster, glauben Sie, ich habe das nicht gefragt?«

»Nicht nörgeln! Ich will nur helfen.«

»Vielleicht sollten Sie lieber mit Hansen telefonieren. Ich muss arbeiten.«

»Was soll ich?« Meine Stimme war laut geworden. Es stimmte aber auch, die Frau kostete mich Nerven.

»Entschuldigung.«

»Was war mit der Wilma?«

»Sie hat vor einigen Jahren eine Beziehung gehabt.«

»Wen?«

»Keine Ahnung.«

»Das darf jetzt nicht wahr sein! Sie sind keine Anfängerin und doch verhalten Sie sich wie …«

»Schon gut!«

Ich war wirklich überrascht über die Kommissarin. Sie ist eigentlich eine ganz Patente und Fleißige. Musste an ihrer komischen Beziehung zu dem Journalisten liegen. Habe mich dann mit der Kommissarin darauf geeinigt, dass ich gemeinsam mit Hansen den Pfarrer aufsuche.

»Dann gibt es aber noch eine Frage.« Ich hörte Frau Augustin laut Luft holen. War mir aber egal. »Bei der Wilma wurden DNA-Spuren gefunden. Wie wollen Sie nun verfahren? Und …«

»Möchten Sie nicht gleich meine Arbeit machen?«

»Es geht um die Kugel. Wurde sie gefunden?«

»Nein.«

»Das passt mir nicht. Können wir die Kollegen nicht bitten, noch einmal alles in der Nähe des Tatorts abzusuchen? Wir müssen eine Spur finden.«

Es dauerte mehrere Sekunden, dann fand die Kommissarin ihre Sprache wieder. Sie sagte mir zu, noch einmal mit den Kollegen der Spurensicherung zu sprechen.

»Mir ist da ein Fall von vor zwei Jahren in den Sinn gekommen. Deshalb ist es wichtig, die Kugel zu finden. Damals wurde ein Jäger …«

Sie unterbrach mich wieder und meinte, wir sollten nicht über die alten Fälle reden, sondern uns mit den aktuellen Morden auseinandersetzen.

»Ihnen dann auch einen schönen Tag.« Ich unterbrach die Verbindung. Werde das Thema mit Hansen besprechen. Der erinnert sich vielleicht noch an den Fall. Hatte doch große Schlagzeilen gemacht, der Überfall auf einen Jäger.

Dienstag, 24. Oktober

Pfarrer Klein

Ich werde für einige Tage verreisen. Meine Gesundheit … Seit dem Mord an Wilma leide ich unter Schwindelgefühlen und Atemproblemen. Nachts komme ich nicht mehr zur Ruhe, wälze mich hin und her, stehe auf, mache das Licht an und laufe durch das Haus. Ich bin auf der Suche nach einem Sinn und weiß, dass ich mir meine Fragen nicht selbst beantworten kann … Ich bete, hoffe und versuche, irgendwie mein Gleichgewicht wiederzufinden. Dann mache ich mir auch Vorwürfe, nicht genug auf Wilma eingeredet zu haben, in Bezug auf ihren Onkel, den Karl. Er hat unter dem Streit gelitten, das war zu spüren. Ob ich egoistisch war? Nein, sicher nicht … Die Zeit, so glaubte ich, würde schon alles regeln. Jetzt ist keine Zeit mehr übrig für die beiden …

Der Trauergottesdienst war ein würdiger Rahmen für Karls letzte Ehre. Zur eigentlichen Beerdigung kamen nur die Inka und dieser Otto. Nichts gesagt habe ich. Mir ging es nicht gut, und noch mehr Aufregung wollte ich nicht … Bin müde geworden. Dass der Otto für den Karl gearbeitet hat, er sein Notariat damals hatte schließen müssen, weiß hier jeder. Es wurde viel darüber getuschelt, dass der Karl seine Finger im Spiel gehabt hätte, Otto bestrafen wollte. Es ging um ein Grundstück, das der Otto nicht verkaufen wollte. Später, als er keinen Job mehr hatte, hatte er dann doch das Grundstück an den Karl verkauft und seither für ihn gearbeitet.

Es wurde geredet, wie immer ... Irgendwann war dann Ruhe. Es gab was Neues zum Reden, das Alte war uninteressant geworden.

Ausgerechnet ihn hat die Inka mit zu der Beerdigung gebracht ... Der Otto hat keine Miene verzogen, die Inka hat ein paar Tränen vergossen, aber immer schön mit Bedacht darauf, nicht ihr Make-up zu zerstören. Sollte so nicht denken, steht mir nicht zu.

Sind dann auch beide in einem Auto vom Friedhof weggefahren ...

Vorhin kam ein Anruf von Kommissar Hansen. Er und sein Kollege Schuster werden mich am Mittag besuchen, dienstlich versteht sich. Hoffentlich finden sie den Mörder ... Nur, wie soll ich da behilflich sein?

Glaube, ihn heute noch einmal gesehen zu haben, den Mann mit den blauen Augen. Dieses Mal trug er keine Maske. Vor der Bäckerei. Ich bin mir ziemlich sicher, dass er es war. Es ging so schnell. Als ich ihm nachsah ... da war er schon verschwunden. Ob ich mich getauscht habe? Versuche ich, etwas zu sehen, das es nicht gibt?

Der Pfarrer schien sehr angeschlagen zu sein. Gab sich aber Mühe. Schuster und ich haben dann gemeinsam mit ihm die Kaffeemaschine gefüllt und den Tisch gedeckt. Er hatte Apfelkuchen aus der Bäckerei geholt, nachdem ich uns angekündigt hatte. War nett von ihm.

»Lassen Sie uns noch einmal über Roman Boger sprechen«, fing Schuster das Gespräch wieder an, nachdem wir bei Kaffee und Kuchen erneut am Tisch in der Küche saßen.

»Da gibt es nicht mehr zu sagen, als ich schon berichtet habe. Der Roman und die Wilma waren sich sympathisch. Er hat hier auch ein paar Mal angerufen, und dann haben die beiden miteinander gesprochen. Wilma hat oft laut gelacht … Ich bin dann aus der Küche, wollte nicht indiskret sein.«

»Kam er auch hierher? Hat er die Wilma mal abgeholt?«

»Nein, Herr Hansen. Hier war nie ein Mann. Die Wilma hat sehr zurückgezogen gelebt. Tat mir oft leid, das Mädel. Konnte toll kochen und war im besten Alter, um eine Familie zu gründen.«

»Vor dem Roman gab es einen Freund. Wer war das?« Mein Kollege Schuster war mir mit seiner Frage zuvorgekommen. Der Kuchen war lecker. Deshalb habe ich mir auch ein zweites Stück genommen.

»Den Namen weiß ich nicht. Wir haben nur einmal darüber gesprochen.«

»Herr Pfarrer!« Schuster war etwas laut geworden, hatte seinen Teller auf die Seite geschoben. »Wie können Sie denn dann glauben, diesen Mann gesehen zu haben? Möchten Sie uns nicht helfen, den Mörder der Wilma zu finden?«

»Doch, doch ... Ich ... Es ist so, wie ich es gesagt habe. Das müssen Sie mir glauben, wirklich! Wenn Sie möchten, werde ich mich im Dorf umhören. Es wird viel geredet, sehr viel.«

Dann verabschiedeten wir uns von dem Pfarrer. Schuster wollte ihm nicht glauben. Im Auto angekommen, ließ er seinem Unmut sofort freien Lauf. »Der lügt. Sicherlich will er eine Familie aus dem Dorf schützen. So läuft es doch meistens. Wir müssen uns selbst umhören.«

»Kommen Sie noch mit?« Ich sah Schuster kurz von der Seite an, er nickte. Dann fuhren wir schweigend bis zum Kommissariat. »Mir fehlt etwas.« Schuster stieg aus, warf die Tür unachtsam zu. Ich sagte nichts.

»Diese Liste, die Sie mir gefaxt haben ... Darin wird auch ein Klaus Meis erwähnt, von Beruf Privatdetektiv.«

»Wir sollten hochgehen.« Es fing an zu nieseln, kalt war es auch. Im Treppenhaus gab ich Schuster eine Antwort. »Der Privatdetektiv war auch bei Grunwald zur Jagd. Die kennen sich, habe ich doch in der Kneipe neulich erwähnt.«

Fürs Erste war Schuster zufrieden. In meinem Büro zog er seine Jacke aus und ließ sich auf einem der Stühle nieder. »Der Mann kann uns vielleicht weiterhelfen. Er wird eventuell mehr wissen als wir.«

»Sie glauben, er hatte einen Auftrag?«

»Genau das glaube ich. Ihn will ich hier sehen und den Roman Boger, den Max Grunwald und ...« Schuster machte eine Pause, blickte in den Raum. »… und den Jagdaufseher Stefan will ich sprechen.«

Jagdaufseher Stefan

Heute Morgen habe ich die Kommissarin beim Bäcker getroffen. Die Frau sah schlecht aus. Ob sie krank war? Die Frage kam nicht so an bei ihr. Frauen, so habe ich mal gelesen, wollen nicht gerne über so etwas sprechen, hielt mich dann auch mit weiteren Bemerkungen zurück.

Beim Verlassen der Filiale rief sie mir nach: »Ach, Stefan. Haben Sie einen Moment Zeit für mich?« Einige Frauen grinsten, andere fingen an zu tuscheln. Spießig! Ich begann trotzdem, mein belegtes Brötchen zu essen, schließlich dauerte meine Pause nicht ewig. Die Kommissarin ging ein Stück neben mir her, sie hatte sich auch ein belegtes Brötchen gekauft. Zuerst sprach sie vom Wetter, sollte heute ja regnen. Zum Glück stimmen die Vorhersagen nicht immer … Ich lächelte nur. Was wollte die Frau von mir?

»Die Untersuchungen der Pistolen …« Sie blieb stehen. »Es ist nichts dabei herausgekommen.«

»Das habe ich mir gedacht. Konnte mir auch nicht vorstellen, dass einer von hier den Karl … Nein, echt nicht!«

»Wo kann ich etwas übersehen haben? Wo kann ich eine Person vergessen haben?«

Das fragte sie ausgerechnet mich … Mein Brötchen war aufgegessen, und ich wollte zurück an die Arbeit. »Tja, also da bin ich vielleicht doch nicht der Richtige.«

»Schade, ich dachte, vielleicht haben Sie noch eine Idee. Eventuell habe ich etwas nicht bedacht oder übersehen, Sie verstehen mich?«

»Wie lange arbeiten Sie schon für Grunwald?«

»Wollen Sie mich über die Grunwalds ausfragen? Das finde ich jetzt nicht gut von Ihnen. Der Grunwald ist immer für mich da, und ich kann froh sein, diesen Job zu haben. Für den Mann lege ich meine Hand ins Feuer.« Ich kam in Rage.

»Nein, ich will Sie nicht ausfragen. Mich interessiert diese Familie aber.«

»Bei denen ist wirklich alles in Ordnung.« Stimmte ja auch. Der Mann war ein Garant für Tugend und Ordentlichkeit, das gab es kaum noch.

»Können Sie mir etwas über die Anni, also Frau Grunwald, sagen? Oder über den Max?«

»Seine Frau ist auch eine ganz Liebe. Sozial engagiert, immer hilfsbereit. Den Junior kenne ich nicht so gut. Hat bis vor kurzem im Ausland gelebt. Es hieß, er besuchte ein Internat in der Schweiz.«

»Und Sie? Haben Sie die Wilma gekannt? War doch in Ihrem Alter.« Die Kommissarin sah mich neugierig an.

»Sie sind auf dem völlig falschen Dampfer!«

»Warum regen Sie sich dann so auf? Kannten Sie die Wilma oder nicht?«

»Ja.«

»Ja? Geht es auch etwas genauer?«

»Die Wilma ist mir natürlich aufgefallen. Fragen Sie doch mal die anderen Männer hier im Ort. Jeder kannte die Wilma. Hübsches Mädchen. Ich finde es traurig, wie ihr Leben sein Ende nahm … richtig traurig … und der …«

»Wollten Sie noch etwas sagen, Stefan?«

»Nur, dass ich jetzt zur Arbeit muss.«

»Nein, wenn Sie hier nicht mit mir reden, muss ich Sie in mein Büro bestellen. Den Weg kennen Sie ja noch.«

»Mich ärgert es nur, dass da so einer der Wilma das angetan hat.«

»Sie meinen ›vergewaltigt hat‹.«

»Und Sie anschließend erschossen hat, im Wald hat liegengelassen.« Meine Stimme wurde etwas zu laut. Passanten blieben stehen. »Das hat sie nicht verdient, die Wilma. War zu jedem nett und hilfsbereit. Eigentlich eine Frau, die man heiraten möchte.«

»Was stand dem im Weg?«

»Wilma selbst. Ihre Art … Sie verstehen? … Nein, Sie verstehen mich nicht, das sehe ich an Ihrem Blick.«

»Dann versuchen Sie es mir zu erklären!« Die Kommissarin sah mich an. Ich wusste nicht recht, ob ich mit der so geradeheraus reden konnte. Was blieb mir aber anderes übrig?

»Die hat sich halt geziert … keine Umarmung, kein Kuss … selbst Händchenhalten war für sie schon zu viel.«

»Verstehe«, raunte die Kommissarin. Sie zog die Augenbrauen hoch, sah nicht hübsch aus, konnte ich ihr aber nicht sagen.

Frau Augustin verabschiedete sich dann von mir. Ich war froh und erleichtert, sie los zu sein … Ich mochte es nicht, ausgefragt zu werden. Überhaupt, ich wollte meine Arbeit machen und in Ruhe leben. Was ging die das denn an, mit wem ich meine Freizeit verbringe und ob ich eine Freundin habe … Mein Leben ist zurzeit nicht ganz geordnet, das bekomme ich aber wieder in den Griff! Ich schaffe das, und wenn …

Grunwald platzte in meine Gedanken, sah mich fragend an. »Was machst du denn hier?« Ausgerechnet heute musste der Chef mit seinem Wagen hierher fahren. War nicht wirklich sein Heimweg. Ich hielt aber auch dieses Mal meinen Mund und dachte mir meinen Teil. Dann berichtete ich von dem Treffen mit Jil Augustin. »Gut, das ergibt einen Sinn.« Er machte seine Scheibe hoch und fuhr weiter, ohne noch etwas anderes gesagt zu haben. Es war komisch, ihn hier anzutreffen. Dann zog ich es vor, nicht mehr über Markus Grunwald nachzudenken … Mich beschäftigte etwas anderes, etwas, das wichtiger war als er.

Mittwoch, 25. Oktober

Jil Augustin

Das zufällige Gespräch mit Stefan beschäftigte mich noch bis ins Büro. Meine Tasche ließ ich unachtsam neben meinem Schreibtisch auf den Boden gleiten. Mir war nach Kaffee. Hansen traf ich im Gang, er kam wie selbstverständlich mit in die Kantine. Ich hatte nicht einmal erwähnt, wo ich hinwollte.

»Lassen Sie uns über die beiden Morde sprechen.« Er steckte ein Stück Kuchen in seinen Mund.

»Bei den untersuchten Pistolen sind wir nicht weitergekommen. Entweder ist keiner der Treiber unser Mörder, wir hätten es dann also mit einer fremden Person zu tun, oder aber …«

»Jemand hat sich die Mühe gemacht und eine fremde Waffe benutzt.«

»Genau, das habe ich auch gedacht. Die Pistole kann illegal besorgt worden sein.«

»Mich wundert, dass in dem Zusammenhang keine Waffe als gestohlen gemeldet wurde. Was haben wir übersehen? Oder besser gesagt, wen?«

»Ich war mit Schuster beim Pfarrer. Hat uns aber nichts Neues erzählen können. Wir wissen nur, dass der Roman Boger mal ein Auge auf die Inka geworfen hatte und …«

»Das haben anscheinend viele Männer getan. Ich habe heute den Stefan getroffen. Der hat auch versucht, mit ihr anzubandeln, ohne Erfolg.«

»Gut, dann kann ich Ihnen auch gleich mitteilen, dass Schuster und ich für morgen den Max Grunwald, den Roman Boger und den Stefan hierher bestellt haben.«

»Sehr gut. Für den DNA-Test?«

»Das auch. Wir müssen weiterkommen. Der Pfarrer hat von einem jungen Mann gesprochen, mit dem Inka mal befreundet war, an einen Namen wollte er sich nicht erinnern können.«

»Warum bestellen wir nicht auch den Vater vom Roman, den Kai Boger?«

»Der erscheint mir zu alt für die Wilma.«

»Wenn Sie sich da mal nicht täuschen, Herr Kollege.«

»Wie meinen Sie das?«

»Wir gehen ins Büro und sehen uns die Liste aller Personen an, die wir verhört haben.« Ich nickte. Auf dem Weg zu Hansens Büro dachte ich wehmütig daran, wie lange ich keinen Sport mehr gemacht hatte. Am Abend, so nahm ich mir fest vor, würde ich laufen gehen.

Hansen zog mir einen Stuhl neben seinen Schreibtisch. Ich musste grinsen, erneut lagen eine Banane und ein angebrochenes Päckchen mit Schokolade auf dem Stuhl. Er räumte schnell alles weg. Ich tat so, als hätte ich es nicht bemerkt. War gerade auch nicht das Wichtigste, eine Banane oder Schokolade …

»Wussten Sie, dass der Klaus Meis …«

»Der Privatdetektiv?«

Er lächelte. »Genau der. Sonntagabend gab es einen Streit zwischen ihm und dem Max Grunwald.«

»Wir sollten den Max Grunwald mal aufsuchen. Bisher wissen wir auch nicht wirklich viel über ihn.«

»Der Privatdetektiv kommt noch heute, gegen neunzehn Uhr.«

»So spät noch?«

»Ist das ein Problem? Wollten Sie für den Journalisten ein leckeres Essen bereiten?«

»Das war nicht nötig, Hansen.« Mein Kollege sah mich dann auch entschuldigend an. Das mit dem Joggen am Abend konnte ich aber wieder vergessen. Schuster würde auch kommen, teilte Hansen mir mit.

»Ich musste an die Inka denken.«

»Oho? Hansen!« »Es war dienstlich gemeint, das mit der Inka ... Ihre Bedenken am Anfang, als Sie die Frau kennengelernt haben, die konnte ich nicht teilen.« Hansen machte eine theatralische Pause. »Wie gesagt, am Anfang war ich von der Unschuld der Frau überzeugt. Fand es lächerlich, sie nach einem Alibi zu fragen und ...« »Jetzt denken Sie anders? Warum?«

»Ich möchte, dass wir genauer hinsehen, wenn nötig, einen Plan machen. Das hat sonst auch immer funktioniert. Denken Sie an die Zusammenarbeit mit Schuster, er wird in einer Stunde hier sein.« Ich nickte. »Wir machen eine Wandtafel, schreiben alle Namen der Treiber darauf, Auswertungen von den Gesprächen ...«

Als Schuster eintraf, war der Plan fertig. Wir waren stolz.

Markus Grunwald

Seit dem Mord an Karl herrscht ein Riesenzirkus im Dorf. Hat mir auch nicht gepasst, dass die Kommissarin den Stefan ausgefragt hat. Was sollte das nur? Heute waren so viele Leute in meiner Praxis. Frage mich, ob die Menschen nichts anderes zu tun haben, als wegen jedem Wehwehchen zu mir zu kommen. Musste heute zu der Inka. Wenn meine Anni davon erfährt, hängt der Haussegen schief. Es nutzte aber nichts. Die Leute denken sicherlich erst einmal an einen beruflichen Einsatz, wenn ich in ein Haus gehe. Die Inka hatte auch viel mitgemacht. Ist doch normal, dass da mal ein Arzt vorbeikommt, oder nicht?

Sah aber richtig gut aus, die Inka. Keine Spur von Traurigkeit. Das hat mich doch verwundert. Sie war auch hübsch gekleidet, mit einem roten Pullover.

»Schwarz kann ich nicht an mir sehen. Das macht mich so traurig und mein Gesicht so blass.« Sie hat meine Blicke gleich richtig gedeutet und mir die Butter vom Brot genommen. Nicht schlecht.

»Die Waffen vom Karl willst du?« Inka war erstaunt. Was sie noch damit vorhabe, fragte ich sie, jetzt wo der Karl unter der Erde ist. Sie ist keine Jägerin, und ich kann die Waffen gut gebrauchen. Der Karl hat nur das Feinste besessen.

»Damit habe ich etwas anderes geplant.« Mehr sagte die Inka nicht. Aus, vorbei. Damit war dieses Thema für sie abgeschlossen. Na warte, dachte ich mir. Ich war schon lange neidisch auf den Karl gewesen. Er hatte immer die Nummer eins gekauft. Eine neue Serie kam auf den Markt, Karl hat zugeschlagen. Was der für ein Geld in die Waffen gesteckt hat. Wundert mich fast, dass er keine finanziellen Probleme bekommen hat.

Otto

Gleich nach der Beerdigung vom Karl habe ich Inka mein Geheimnis gestanden. Bei unserem letzten Treffen wollte ich es ihr schon sagen, hatte es mir so fest vorgenommen, dann aber keinen Mut gefunden. Ja, ich habe einen großen Fehler begangen, das tut mir jetzt auch leid. Es war Verzweiflung, Wut und ... Ja, es war auch Rache, die mich antrieb. Sie wird mir verzeihen, nur, kann sie mir noch vertrauen? Ich sollte mit der Kommissarin oder dem Herrn Hansen sprechen, meinte Inka. War richtig in Rage gekommen. Das müsste sein, selbst wenn ich ins Gefängnis käme, sagte sie.

Verdammt! So habe ich das nicht erwartet. Gefängnis? Ich? Niemals! Etwas zu fest habe ich die Inka gedrückt, sie schrie erschrocken auf. Dann bin ich gegangen. War total blöd von mir. Was nun? Wird die Inka zur Polizei gehen? Muss ich wirklich ins Gefängnis?

»Was war mit der Wilma?« Die Frage von Inka hat mir den Zorn in die Augen getrieben. »Was war mit

Wilma? Was soll diese Frage? Bist du jetzt verrückt geworden?«

Glaube, ich war nicht diplomatisch … Ob die Inka das verzeihen kann? So fängt keine gute Beziehung an … Dabei dachte ich, wir würden den Abend zusammen sein, uns lieben und … Ich habe Sehnsucht nach Inka.

»Ich«

Muss viel an die Wilma denken … Sie war so schön, ihr Busen so zart, so hell. Wollte ihr nicht wehtun, wirklich nicht. Sie hat so gezickt, fing auch noch an zu schreien. Das war nicht lieb, überhaupt nicht lieb … Und dann riss die Bluse von der Wilma, da habe ich ihren Busen gesehen. Das hat mich total angemacht, und ich habe die Beherrschung verloren … Es war mit einem Mal, als würde ich fremdgesteuert, konnte nichts dafür. Außerdem sollte es doch auch gut für meine Beziehung sein, das hat man mir doch so geraten … bisher konnte ich mich doch darauf verlassen.

Wilma! Wenn ich könnte, dich würde ich wieder zum Leben erwecken … Wir hätten so viel Freude haben können, wir zwei. Warum nur warst du zickig? Hast so böse Worte zu mir gesagt. Das war nicht lieb, überhaupt nicht lieb von dir … Ob ich zu der Beerdigung von der Wilma gehe?

Die Liebe war es, die mich trieb,
in ihr ich fand den Weg zu dir,

der Schmerz, die Wut,
alles in meiner Brust nach dir ruft.
Vorbei!

Warum stand er auf einmal in Wilmas Wohnung? Dachte zuerst, der schlägt mich kaputt, doch nichts geschah ... Wilma hat so gezittert, leise geweint hat sie auch. Er hat sie dann angezogen, einen Bademantel über ihren Körper gehüllt. Wilma hat alles mitgemacht, nur ganz leise geweint, sonst nichts ... Wollte ihr nicht wehtun, wirklich nicht, nicht der Wilma ...

Er ist dann wieder gegangen. Meinte noch, ich sollte mit der Wilma reden und mich entschuldigen, sprach davon, um Verzeihung zu bitten ... beim nächsten Mal sollte ich etwas zärtlicher sein. Ich nickte zustimmend.

Mit einem Mal war sie aufgesprungen, sagte, sie müsste Luft holen, hat mich angeschrien. Die Tür flog auf, und Wilma war fort. Ich bin ihr dann gefolgt, habe sie auch schnell wieder eingeholt. Es war schon dunkel, und da geht man nicht alleine auf die Straße. Erst recht nicht in dieser Aufmachung. Das gefiel mir nicht, gar nicht. Ich hatte sie immer so ordentlich und adrett in Erinnerung gehabt ...

Sie lief immer weiter, ließ sich nicht davon abhalten, durch die Nacht zu irren. Viel später wurde mir bewusst, dass wir mitten im Wald standen. Sie lehnte sich erschöpft an einen Baum, sank in die Knie.

Wollte der Wilma helfen. Sie fing wieder an zu schreien, sagte ganz böse Wörter zu mir, schrie, ich wäre verrückt, schon damals hätte ich ihr nachgestellt und dass ihr Onkel doch recht behalten hätte ... Wilma jammerte, es wäre zu spät, um mit dem Karl zu reden, jetzt, wo er tot war. Ob ich ihn getötet hätte?

»Er hat mir im Weg gestanden. Unserer Liebe hat er im Weg gestanden …«

Ihre Augen waren mit einem Mal voller Hass. Sie umfasste einen Stein und wollte mir wehtun. In dem Moment hörte ich wieder das Quietschen des alten Schaukelstuhls … Meine Hand glitt zu der Pistole in meiner Jacke … Es wurde endlich ruhig … gut nur, dass ich die Pistole nicht in Wilmas Wohnung gelassen habe.

Morgen, morgen muss ich wieder in das Büro von Hansen, hat heute angerufen … passt mir nicht, überhaupt nicht … ich muss sehen, dass ich bis dahin wieder ruhig bin.

Donnerstag, 26. Oktober

Jil Augustin

Hoffentlich kommen wir heute Mittag mit dem Verhör weiter. Bin auch mal gespannt, ob einer von denen zu der DNA passt, die wir bei der Wilma gefunden haben. Wäre schön. Mit meinen Gedanken war ich ganz bei den Verdächtigen, als mein Telefon klingelte.

»Manfred?«

»Wie geht es dir, Jil? Was machst du?«

»Arbeiten. Ich hoffe, wir kommen am Mittag einen Schritt weiter, wenn möglich einen ganz großen.«

»Das passt.«

Es folgte eine kurze Pause … Dann kam auch noch Hansen in mein Büro, das gefiel mir nicht. Er musste nicht alles mitbekommen.

»Mein Kollege ist gerade in mein Büro gekommen.«

»Ah, verstehe.«

»Nein, das tust du nicht. Wann sehen …« Ich brach meine Worte ab. Hansen hatte gleich verstanden, mit wem ich telefonierte. Er ging zu meiner einzigen Zimmerpflanze, um sie zu gießen.

»Ich brauche mal Luft.«

»Klar, das ist nicht neu, Manfred. Aber so kommen wir nicht weiter. Ziehst du mal wieder zu Mama und Papa?«

Manfred hüstelte. Anscheinend hatte ich ausgesprochen, was er sich nicht getraut hatte. Ich fror, mein Blick wanderte zu Hansen, der mit dem Rücken zu mir stand und immer noch dabei war, meine Pflanze zu (er-)tränken …

»Nein, nicht zu meinen Eltern. Vielleicht sollten wir mal reden, aber nicht am Telefon.«

»In einer Stunde fangen die ersten Verhöre an, ich kann jetzt unmöglich hier weg.«

»Am Abend? Reden wir am Abend? Treffen wir uns in der Kneipe?«

Mich verwunderte sein Vorschlag. Warum sollten wir nicht in unserer Wohnung reden, ist doch viel intimer, und wir könnten zusammen kochen. Die Idee fand Manfred nicht gut. Er beharrte auf die Kneipe. Wir vereinbarten neunzehn Uhr … War das ein gutes Zeichen? Mein Bauch zog, damit hatte ich in der letzten Zeit öfter zu tun.

»Ich möchte auch eine DNA von Markus Grunwald.« Hansen drehte sich um, nachdem mein Gespräch mit Manfred beendet war. Ich nickte nur. »Dann bestellen Sie den Mann ebenfalls zu uns.«

»Schuster wird auch kommen. Er hat mir von einem alten Fall erzählt. Einem Überfall auf einen Jäger. Dabei wurden Waffen gestohlen, unter anderem auch eine Pistole.«

»Hört, hört! Daher weht der Wind. Und jetzt glaubt der liebe Kollege, er kann den alten Fall in einem Zug mit unseren Fällen lösen …?«

»Es ist doch nur ein Anhaltspunkt. Konnten Sie die

Kollegen der Spurensicherung noch einmal zum Fundort von Wilmas Leiche schicken?«

Hansen blieb vor meinem Schreibtisch stehen. Mit Schuster schien er sich gut zu verstehen. Ich hatte keine Lust auf dieses Gespräch und nickte nur.

»Gut, sehr gut. Wenn die Kollegen etwas finden …«

»… bekommen Schuster und Sie sogleich Bescheid. Lassen Sie mich bitte bis zu dem Eintreffen von …« Ich blickte in meine Unterlagen. »Stefan, der Jagdaufseher, ist unser erster Kandidat.«

Obwohl ich nicht ausgesprochen hatte, allein sein zu wollen, verstand Hansen und zog sich zurück. Ich fing an, mir Notizen für die Befragung zu machen. Inzwischen hatte ich auch Informationen über Stefan erhalten, die ein neues Licht auf ihn warfen. Ich durfte aber nicht voreilig urteilen.

Schuster

Mensch, was war ich erleichtert, als die Kollegen der Spurensicherung anriefen und mitteilten, sie hätten eine Kugel gefunden. Ich sprang vor Freude hoch. Hatten die doch zuerst bei mir angerufen, nicht bei Frau Augustin, das wird sicherlich wieder ein Nachspiel haben. Egal, liegt ja auch an ihr, wenn sie immer zickt. Den Manfred Luck habe ich heute beim Bäcker getroffen. Ist ja schon verrückt, so ein kleiner Ort, und gerade die kleine Bäckereifiliale ist Anlauf- und Treffpunkt.

Hoffentlich bleibt die Filiale erhalten, jetzt, wo der Karl tot ist. Sollte mich aber auch nicht so interessieren, lebe ja nicht in Kamp-Bornhofen.

Der Journalist sah übernächtigt aus. Nickte mir sehr freundlich zu. Natürlich war mir nicht entgangen, dass er eine viel zu große Tüte mit Brötchen gekauft hatte. Für ihn ganz alleine waren die bestimmt nicht, und Frau Augustin war schon im Büro ... Sollte mich nicht interessieren, ich dachte kurz an meine Begegnung mit der kleinen Rothaarigen im letzten Jahr. Das hatte gut getan ... Der Luck soll sie auch gut gekannt haben.

Die Akten über den alten Fall, von dem die Kommissarin zunächst nichts wissen wollte, hatte ich dabei. Hansen sah mich strahlend an, als ich sein Büro betrat.

»Kochen Sie uns einen Kaffee? Ich habe Croissants mitgebracht.« Ich legte alles auf dem kleinen Besprechungstisch ab.

»In einer halben Stunde wissen wir, ob die gefundene Kugel zu der gestohlenen Pistole gehört. Wäre in der Tat ein Zufall.«

»Nein, das bietet sich geradezu an. Freue mich auch schon auf die Verhöre.« Ich klatschte zufrieden in meine Hände. Frau Augustin hatte entweder den Duft von frischem Kaffee gerochen oder ... Plötzlich ging die Tür auf.

»Störe ich?«

Was sollte man dazu sagen? Sie setzte sich zu uns, und Hansen schenkte ihr auch einen Kaffee ein. »Die Kollegen haben zuerst bei Ihnen angerufen.« Ich nickte. Hatte keine Lust, darüber zu diskutieren.

»Die Auswertung erhalten wir noch in der nächsten halben Stunde. Das ist passend, wie ich finde. Ich habe mich auch schlau gemacht über den Jagdaufseher Stefan.«

»Wenn ich Sie kurz unterbrechen darf, Herr Schuster?«, bat Frau Augustin und ich nickte der Kollegin zu.

»Auch ich habe meine Recherchen eingeholt. Der Stefan war bis vor einem halben Jahr noch im Allgäu …«

Frau Augustin stoppte, da das Telefon von Hansen läutete. Es war Pfarrer Klein. Wir schauten aufmerksam zu Hansen, er stellte das Gespräch laut.

»Danke, Herr Pfarrer.« Mit diesen Worten hatte Hansen das Telefonat schon wieder beendet, bevor wir wirklich etwas Relevantes hören konnten.

»Er will uns später noch mal sehen. Denke, es geht um den jungen Mann, mit dem Wilma mal befreundet war. Hoffentlich sagt er uns den Namen.«

Frau Augustin griff nach dem Croissant, das bereits auf dem Teller von Hansen lag. Ich musste grinsen.

Der Jagdaufseher Stefan kam zeitgleich mit dem Telefonanruf der Kollegen von der Spurensicherung. Die gefundene Patrone stammte tatsächlich aus der gestohlenen Pistole. Metzger wurde gerufen, er musste sich fürs Erste um den Stefan kümmern, gemeinsam mit Hansen. Frau Augustin und ich gingen in ihr Büro.

»Sie hatten recht, Herr Schuster.« Wir standen uns gegenüber. Sie sah müde aus.

»Intuition, irgendwie kam mir sofort diese alte Sache in den Kopf. Mir war es zu weither geholt, dass die

Waffe auf dem Schwarzmarkt gekauft wurde, wo doch so viele Personen mit Waffenschein involviert sind.«

»Mein erster Gedanke war der Privatdetektiv.« Sie wühlte sich durch die kurzen Locken. Diese Geste hatte ich schon oft an ihr beobachtet. »Er kommt später auch noch zu uns. Der Mann hat auch seine Geheimnisse.«

»Wir werden es herausfinden, Frau Kollegin.« Ich grinste sie frech an.

»Wo war der Überfall auf den Jäger und wann genau?« Frau Augustin ging nicht auf meine Geste ein, sie ist immer so pflichtbewusst …

»In der Nähe von Füssen, im Allgäu.« Ich blickte jetzt aus ihrem Fenster.

»Warum haben Sie davon erfahren? Sind Sie auch Jäger?«

Noch im Umdrehen zu Frau Augustin gab ich ihr Antwort. »Es war in allen Tageszeitungen zu lesen. Und … es gab mal wieder so einen Zufall.« Jetzt musste ich kurz lachen. »Das Leben ist voll von diesen Überraschungen, man muss sie nur sehen und annehmen.«

»So spannend?«

»Meine Frau war damals in der Gegend zur Kur. Ich besuchte sie an einem Wochenende, langweilte mich aber schnell und irrte durch die Gegend, bis ich im Kommissariat der Kollegen stand.«

»Sie hatten Urlaub?« Frau Augustin lachte nun auch.

»Ja, ja. Der zuständige Kollege ist in meinem Alter. Wir verstanden uns gleich und gingen am Abend ein Bier trinken. Ich bekam dann das ganze Chaos nach dem Überfall am nächsten Tag hautnah mit. Durfte sogar mit zu dem Tatort. Der Jäger wurde abgefangen, nachdem er von seinem Hochsitz gestiegen war. Es war Vollmond. Er war auf dem Weg zu seinem Wagen, den er rund zweihundert Meter von dem Hochsitz entfernt abgestellt hatte. Auf dem kurzen Stück hat ihm dann jemand aufgelauert. Offensichtlich bekam er einen Schlag auf den Hinterkopf, verlor das Bewusstsein, und seine Waffen wurden gestohlen.«

»Ist es üblich für einen Jäger, eine Pistole dabei zu haben?«

»Glaube, nein. Das hat meinen Kollegen damals auch beschäftigt. Dann erfuhren wir, dass es aber hin und wieder vorkomme. Gestohlen wurde außerdem sein Gewehr, ein Messer, eine Taschenlampe und ein Rucksack.«

»Der Jäger, was ist aus ihm geworden?«

Ich hob meine Schultern. »Der hat die Begegnung mit dem Unbekannten nicht gut überstanden.« Dann wanderte mein Blick auf die Akte, die ich in meinen Händen hielt. »Hier, vielleicht lesen Sie kurz den Bericht des untersuchenden Arztes.«

Frau Augustin setzte sich an ihren Schreibtisch und fing zu lesen an. Ich beobachtete sie. »Er wurde mit einem harten Gegenstand auf den Kopf getroffen. Der untersuchende Arzt hat damals ein Eisenrohr vermutet.«

»Gefunden wurde aber nichts, es blieb bei der Vermutung.«

Frau Augustin hob ihren Kopf. »Gestorben ist er zwei Tage später an den Folgen des Schlags. Er hat keine Aussage zu dem Täter gemacht. Unseren Kollegen kam es komisch vor.«

»Genau. Sie suchten dann auch im Umfeld des Jägers nach dem Täter, ohne Erfolg. Der Fall wurde später eingestellt, und die Vermutung stand im Raum, es habe sich doch um einen Zufall gehandelt. Ein Fremder habe sich Waffen besorgen wollen.«

»Im Umfeld des Jägers wurde gesucht …« Frau Augustin knabberte an ihrem Bleistift und war in Gedanken versunken. Ruckartig warf sie den Bleistift auf den Schreibtisch und stand auf. »Die Namen, ich möchte alle Namen haben, die damals in dem Fall zu Protokoll kamen. Hier stehen nur vier Namen, das wird nicht alles sein. Komischer Zufall, dass der Jagdaufseher Stefan damals in der Gegend lebte. Haben Sie den Namen des Opfers? Warten Sie, hier steht er, Josef Mürr.«

»Möchten Sie nicht wissen, wann und von wem der Jäger damals gefunden wurde?«

Jil Augustin steckte erneut ihre Nase in den Bericht. »Am nächsten Morgen von einem Bauern.«

»Genau! Wäre er am Abend gefunden worden, so die Ärzte, wäre er durchgekommen.«

»Warum hat ihn niemand vermisst?«

»Seine Frau gab an, sich gegen halb zehn mit einer Schlaftablette hingelegt zu haben.«

»Zufälle gibt es, aber ob es die Wahrheit ist, werden wir nicht mehr herausfinden …«

Bevor ich etwas sagen konnte, griff sie nach ihrer Tasche, die unachtsam unter ihrem Schreibtisch lag. Den Tick hat die Kommissarin, seit ich sie kenne. Handtaschen in allen Farben und Größen kauft sie … Warum auch nicht? Andere Frauen sammeln Schuhe.

Ich grinste. Sie wühlte in dem Innenleben der Tasche und schien etwas zu suchen. »Hätten Sie eine kleine Umhängetasche, dann ...« »Diesen Kommentar können Sie für sich behalten, oder kommen wir damit in unserem Fall weiter?«

»Bissig, Frau Augustin.« Ich drehte mich um.

»Jetzt bloß keine Streitereien. Gleich haben wir das Gespräch mit diesem Stefan. Wir beide und der Kollege Hansen müssen an einem Strang ziehen. Lassen Sie uns noch kurz besprechen, wie wir vorgehen bei der Befragung. Ich will auch Hansen nicht zu lange mit dem Stefan alleine lassen. Er soll noch keine relevanten Fragen stellen, bevor ich anwesend bin.«

Stefan

Das hat mir überhaupt nicht gepasst, das Getue. Möchte nur wissen, was die Kommissarin für einen Anruf erhalten hat. Muss ja wichtig gewesen sein. Kommissar Hansen setzte sich in eine Ecke, sah mich nur an und blieb stumm. War froh, dass der Metzger da war, den kenne ich von den Jagden.

»Wann kommt die Kommissarin denn wieder?« Nach dreißig Minuten verlor ich meine Geduld.

»Wird schon gleich kommen.« Metzger sah auf seine Uhr. Ihm fiel auch nicht wirklich ein gutes Gesprächsthema ein. Sicherlich war ihm die Situation so unangenehm wie mir.

»Kanntest du die Wilma gut?« Oh! Das hätte ich nicht fragen sollen, der Metzger riss die Augen auf. Dabei hat er mir vor geraumer Zeit die gleiche Frage gestellt. Wer denn hier die Fragen stellte? blaffte er mich an. Ich sollte mich gedulden, bis die Kommissarin Zeit hätte, und ob ich einen Kaffee möchte, wollte er wissen. Ich nickte. Dann schickte Metzger einen anderen Mann in das Büro, und er verschwand im Flur. Wollte mich nicht mit Hansen alleine lassen.

»Was soll das? Warum darf ich nicht alleine hier mit Ihnen warten? Stehe ich unter Verdacht? Glauben Sie, ich bin gefährlich?«

Der Mann sagte nichts, sah mich nur an und setzte sich mir gegenüber auf den Stuhl, auf dem soeben noch Metzger gesessen hatte. Hansen schwieg. Übertrieben dieses ganze Theater. Ich bin doch kein Schwerverbrecher. Plötzlich überfiel mich eine Befürchtung. »Ihr habt mich in Verdacht? Ja? … So nicht, nicht mit mir!«

Dann ging alles ganz schnell. Ich bin aufgesprungen, habe meinen Stuhl gepackt und dem Mann entgegengeworfen, der mir gegenübersaß. Dann bin ich zur Tür gerannt …

»Hoppla, so eilig? Wohin wollten Sie denn?« Hansen war mir nachgeeilt. Hätte ich dem Dicken nicht zugetraut, diese sportliche Leistung. Bevor ich etwas antworten konnte, standen auch schon die Kommissarin und Herr Schuster vor mir. Kleinlaut entschuldigte ich mich bei dem Polizisten. Er war sauer, sprach von einer Anzeige … Völlig überzogen.

»Ist doch auch kein Benimm. Ich warte schon über dreißig Minuten.«

Frau Augustin belehrte mich, dass es trotzdem für mein Verhalten keine Entschuldigung geben würde. Dann fing sie mit ihrer Befragung an.

»Wen soll ich kennen? Ob ich was getan habe? Einen Jäger überfallen? Spinnen Sie jetzt vollkommen?« So etwas, da wollte die Kommissarin doch von mir wissen, ob ich jemanden überfallen hätte. Aber sie sprach nicht etwa von dem Karl oder der Wilma, nein!

»Vielleicht haben Sie in der Umgebung noch ein paar ungeklärte Fälle? Sagen Sie Ihren Kollegen doch, der liebe Stefan nimmt alles auf sich …« Meine Stimme überschlug sich. Hansen versuchte beruhigend auf mich einzureden. Er erklärte mir noch einmal alles von vorne. »Davon habe ich gehört, ist doch schon einige Monate her.«

Frau Augustin sah von ihren Unterlagen hoch. »Sie versuchen zu spielen, aber nicht mit uns. Zu mir haben Sie gesagt, seit einem halben Jahr für die Grunwalds zu arbeiten, jedoch …«

»Was ist? He?« Das Ganze lief so was von schief. Dann ging die Tür auf, und Metzger stand mit dem Kaffee im Raum. Immerhin etwas Gutes. »Danke.« Ich griff beherzt nach der Tasse. Die Kommissarin beobachtete die Situation, sagte aber nichts. Schuster übernahm das Gespräch und warf einen Namen in den Raum: »Josef Mürr«.

Meine Tasse landete auf dem Boden, das war ein Versehen. Mir war nicht gut, ich wollte jetzt nach Hause. Die Kommissarin bestand darauf, mich weiterzubefragen. Metzger sah mich sauer an, als er die kaputte Tasse aufsammelte und den Boden mit einem Tuch vom Kaffee befreite.

»Was wollen Sie mir hier anhängen?«

»Wenn es eine Schnittstelle gibt, wir werden sie finden!« Schuster wirkte auf mich wie mein alter Lehrer, immer schön mit erhobenem Zeigefinger … Für mich stand jetzt einiges auf dem Spiel, das immerhin war mir klar geworden.

»Wie kamen Sie an Herrn Grunwald?«

»Liebste Frau Augustin …«

»Wir möchten hier keine Schauspieleinlage von Ihnen!«

»Schon gut …« Sie schien nicht amüsiert zu sein. »Wir kennen uns durch verschiedene Jagdveranstaltungen. Es ist ja auch kein richtiger Job, den ich da mache, also leben kann ich davon nicht …«

»Wovon dann?«

»Meinen Lebensunterhalt verdiene ich bei Mangaron.«

»Die Firma vom Karl.« Hansen brachte sich mal wieder ein. Ich warf ihm einen netten Blick zu. »Genau. War ein guter Chef, wirklich. Schade, wie dann alles kam, wirklich schade.«

»Wir warten die Ergebnisse der DNA-Untersuchung ab, dann wissen wir mehr.« Die Kommissarin lächelte mich an … Es machte mir Angst. Hatte diese Speichelprobe auch nicht wirklich abgeben wollen. Musste es aber tun, hätte sonst ziemlich doof ausgesehen. Hoffentlich findet dieser Doktor Gemmel nicht heraus, dass ich … Verdammt! Es gab aber auch beschissene Zufälle im Leben. Auspacken konnte ich nicht, warum auch? Wen machte das wieder lebendig?

»Geht es Ihnen nicht gut? Möchten Sie ein Glas Wasser?« Schuster sah mich eindringlich an.

»Wie soll ich mich auch fühlen? Gleich von drei Kommissaren werde ich befragt.«

»Sollten Sie nichts mit den beiden Morden zu tun haben, Stefan, kann Sie unsere Anwesenheit doch locker lassen.« Das war wieder so ein Kommentar der Frau Augustin ... Wir sehen uns auch noch mal wieder ... an einem anderen Ort. Meine Gedanken sprach ich aber nicht aus ... hatte Angst vor noch mehr Ärger.

Dann legten sie mir Fotos von der Wilma vor die Nase, sah nicht gut aus. »Ich habe die doch im Wald gesehen, was soll das jetzt?«

Die Erinnerungen kamen hoch. Das wollte ich nicht, fing an zu schwitzen. Eine Viertelstunde später durfte ich auf den Flur, endlich! Auch hier setzte man mir einen Polizisten an die Seite, ein Aufstand war das.

»Was hast du gesagt? Musstest du auch so einen Speicheltest machen?«

Markus Grunwald stand mit einem Mal neben mir, hatte ihn nicht kommen gehört. Sah auch nicht wirklich glücklich aus. Ich nickte nur. Er wollte sich neben mich setzen, wurde aber sogleich von der Kommissarin abgefangen, die soeben den Flur betreten hatte.

Der Grunwald war aufgebracht, drohte mit einem Anwalt. Die Kommissarin hat ihn gefragt, warum er den nicht gleich mitgebracht habe, und zeigte auf einen freien Stuhl. Da musste ich lachen. Manchmal war die Frau schlagfertiger als wir Männer. Grunwald regte sich ziemlich darüber auf, trotzdem brachte seine Befragung uns aber leider nicht so weit ... Er bestand auch darauf, nach der Befragung wieder in seine Praxis zu dürfen, wollte unter keinen Umständen das Ergebnis des DNA-Tests abwarten.

»Bitte.« Frau Augustin zeigte zu meiner Verwunderung auf die Tür. »Wir finden Sie, wenn es sein muss.«

Markus Grunwald zögerte nicht lange und war keine Minute später aus dem Büro verschwunden.

»Es ist so ein Gefühl, ich glaube nicht, dass der etwas mit den Morden zu tun hat, warum auch? Für die Wilma war er zu alt.«

»Haben Sie vergessen, dass Gemmel davon ausgeht, dass noch jemand in der Wohnung von Wilma war? An dem Tag der Vergewaltigung?«

Frau Augustin hielt meinem Blick stand. Sie nickte, beiläufig, durchwühlte mal wieder die kurzen dunklen Locken. »Ich muss zum Friseur ...«

Schuster und ich sahen uns an. »Frauen ...«, keifte Schuster, wir grinsten uns zu.

Der Kommissarin war ihr spontaner Gefühlsausbruch dann auch peinlich. Sie lenkte das Gespräch direkt wieder auf den Fall.

»In zwanzig Minuten kommt Max Grunwald. Ich gehe kurz in mein Büro und versuche, Doktor Gemmel zu erreichen.« Sie stand auf und verschwand, bevor Schuster oder ich noch etwas sagen konnten.

Elke

Als mein Handy ging und ich die Nummer von Jil sah, bekam ich Panik. Wollte das Gespräch erst nicht annehmen.

»Ja, hallo?«

»Elke! Ich wollte schon auflegen. Dachte, du hast keine Zeit.«

»Ja, ich … bin am Aufräumen.«

»Mit Samstag … warum hast du nicht versucht, mich anzurufen? Und was war das für eine Aktion mit dem Foto, das ich mitten in der Nacht bekam? Manfred und du … Meine Mutter hat mir von der Party berichtet … Ich, ach … egal.«

»Ja, also ich muss dann echt mal aufräumen, meine Wohnung ist in einem schrecklichen Zustand. Deine Mutter ist echt cool, die kann sich mit jedem auf Anhieb gut unterhalten, klasse Frau.«

»Was ist mit dir los? Elke?«

»Wieso? Ich bin in Hektik, das ist alles.«

»Komm, erzähl mir lieber von dem jungen Mann, den Mutter auf deiner Feier gesehen hat. Sie wollte von mir wissen, ob du einen neuen Freund hast, Elke. Ehrlich gesagt, ich dachte du bist immer noch hinter Manfred her. Als dann das Foto kam …«

Ich atmete tief durch. Sie glaubte, ich hätte etwas mit dem Typen, gut so. Dann gewann ich Zeit.

»Elke? Bist du dran?«

»Klar, ich habe nur was aufgehoben. Der Typ, also, da läuft nicht wirklich was. Ist so eine spontane Idee gewesen, den einzuladen. Ist auch jünger und überhaupt nicht so mein Geschmack.«

»Also nicht so wie Manfred?«

Puh! Jetzt war das Gespräch genau an dem Punkt, an dem ich es nicht haben wollte … Ich sah mich panisch in meiner Wohnung um, gerade so, als würde ich in einer Ecke die Lösung meiner Probleme stehen sehen.

»Warum war Manfred bei dir? Er oder du hätten mich doch noch mal anrufen können. Ich war an dem Abend im Büro. Hatte leider deine Einladung vergessen und …«

»So wie du immer mal was vergisst, Jil.«

Ich hörte sie laut nach Luft schnappen, im gleichen Moment ging meine Wohnungstür auf, und trällernd kam Manfred hinein. War das peinlich! Jil erkannte natürlich seine Stimme.

»Das war doch Manfred! Elke? Sag, dass das nicht stimmt! Bitte!«

»Wir sprechen später, okay?«

»Nein! Du kannst jetzt nicht auflegen, Elke, bitte! Es geht hier auch um mein Leben, verstehst du? Du kommst einfach mal daher und nimmst dir, was du willst. Ich …«

»Nicht jetzt und nicht in dem Ton, Jil.«

Manfred sah mich erschrocken an. Er verstand direkt, mit wem ich telefonierte. Fragend blickte ich zu ihm, hob meine Schultern.

Dann zog Manfred mir das Handy aus den Händen.

»Jil?«

»Manfred?«

»Wir reden am Abend, gut? … Jil?«

Dann gab Manfred mir das Handy zurück, Jil hatte aufgelegt. Blöde Situation, aber jetzt war es raus. Ich kochte Manfred und mir einen Kaffee. Wir kuschelten uns auf mein Sofa, hörten leise Musik und fingen an, Jil zu vergessen. Irgendwann lagen wir beide ganz ineinander verschlungen. Manfred ist für mich die Liebe auf den zweiten Blick … tiefer und inniger als alles, was ich zuvor spüren durfte. Um ihn werde ich kämpfen, das schwor ich mir in diesem Augenblick. Einem Manfred werde ich nicht mehr begegnen …

Etwas Bedenken habe ich, wenn Manfred am Abend auf Jil trifft. Ob ich mitgehen soll? Andererseits, er ist von Jil weg, und nicht sie hat sich von ihm getrennt. Manfred hat sich freiwillig für mich entschieden … Jetzt kann ich auch mal darauf hoffen und daran glauben, dass ich etwas ganz Besonderes bin … Elke, Kopf hoch! Du bist doch eine selbstbewusste Frau … Einerseits will ich nur an mich denken, mein Glück festhalten. Rede mir immer und immer wieder ein, dass ich einen Anspruch darauf habe … Dann, ja, dann denke ich an die Jil. Unsere Treffen, wir haben oft ganze Abende geklönt, Spaß gehabt. Sie ist meine beste Freundin … Jetzt vermisse ich sie …

Jil Augustin

Der Anruf von Doktor Gemmel kam gleich, nachdem ich das Telefonat mit Manfred beendet hatte.

»Was ist los?«

»Alles in Ordnung.«

»Sie machen es einem aber auch nicht leicht, Frau Augustin. Ich meine es nur gut mit Ihnen, wirklich.« Er räusperte sich. Den Moment nutzte ich aus und lenkte das Telefonat auf das Dienstliche.

»Konnten Sie schon etwas feststellen bei den DNA-Tests?«

»Ja! Ihr Stefan war in jedem Fall in der Wohnung der ermordeten Wilma gewesen. Nur, und das ist ein Problem für Sie, der Besuch kann auch schon ein paar Tage zuvor gewesen sein.«

»Wieso?«

»Es tut mir leid. Aber irgendjemand hat sich die Mühe gemacht, einige Spuren zu verwischen. Ich kann Ihnen leider nicht mehr sagen, jedenfalls jetzt noch nicht. Die Überprüfungen laufen noch, und morgen kommen dann genauere Angaben.«

»Was ist mit Markus Grunwald? War er auch in der Wohnung von Wilma?«

»Das kann ich nicht sagen. Die Kollegen haben mich nur über das Ergebnis von Stefan informiert. Vielleicht ist es aber besser, Sie telefonieren mit den Kollegen der Spurensicherung. Ich bin ja nur zwischengeschaltet und kann nur die Auskunft erteilen, die ich selbst erhalten habe.«

»Ja, natürlich, tut mir leid. Immer hake ich bei Ihnen nach.«

»Was ich Ihnen aber schon sagen kann, ist, dass der Stefan die Wilma nicht vergewaltigt hat, das steht fest.«

»Jetzt verstehe ich nichts mehr, Herr Gemmel.«

»Schön ruhig bleiben. Sie können auch gerne mal wieder zu mir kommen, und wir reden in Ruhe, trinken einen Kaffee und ...«

»Keine Zeit, tut mir leid. Nur, warum ...? Was ist denn hier los? ... So geht das aber nicht. Ich ... ich rufe Sie gleich zurück.«

Wie ein Elefant im Porzellanladen hatte sich der Stefan aufgeführt. Ein Geschrei kam vom Flur her. Hat doch erneut versucht zu flüchten, der Kerl. Ich bestellte ihn dann sofort in mein Büro, gemeinsam mit Schuster und Hansen. Metzger schien beleidigt zu sein, blickte mich traurig an. Ja, er kam bei mir immer zu kurz ...

»Einen Moment noch, die Kollegen.« Rasch eilte ich zurück auf den Flur und suchte Metzger.

»Haben Sie heute Abend schon was vor?« Der Mann sah mich überrascht an. Jetzt war mir meine Spontaneität schon wieder peinlich.

»Spaziergang mit Balu?«

»Ja ... so gegen acht?«

Wieder im Büro, hatte ich das Gefühl, mein ganzes Gesicht würde glühen. Fühlte mich aber gleich viel besser. Das Treffen mit Manfred würde doch nichts bringen. Soll der mal alleine in der Kneipe sitzen und schmoren, dieser ...!

»Sie waren in Wilmas Wohnung!« Ich ließ mich auf meinen Stuhl nieder.

»Was soll das? Ich will einen Anwalt sprechen.« Stefan machte erneut Theater, versuchte aufzustehen, Hansen hielt ihn fest.

»Gut, Sie können einen Anwalt informieren. Das ändert nichts an der Tatsache, dass Sie in der Wohnung waren. Wen decken Sie?«

»Ohne einen Anwalt werde ich nichts mehr sagen.«

»Bitte.« Ich zeigte auf das Telefon und verließ kurz mein Büro. Meine männlichen Kollegen sahen mir überrascht nach.

Meine Gedanken kreisten um Markus Grunwald. Ob Stefan ihn deckte? Mit raschen Schritten eilte ich in das Büro von Hansen und griff zu seinem Telefon.

»Kann es sein, dass Sie uns etwas verschweigen? Wir wissen, dass Stefan in der Wohnung von Wilma war und dass er den Mörder von Wilma kennt und deckt.«

»Sie sind doch verrückt, völlig verrückt!« Markus Grunwald legte auf. Entweder habe ich mich gerade so richtig blamiert oder aber ihn nervös gemacht. Dann wird er versuchen, an Stefan heranzukommen, um ihn am Reden zu hindern. Ein Blick auf meine Uhr zeigte, dass Max Grunwald gleich erscheinen würde. Ich ging zurück in mein Büro.

»Bis Ihr Anwalt kommt, nimmt ein Kollege Sie mit.« Dann ließ ich Stefan abführen.

»Wann glauben Sie, kommt der Anwalt?«

»Er sagt, in einer Stunde.« Hansen blickte auf den Schokoriegel auf meinem Schreibtisch. Ich schob ihn zu ihm rüber, kommentarlos.

»Das Telefonat mit Markus Grunwald war gewagt, ich weiß.« Meine Kollegen fanden meine Idee nicht so gelungen.

Klaus Meis

Hätte nicht gedacht, dass der Otto freiwillig jemanden von den Drohbriefen erzählen würde. Hat sich anscheinend mächtig in die Inka verknallt, aber was soll's? Nur zu doof, dass ich mit meiner … Wie soll ich es ausdrücken? Nein, nicht Erpressung, das ist nicht richtig, habe ich auch der Inka gesagt. Sie solle bloß ein bisschen vorsichtig sein … Wie ich das meinen würde, wollte sie wissen … und der Simone werde sie kündigen. Was hatte das eine mit dem anderen zu tun? Die Simone soll sie mal schön da raushalten. Hier ging es nur um uns beide, habe ich geschrien. Dann kam auch noch der Otto an. Dachte, der sei längst gegangen. War noch mal zurückgekommen, um ein weiteres Gespräch mit der Inka zu suchen. Der Mann hat versucht, mir die Kehle zuzudrücken, gemeingefährlich ist der!

Unsereiner brauche auch mal etwas Geld zum Leben, dann bin ich gegangen. Von draußen habe ich die beiden noch diskutieren gehört. Schade, wirklich schade, dass ich so lange gewartet habe. Jetzt ist nichts mehr mit der Info zu verdienen.

Hoffentlich bekommt die Simone keinen Wind von der Sache. Die Frau gefällt mir. Passt nicht wirklich zu mir. Die Simone ist so korrekt und ich so … eben anders … chaotisch. Ja, mag sein. Vielleicht bringt die etwas Schwung in mein Leben … Eine wie die Simone bekommt immer wieder einen neuen Job. Auf ihrem Tisch lag ein Schreiben von dem Ministerpräsidenten … Wollte mal reinsehen, aber sie legte den Brief schnell weg. Ich kann warten, habe im Augenblick ja doch keinen Auftrag. Nur das mit dem Mord an dem Karl ist schon so eine Sache, über die ich auch viel nachdenke.

»Zehntausend Euro und ich halte meinen Mund.« Ja … war nicht so durchdacht, die Aktion, gebe ich ja jetzt auch zu, als ich Kai und Roman Boger aufgesucht habe. Die haben mich auch schnell vor die Tür gesetzt, mein Spiel kam nicht so gut an. Auch bei dem Max Grunwald hat es nicht gefruchtet. Der fing gleich in der Kneipe an, mit mir zu streiten, obwohl die Kommissare auch noch anwesend waren. Glaube, denen war unsere kleine Einlage egal. Die haben schön weiter Bier bestellt und sich nicht wirklich um uns gekümmert. Gut so!

Dabei war ich mir doch so sicher, dass einer von denen der Mörder war. Bisher habe ich doch immer ein gutes Näschen für solche Dinge gehabt. Die Anzahlung vom Karl ist auch schon geschrumpft. Habe mir neue Kleidung gekauft.

Wollte aus der Pension ausziehen und bei der Simone unterkommen … Die Idee war dann auch nicht gut angekommen. Plötzlich hatte sie ein schlechtes Gewissen wegen Karbach. Ist irgendwie alles nicht so richtig gut gelaufen für mich. Muss mir was Neues ausdenken, eine andere Strategie finden … Ob ich mal den Markus Grunwald aufsuchen soll? Dann kam auch noch ein

Anruf von diesem Hansen. Er sagte, ich solle zu einem Gespräch in sein Büro kommen, von einem DNA-Test war die Rede …

»Ich«

Wie die bezauberndste Blume auf der Wiese,
durfte ich die einzig Schöne genießen,
mehr als nur einen Blick hab ich mir genommen,
doch das Gefühl, mein Glück ist wie Sand zerronnen …

Wilma! Sie hat wenigstens das Glück, allen Menschen mit ihrem hübschen jungen Gesicht in Erinnerung zu bleiben … Ist doch ein wahres Geschenk von mir? Die Elke habe ich heute gesehen, kam aus der Post und winkte mir. Bin ihr mal nachgeeilt und wollte wissen, was die so treibt … Ist ein richtiges Luder. Mit dem Journalisten hat sie sich getroffen und … geküsst hat sie ihn auf den Mund.

Soll mir egal sein. Dem Pfarrer bin ich auch wieder begegnet. Der blieb plötzlich erschrocken stehen, wurde ganz weiß im Gesicht und fing an, dummes Zeug zu stammeln.

»Du bist es, den ich gesehen habe.« Da musste ich aber lachen. »Klar! Ich bin auch auserwählt«, habe ich geantwortet und ihn dann stehenlassen. Ist auch nicht mehr ganz normal, dachte ich mir … Der kennt mich doch noch von … Sollte ich mal ein ernstes Wort mit dem reden wegen damals? Mit einem Mal habe ich das

Gefühl, der Pfarrer tut mir nicht gut ... Der wird mich verraten. Das kann ich nicht zulassen, das geht doch nicht ...

Dieses Quietschen, ich kann es schon wieder hören. Ich halte mir die Ohren zu und renne. Renne weg und hoffe, dass es aufhört ... Bin ich wirklich auserwählt? Ja, das bin ich! Einmalig und wunderbar, erhaben über die kleinen Menschen, die glauben wichtig zu sein. Jetzt bin ich wieder zurück und passe auf ... Einer muss ja die Verantwortung übernehmen, ansonsten geht doch alles kaputt ... Von DNA war die Rede, dass man den Mörder der Wilma jetzt finden wird ... Die Weiber in den Straßen tuscheln schon wieder ...

Was, wenn es stimmt? Dann werden sie mich finden und ... Nein! Ich gehe niemals ins Gefängnis, ich nicht! Automatisch fingere ich nach den Tabletten, habe sie heute noch nicht eingenommen. Warum auch? Mir geht es doch so gut ... Ich träume wieder, das macht Spaß! Es ist wie früher ... Nur muss ich so aufpassen, niemandem von den Träumen zu erzählen. Die anderen verstehen mich nicht, haben nicht so viel Fantasie wie ich ...

Habe mal unserer Nachbarin von meinen Träumen berichtet. Da war was los ... Die ist aber inzwischen tot, beim Fensterputzen von der Leiter gestürzt. Kann mal passieren ... Ist doch so! Wir hatten aber auch komische Nachbarn ...

In jedes Schaufenster sehe ich, wenn ich durch unsere kleine Stadt laufe ... Die Kinder sehen mir nach. Wenn ich anfange, auf einem Bein zu hüpfen, schütteln die Alten ihre Köpfe ... »Leben solltet ihr

Alten oder denkt ihr schon an den Sarg?«, schreie ich ihnen dann zu.

Ist doch die Wahrheit. Mama hat heute Mittag geweint ... Wegen des Anrufs von dieser Kommissarin? Wenn dem so wäre, werde ich ihr wehtun müssen ... sehr weh! Meine Mama soll nicht weinen, sie ist doch lieb zu mir ... Sie ist die Einzige, die von dem Schaukelstuhl weiß ... Damals hat sie auch geweint, als ich davon erzählt habe. Später dann hat sie mir einen Kakao gekocht ... Es ist so schön, wieder zu Hause zu sein. Und dann habe ich ja auch noch einen Seelenverwandten, jemanden, der wirklich alles versteht, was ich tue, mir auch immer so wichtige Tipps gibt, mir sagt, was gut und böse ist.

Den Bürgermeister Karbach habe ich gestern beobachtet. Ich schaue so gerne in die Wohnungen der Menschen und nehme an ihrem Schicksal teil ... Er hat mit seiner Frau gestritten. Die Simone ist dann aus der Wohnung gelaufen. Wollte sie gerne mal zur Rede stellen, die ist aber mit dem Auto davongebraust ... beim nächsten Mal. Der Karbach war immer nett zu mir, der soll nicht leiden ... Hat mich auch mal besucht, mir Schokolade mitgebracht und von der Jagd erzählt.

Von dem Stefan haben die Alten gesprochen. Er soll festgenommen worden sein. Getuschelt wird schon, er sei der Mörder ... guter Stefan.

Muss nach Hause gehen ... Sollte doch zu der Kommissarin, später ... Der Pfarrer, ich darf den Pfarrer nicht vergessen. Er will mir schaden ...

Jil Augustin

Etwas verwundert war ich dann doch, als Markus Grunwald vor mir stand und sein Geständnis abgab … Ich freute mich über meine Entschlossenheit und die Tatsache, ihn angerufen zu haben. Damit habe ich ihn bekommen.

»Gratulation!« Schuster streckte sein Kreuz durch, nachdem wir die Aussage von Markus Grunwald gehört haben. »Das Ende habe ich nicht erwartet … wirklich nicht. Der Mann wirkte so seriös auf mich. Ein Arzt, angesehen, genügend Geld und …«

»Gönnen Sie mir meinen Erfolg nicht, liebe Kollegen?«

Schuster winkte ab. »Doch, doch, es ist nur … so ein fader Beigeschmack, Frau Kollegin. Mir hat nicht alles gefallen, was er ausgesagt hat. Das Ergebnis von der DNA-Untersuchung fehlt noch. Vor allem, wie er den Karl ermordet haben will …«

»Wieso so skeptisch? Haben Sie keine eigenen Fälle zu bearbeiten? Wir sind hier durch, aus, vorbei! Ich habe die beiden Mordfälle gelöst. Damit müssen Sie sich, lieber Herr Schuster, abfinden.«

Er ging, Hansen eilte ihm nach. Meine männlichen Kollegen können einfach keine Niederlage einstecken. Dann packte ich gut gelaunt meine Tasche und freute mich auf eine Dusche … und auf den Spaziergang mit Metzger … Meine Mutter wird Augen machen, wenn wir vor der Tür stehen und den Hund abholen. Mit dem Schminken habe ich mir richtig Mühe gegeben, auch eine frische Bluse und ein buntes Halstuch angezogen … und Parfüm aufgetragen … Mir geht es gut!

Mutter … O weh! Hoffentlich fängt die heute Abend nicht wieder mit ihrem Wunsch, Oma zu werden, an … Das geht überhaupt nicht! Ob ich Mutter doch mal anrufen und vorbereiten soll? Ein Blick auf meine Uhr sagt mir aber, dass dafür keine Zeit mehr bleibt, jedenfalls dann nicht, wenn ich Metzger nicht warten lassen möchte … und das will ich heute auf keinen Fall!

Mir huscht ein Grinsen über die Wangen bei dem Gedanken, dass ich Manfred gerade in der Kneipe sitzen lasse, richtig so! Elke? Nee, an die will ich gerade auch nicht denken! Es geht schon weiter, irgendwie … und morgen ist ja auch noch genug Zeit zum Denken. Heute habe ich meinen Kollegen erst mal gezeigt, wer die Arbeit im Griff hat. Das hat sich gut angefühlt …

Mein Handy klingelt, es ist Gemmel … Ich habe keine Lust auf ihn, nicht jetzt. Also ignoriere ich das Handy, stecke es in meine Tasche und eile los.

Metzger steht schon mit meiner Mutter im Garten, und wie es den Anschein hat, unterhalten die zwei sich prächtig. Auch unser Hund Balu kommt prima mit Metzger zurecht … Er ist nur so … so jung. Ob das gut geht? Noch einmal atme ich tief durch, denke an meinen Erfolg und schreite auf Mutter und Metzger zu. Dann klingelt sein Handy. Er dreht sich um, entdeckt mich und hält mir sogleich sein Handy entgegen.

»Ist für Sie. Anruf von den Kollegen.«

»Nein! Jetzt nicht wirklich? Ich habe keine Lust, jetzt über den Job zu reden ... Ja, jetzt will ich einfach mal meine Ruhe ... War anstrengend heute und erfolgreich ... Ich ... Nein, das will ich jetzt nicht hören, und meinen Feierabend habe ich mir doch wirklich mal ... Was sagen Sie, Hansen? Bitte, das kann jetzt nicht ... Gut, ja, gut, ich komme.«

»Ärger?«

»Ich muss ins Büro.«

Mutter war zwischenzeitlich pikiert ins Haus gegangen, hatte Metzger lieb auf die Schulter geklopft und ihn für das kommende Wochenende zum Essen eingeladen ... Warum nur muss der Abend so ausgehen? Hätte ich mich mit einem ganz normalen Mann getroffen, der Abend wäre sicherlich so verlaufen, wie ich es mir gewünscht habe ... entspannt, romantisch, etwas flirten, vielleicht auch Sex? Warum nicht?

Von Hansen habe ich am Telefon erfahren, dass Gemmel ihn angerufen hatte. Markus Grunwald habe die Wilma hundertprozentig nicht vergewaltigt. Die Kollegen der Spurensicherung wollen mit mir reden ... Ach ja, Schuster und Hansen kommen auch noch mal ins Büro ... Ich kämpfe gegen Tränen. Metzger ist so nett und begleitet mich. Es geht immer was schief, wenn wir uns sehen, ich meine privat. Die Sache mit Markus Grunwald ist ordentlich schiefgelaufen, so was von daneben, ich schäme mich richtig. Hätte mir nicht passieren dürfen, bin keine Anfängerin mehr.

Das zweite »Ich«

Mir geht es gut. Endlich ist es vollbracht. Alles verlief so fließend, einfach und … ja, ich habe mich unterschätzt, bin gefährlicher und raffinierter, als viele glauben. Erst nachdenken, dann handeln, hat mein Vater immer gesagt. Gut, früher fand ich seine Weisheiten nicht so grandios, habe ihn belächelt. Aber heute, Jahrzehnte später, gebe ich ihm recht … schade nur, dass Vater nicht mehr lebt. In der Schule wurde ich als Kind von einem Jungen geärgert, dafür hat er anschließend auch genug gelitten, mir fielen immer Wege ein, mich zu rächen. Dass er nach fünf Monaten die Schule verließ, tat mir nicht leid. Menschen für mein Handeln einzusetzen, sie zu benutzen, zu meinem Werkzeug zu machen, all das habe ich schon früh gekonnt … die Trauerfeier von Karl war doch schön, hätte er seine Abschiedsfeier organisieren dürfen, es wäre nicht schöner geworden. Die kleine hübsche Wilma musste auch gehen … wer nicht hört, muss fühlen! Wer sich nicht zu benehmen weiß, muss etwas Härte erfahren … es gibt noch Arbeit für mich, doch jetzt werde ich erst einmal ruhen, das Leben versuchen in seiner Leichtigkeit aufzusaugen, viel zu schnell kann alles vorbei sein …

Donnerstagabend, 26. Oktober

Manfred Luck

Dass Jil einfach nicht gekommen ist … das fand ich schon wieder süß … Hätte ich ihr nicht zugetraut, meiner korrekten Jil! Der Hammer aber war, als ich bei ihrer Mutter anrief und von dem kurzen Besuch mit Metzger erfuhr. Lydia, Jils Mutter, hat es richtig Spaß gemacht, mich darüber in Kenntnis zu setzen … Zugegeben, das hat mich dann doch etwas nervös gemacht. Fragte mich, was ich eigentlich will.

Dann kam Bürgermeister Karbach in die Kneipe, sah auch nicht wirklich glücklich aus. Er setzte sich neben mich, bestellte zwei Bier.

»Simone verlässt mich. Neuer Job, neuer Mann …« Er lachte. Es klang gequält. Wir tranken aus, die nächste Runde ging auf mich. War doch schön, so ein Männerabend. Wir redeten über Simone, Jil, Elke und Frauen im Allgemeinen … bis Mitternacht, ein Ergebnis fanden wir nicht. Erst als der Wirt die Kneipe zuschließen wollte, machten wir uns auf den Weg.

»Du?« Ich war schon ziemlich überrascht, Elke vor der Kneipe zu treffen. Ob das ein Kontrollversuch sei, blaffte ich los. Karbach hob den Arm zum Abschied und torkelte nach Hause.

»Ich … Nein, was denkst du dir nur?«

»Warum bist du hier, Elke?«

»Darf ich dich nicht vermissen?«

»Oh! Das kommt mir so bekannt vor. Das kann ich echt nicht gebrauchen, nein! ... Das habe ich auch Jil immer gesagt. Wenn mir jemand meine Freiheit nehmen will, dann gehe ich.«

Es gibt aber auch Tage, verdammt, da läuft alles schief. So sollte der Abend nicht enden. Warum war Elke nicht zu Hause geblieben, hat ferngesehen?

»Versteh mich doch wenigstens etwas ... Ich ... Ach, Elke, jetzt bleib doch stehen!«

Rennt die einfach so weg, soll mal einer die Frauen verstehen. Und jetzt? Wo soll ich hin heute Nacht? Zu Jil in die Wohnung? Vielleicht ist das eine gute Idee ... Wenigstens ist die nicht ganz auf dem Kontrolltrip wie die Elke. Hätte ich der aber auch nicht zugetraut, echt nicht. Die kommt immer so locker rüber, tut so auf cool, und dann so was. Wir sind nicht mal richtig zusammen ... Nee, das geht überhaupt nicht ...

Freue mich schon auf den Bericht morgen früh in der Tageszeitung. Der ist mir echt gelungen. Was die Jil sagen wird? Ich habe mich richtig ins Zeug gelegt. Als der Anruf kam, dass Jil den Fall gelöst habe, war ich richtig stolz auf meine kleine Kommissarin. Sie hätte es mir auch selbst mitteilen können. Sicherlich hat sie mich heute Abend sitzenlassen, um mir eine Lektion zu erteilen ... mit dem Metzger. Der ist doch noch grün hinter seinen Ohren ... Obwohl ...

Die Kommissarin war blass, als sie wieder im Büro eintraf, gemeinsam mit dem Kollegen Metzger.

»Hansen und ich haben noch die Gespräche mit Kai und Roman Boger geführt«, teilte ich ihr gleich mit. Sie nickte nur, ließ ihre Tasche auf den Boden gleiten und griff nach einer Flasche Wasser. »Was gibt es Neues?« Ihre Stimme klang resignierend.

»Punkt eins«, Hansen war in seinem Element, »die bei der Wilma gefundene DNA ist nicht von Markus Grunwald.«

»Ja, das haben Sie schon am Handy mitgeteilt.«

»Das war alles eine Aufregung hier, die letzten Stunden! Der Grunwald wurde erst festgenommen, dann wieder freigelassen. Sein Sohn ist erst gar nicht mehr hier erschienen.« Ich übernahm jetzt die Schilderungen. In wenigen Worten versuchte ich, auch den Ablauf im Haus von Markus Grunwald zu schildern. Seine Frau war richtig fertig, saß am Küchentisch und weinte in ihr Taschentuch. Bevor wir den Grunwald dann noch seine Tasche holen ließen, sprang sie auf, umarmte ihn, und die beiden küssten sich.

»Wirklich, in dem Moment habe ich gemerkt, der ist nicht unser Mann. Seine Frau war zu hundert Prozent davon überzeugt, dass er unschuldig ist. So hätte sie sich sonst nicht verhalten.«

»Aber sie sind trotzdem mit ihm nach Hause gefahren, haben ihn eine Tasche mit frischen Kleidern packen lassen und ihn dann wieder mitgenommen.« Jetzt war sie bissig, die Kommissarin. Ich ignorierte es.

»Es war unsere Aufgabe, ihn mitzunehmen, nach seinem Geständnis.«

»Ja, richtig. Warum nur machte Grundwald dieses Geständnis?« Die Kommissarin hatte ihre Worte noch nicht zu Ende gesprochen, da trafen sich unser beider Blicke.

»Klar, es ist so einfach, Hansen! Wir müssen nur …« Sie stand auf und griff nach ihrer Tasche. Jil Augustin war schon im Flur, als ich ihr nacheilte.

»Und nicht vergessen, erst müssen wir noch mal mit Gemmel reden und die letzten Ergebnisse abwarten.«

»Der Max Grunwald, hat der sich nicht mal gemeldet?«

»Nein.« Ich war völlig außer Atem, die Kommissarin nahm immer zwei Stufen auf einmal in Richtung Pforte. Mir fiel meine letzte Diät ein, hatte ich auch mal wieder nicht durchgehalten. Mein Arzt meint, es ist Zeit, meine Essgewohnheiten zu ändern. Ganz unrecht scheint er jedoch nicht gehabt zu haben, wenigstens mehr Sport müsste ich machen. Kam doch auch letzte Woche erst das Rundschreiben, wir müssten alle mehr auf die Kondition achten, fit für den Job bleiben, und ein Termin beim Dienstarzt war auch angegeben …

Anni Grunwald

Es war wie in dem Lied, das ich schon oft im Radio gehört habe … Die Menschen aus unserer Nachbarschaft standen hinter ihren Gardinen und beobachteten, was sich bei uns abspielte. Klar! Ich hasse dieses kleinbürgerliche Getue! Mein Markus ist kein Mörder und auch nicht der Mann, der die Wilma vergewaltigt hat. Von der Praxis aus hat Markus mich angerufen, gebeten, ihm ein paar Sachen rauszulegen. Die Polizei käme gleich, und er müsse dann mitfahren … Seine Worte stockten, er wollte mir berichten, er habe den Karl und die Wilma getötet.

»Hör doch auf!«, habe ich laut in das Telefon geschrien. Verzweifelt packte ich dann seine Kleidung ein, für zwei bis drei Tage. Das müsste doch reichen. Den hellen Blazer habe ich ihm rausgelegt, Markus nahm mich zur Seite, »den werde ich nicht brauchen, nicht in der Untersuchungshaft«. Dann sah ich seine roten Augen, er hatte geweint. In all den Jahren, die wir nun verheiratet waren, habe ich ihn nur einmal so gesehen, damals … Ja, das war auch nicht leicht für mich …

Der Inka bin ich gestern begegnet. Sieht aus wie das blühende Leben, die Witwe … Für mich trägt sie nicht wirklich Trauer im Herzen. Gestern Abend habe ich meinem Markus noch davon erzählt. Er grinste nur und meinte: »Die Inka, ja, der sehen die Männer gerne nach …« »Die ist doch ein Todesengel«, habe ich mich hinreißen lassen. Das kam nicht gut an. Markus sprang auf, holte sich ein kühles Bier aus dem Kühlschrank. Das war neu, unter der Woche trinkt er sonst nie.

Es hat sich so vieles verändert seit dem Tod vom Karl. Gerüchte jeder Art gehen durch die Gemeinde, wie zum Beispiel, dass nun Kai Boger zusammen mit seinem Sohn Roman wieder die Geschäfte bei Mangaron übernehmen wird. Warum auch nicht? War doch auch keine leichte Zeit für die beiden, damals. Gerechtigkeit? Vielleicht gibt es sie, wenn auch ... Die Kommissarin hatte sich so verrannt. Es stand doch gleich fest, dass Markus für den Mord am Karl nicht infrage kommen konnte. Er war an einem ganz anderen Platz, hatte nicht einmal den Hauch einer Möglichkeit, ihn zu töten, selbst wenn er es gewollt hätte ...

Dieser Kommissar Hansen sprach beim Abholen meines Mannes von einem Jäger, der nach einem Überfall verstorben war ... Das war mir komisch ... Der Name ... Josef Mürr ... Ach, was! Ich sollte das nicht denken. Mein Mann hat mich auch so angesehen, mich mit seinem Blick gebeten, nicht weiter darüber nachzudenken.

Ruhe ... Ja, die brauchte ich ... Jetzt weiß ich auch, warum der Josef sich nicht mehr bei mir gemeldet hat. Als der Kommissar erzählte, dass die Waffe aus dem Überfall die Mordwaffe war, mir wurde ganz schwindelig.

»Was, was ist aus diesem Mann geworden? Hat er die Waffen in seinem Haus gestohlen bekommen?«

Schuster erklärte mit wenigen Worten, was sich damals abgespielt hatte. Von oben hörte ich Musik, mein Sohn Max war im Haus, das beruhigte mich. Von irgendwoher hörte ich dann ein Handy klingeln. Halte mir meine Ohren zu. Jetzt nicht! Nicht jetzt! Ich brauchte Ruhe! Musste über so vieles nachdenken. Nur, warum sagte Markus, er habe die Schuld für den Mord? Ob er ahnt? ... In den letzten Jahren ... Natürlich, er muss es gespürt haben ...

Muss wieder an den Josef denken. Jetzt ist er also schon so lange tot, und ich dachte, er hat mich einfach vergessen. Wie klein die Welt doch ist. Alles findet sich, auch wenn man glaubt, es gibt keine Anknüpfungspunkte und dann, dann gibt es sie doch.

Habe vor lauter Grübeln über die Vergangenheit nicht mitbekommen, dass mein Max plötzlich neben mir stand. »Hast du den Josef noch mal getroffen?«

»Bin ihm begegnet, öfters. Er hat mich mitgenommen zum Jagen, gemeinsam mit dem Stefan.«

Ich hob meinen Kopf. »Unser Stefan? Du hast ihn schon gekannt, bevor Papa ihn hier vorgestellt hat?«

Er sah mich teilnahmslos an. »Was weißt du schon, Mama? Du machst doch so gerne deine schönen Augen zu … Aber dafür liebe ich dich auch!«

Tat ich das wirklich? Ich war in der Kur, damals. Dem Josef bin ich im Restaurant begegnet. Saß doch genauso alleine dort wie ich. Na ja, alleine war ich nicht wirklich, meinen Max hatte ich noch. Der Josef hatte gleich ein Händchen für meinen Jungen, das gefiel mir. Meine Nerven lagen damals blank. Mit dem Josef konnte ich lachen, endlich mal wieder Spaß haben und vergessen … Das tat doch so gut. Er hatte dann auch diese Idee für die Unterkunft, in der Max dann seine Schule beenden sollte. Eine spezielle Einrichtung für etwas schwierige Kinder … Ja … er musste schließlich auch in diese Einrichtung, durfte nur in den Ferien zu uns kommen. Eigentlich handelte es sich um ein Heim für psychisch kranke junge Menschen. An das Wort Internat habe ich mich im Laufe der Jahre gewöhnt. Habe es doch immer zu den Nachbarn und

Freunden gesagt. So oft, bis ich selbst daran geglaubt habe.

Inka

Mich hat das Geständnis vom Otto schon umgehauen. Ich habe in ihm einen ganz soliden, netten Mann gesehen, nicht einen Betrüger. Ausgerechnet der Otto hat die Drohbriefe an meinen Karl geschrieben.

»Warum? Hat er dir nicht genügend Lohn gezahlt?« Meine Stimme zitterte, als ich ihn das fragte. Otto bat mich, leise zu sein, hatte Angst, jemand könnte uns hören. Wir hatten uns im Wald getroffen ... Hatte er jetzt schon vor den Eichhörnchen Angst?

Ob ich was? Ihm verzeihen kann? Natürlich, irgendwann ... Im Moment bin ich verletzt. Er möchte weiter bei mir arbeiten. Ich habe nur gelacht. Was weiß ich, was in naher Zukunft sein wird? Jetzt kann ich alles bestimmen und die Fäden in meinen Händen halten. Die Unterlagen vom Flughafen habe ich vernichtet. Das Projekt wäre für mich viel zu groß.

Otto hat gefragt, ob wir zusammenbleiben, als Paar. »Nein, ich brauche eine Pause.« Es war eine ehrliche Antwort. Er wurde ruppig, das machte mir Angst.

Heute Morgen, als ich in die kleine Filiale Brötchen holen ging, was waren die so freundlich, peinlich war das! Es steht nun fest, dass ich die alleinige Erbin bin. Wilma hätte mir in der Tat im Weg gestanden. Die letzten Tage waren sehr anstrengend, viel musste ich über meine Mitmenschen nachdenken. Und dann noch das Geständnis vom Otto, das tut wirklich weh.

Mallorca wird mich bald schon sehen … Hier hält mich nichts, nichts und niemand mehr. Den Pfarrer habe ich heute auch kurz gesehen, sah blass aus. Er war auch nicht gesprächig. Ob es an der fehlenden Spende lag? Oder an dem Verlust seiner Haushaltshilfe Wilma?

Nacht von Donnerstag auf Freitag

Manfred Luck

Das war vielleicht eine Überraschung, meine Jil war noch nicht zu Hause, als ich in unserer kleinen Wohnung eintraf. Passte mir nicht. Mein erster Weg ging zum Kühlschrank. Ich nahm mir ein kühles Bier und verkroch mich ins Wohnzimmer. Musste dann irgendwann auf dem Sofa eingeschlafen sein, keine Ahnung, wann. Dass Jil nach Hause gekommen war, habe ich jedenfalls nicht mehr mitbekommen. Musste auch spät gewesen sein. Nur an die Art, wie sie mich am nächsten Morgen geweckt hat, daran möchte ich mich lieber nicht gewöhnen, wirklich! Mit einem Mal wurde die Tür zum Wohnzimmer aufgemacht, und ein Wortschwall ergoss sich über mich …

»Was sollte das? Willst du mich jetzt fertig machen? So einen Artikel zu schreiben. Ich dachte, du bist mein Freund, verdammt, Manfred!« Die Tür wurde wieder zugeknallt. Bevor ich richtig wach wurde, war alles vorbei. Vom Flur her hörte ich, dass Jil weinte. Ich frage mich, was in den Köpfen der Frauen vorgeht, ist doch wahr. Bin dann natürlich aufgestanden, um nach ihr zu sehen. Sie saß auf dem Küchenstuhl, verweint, vor ihr lag die Tageszeitung. Mein Blick auf die Küchenuhr zeigte mir, dass es erst sechs Uhr war, viel zu früh für diesen Terror.

»Du bist nicht stolz, Jil? Habe den Artikel gestern noch schnell verfasst, wollte dir eine Freude machen. Du hast die beiden Morde aufgeklärt, den Markus Grunwald hinter Gitter gebracht. Das ist …«

»Gelogen und falsch! Ich bin kaputt, eine Lachnummer in der ganzen Gegend. Bei den Kollegen kann ich mich nicht mehr sehen lassen …« Sie schluchzte erneut. Ich verstand nur Bahnhof. Etwas mehr Dankbarkeit hätte ich doch schon erwartet. Die Kaffeemaschine war durchgelaufen, ich griff nach einer Tasse und setzte mich neben Jil auf den Stuhl. »Soll ich Brötchen holen?« Als Antwort kam erneut ein Schluchzen. Also erst mal keine Brötchen. Erst Hansen konnte mir weiterhelfen. Sein Anruf kam, als ich mir gerade eine Scheibe Brot mit Marmelade bestrichen hatte.

»Können Sie mir sagen, was mit Jil ist? Dachte, ich mache ihr eine Freude und …«

»Das ist ordentlich danebengegangen, Herr Luck. Der Markus Grunwald ist nicht unser Mann, nicht der Mörder vom Karl und auch nicht für die Vergewaltigung und Ermordung der Wilma verantwortlich.«

Ich schluckte, das war in der Tat nicht gut gelaufen. Den Hörer legte ich einfach auf, ohne Hansen zu fragen, warum er überhaupt angerufen hatte. Meine Jil nahm ich in den Arm, wir küssten uns. Sie schluchzte immer noch. »Wenn zwei, drei Tage vorbei sind, redet niemand mehr davon«. So ganz überzeugen konnte ich sie nicht. Anschließend ergoss sich ein Donnerwetter wegen Elke über mich. »Du bist doch ein ganz gemeiner Schuft«, waren noch die harmlosesten Bezeichnungen. Sie hatte ja recht. Reumütig versuchte ich ihr wieder näherzukommen, ohne Erfolg. Zwanzig Minuten später ging Jil unter die Dusche. Ich war geschafft. Dann klingelte es an unserer Tür, auch das noch.

Mit einem Redeschwall und erhobenem Zeigefinger stand Markus Grunwald vor mir. Ob ich ihn kaputtmachen wolle, wollte er wissen. Ob ich seinen Namen ruinieren möchte? Er schrie sehr laut. Mir gelang es aber, ihn in den Flur der Wohnung zu ziehen.

»Meine Information kam von der Polizeipresse.«

»Sicherlich von der Kommissarin, weiß doch jeder hier, dass ihr beiden ein Paar seid.« Seine Stimme überschlug sich, Jil kam mit einem Handtuch auf dem Kopf aus der Dusche. Sie sah bescheiden aus.

»Und meinen Sohn lassen Sie auch in Ruhe, ist das klar? Ich mache Sie fertig, richtig kaputt, wenn Sie meinen Sohn jetzt auch noch da reinziehen.«

Jetzt mischte ich mich wieder ein. »Warum haben Sie denn überhaupt gestanden?«

Markus Grunwald schluckte. Er kam ins Straucheln. Meine Jil fand dafür wieder zur alten Form zurück.

»Ihren Sohn habe ich gestern Abend noch gesucht und bereits eine Fahndung rausgegeben. Sie haben sich nur gestellt, um den Max zu schützen. Jetzt suchen wir ihn und …« Jil holte noch einmal Luft. »… und nehmen ihn fest. Ihr Sohn war nicht grundlos in dieser Anstalt für psychisch kranke Jugendliche. Wir haben inzwischen Anhaltspunkte, die ihm noch einiges anhängen werden. Sie haben gelogen, er …«

»Schluss! Ich will nichts mehr hören, Sie wissen doch nichts von damals. Sie kommen hierher und glauben zu wissen, was Recht und Ordnung ist?«

Es klingelte erneut an unserer Tür, das Ganze war wie im Theater. Zwei Minuten später standen auch Hansen und Schuster in dem kleinen Flur. Ich fand die ganze Situation erdrückend, griff nach meiner Jacke und verzog mich. Niemand nahm Notiz von mir.

In die Redaktion wollte ich nicht sofort gehen, der Artikel würde mir sicherlich noch weiteren Ärger bescheren. Markus Grunwald hat bestimmt schon bei meinem Chef angerufen und Terror gemacht. Ich zog es vor, erst einmal in Ruhe einen Kaffee zu trinken. Daher eilte ich in die kleine Bäckereifiliale.

»Du?«

Ausgerechnet Elke kam in die Bäckerei, gerade als ich mit einem Kaffee an einem der Stehtische stand. Der Tag hat beschissen angefangen. Was also hatte ich noch zu erwarten?

»Nein, keine Diskussion, klar? Nicht heute, nicht jetzt.«

»Manfred? Kann ich mich zu dir stellen? Einen Kaffee mit dir trinken?«

Wenigstens ihre Stimme klang sanft. Ich nickte, was blieb mir auch anderes übrig?

»Mir wurde ein Jobangebot in Köln unterbreitet. Ich denke schon seit Tagen darüber nach, wollte aber wegen dir nicht … Vielleicht ist es an der Zeit, Kamp-Bornhofen mal den Rücken zu kehren und was Neues auszuprobieren. Hier habe ich mich festgefahren. Und mit uns …« Elke sah mich so fragend an, ich hob meine

Schultern. Klar, sie hatte eine andere Reaktion erwartet, aber was sollte ich machen? Ich wollte mein Leben so leben, wie es jetzt war, ohne Familie, ohne Enge und Stress ... Wenn die Elke nach Köln wollte, warum nicht? Ich könnte sie doch mal besuchen, wäre doch nett von mir.

»Na, dann ... man sieht sich.«

»Klar, ich habe ja noch deine Handynummer ... Komme dich in Köln besuchen, versprochen«, rief ich ihr nach. Die Bäckereiverkäuferin sah mich anschließend grinsend an. Dieses spießige Verhalten hier. Köln könnte mir tatsächlich gut tun ... Nur nicht zu lange, höchstens für ein Wochenende.

In der Redaktion war die Hölle los. Ich musste gleich beim Chef anrufen, mir einen Anschiss abholen. Markus Grunwald hatte ganz schön Terror gemacht wegen des Artikels.

Freitag, 27. Oktober

Inka

Die Versicherung bezahlt erst, wenn der Mörder vom Karl gefunden ist. Das passt nicht in meinen Plan, muss es aber so hinnehmen. Diese Kommissarin hat mir außerdem verboten zu verreisen. »Ja, ja«, habe ich geantwortet. Die paar Tage werde ich noch warten können. Habe mit Kai Boger und seinem Sohn gesprochen. Die sind sehr nett. Von der Firma Mangaron habe ich keine Ahnung. Das gebe ich auch zu. Mich interessiert nur der Umsatz, der ist im Moment gut. Wir haben uns für zwei Jahre darauf geeinigt, dass die beiden die Firmenleitung übernehmen. Später dann will sich der Kai zurückziehen und seinem Sohn die Geschäftsführung überlassen. Ich habe ihm eine Option für den Kauf der Firma in den Vertrag geschrieben. Für die Bäckereifilialen liegt tatsächlich ein sehr gutes Übernahmeangebot vor. Mein Karl war geschickt, die Vorverträge sind gut ausgearbeitet. Jeden Tag sage ich mindestens einmal Danke dafür, dass der Karl noch nicht den Vertrag für den Flughafen unterschrieben hatte. Damit wäre mein schönes Geld futsch gewesen. Der Ministerpräsident hat mit mir telefoniert, war ein gutes Gespräch. Meine Ängste und Sorgen bezüglich der Investition hat er verstanden. Glaube, dem Mann war auch gleich bewusst, dass nur der Karl alles hätte regeln können. Er war eben ein Geschäftsmann mit Durchblick und Sachverstand. Geld alleine wäre nur ein Aufschub.

Von der Simone haben wir auch gesprochen. Er hat ihr ein Angebot für einen tollen Job unterbreitet. Klar kann sie gehen. Wir haben ausgemacht, die Simone hilft mir noch bis zum endgültigen Verkauf der Filialen, dann ist sie frei. Ich habe ihr auch eine kleine Provision versprochen.

Um meinen inneren Frieden zu haben, bin ich auch beim Pfarrer gewesen. Die Verkaufssumme für die Filialen ist beachtlich, höher, als ich glaubte. Nach dem Verkauf bekommt er von mir einen Scheck über dreißigtausend Euro. Das hätte mein Karl so gewollt. Es ist schon verrückt, jetzt da der Karl tot ist, fange ich an zu überlegen, was er gewollt hätte ... Jetzt bekommt der Pfarrer schon einmal fünftausend Euro von mir. Musste den Scheck in den Briefkasten einwerfen, der Pfarrer machte mir die Tür nicht auf. Die Wilma fehlt an allen Ecken ...

Meinen Kleiderschrank habe ich auch neu geordnet. Vieles habe ich weggeworfen, die schwarze Garderobe von der Trauerfeier und der Beerdigung habe ich in den Altkleidercontainer gesteckt. Warum auch nicht? Erinnerungen, die mich traurig machen, möchte ich nicht.

Nein! Ich werde noch einmal von vorne anfangen, bin noch jung. Vielleicht kaufe ich mir ein kleines Restaurant im Süden ... Habe mich auch angemeldet, um Spanisch zu lernen.

Wilmas Beerdigung werde ich auch organisieren, habe ja inzwischen Routine. Der Nachkaffee wird wie beim Karl ablaufen: Die Filiale liefert den Kuchen, die Frauen schenken den Kaffee aus, nur dieses Mal bringt sich der Bürgermeister nicht mit ein.

Der Pfarrer rief mich gegen Abend an, bedankte sich für den Scheck und sprach von einer positiven Wandlung, die ich gerade durchmachen würde. Ich musste lächeln, gut, dass der Pfarrer mich nicht sah. Dann hörte ich, dass es bei ihm klingelte.

»Gehen Sie nur an die Tür!« Ich war froh, als ich den Hörer wieder auflegen konnte ... Hoffe, der ruft jetzt nicht jede Woche an.

»Ich«

Schade, wirklich schade ... Jetzt werde ich mich von der Erde verabschieden müssen, mit dem Segen des Pfarrers ... Er kann mich gleich begleiten und für mich beten ... Mutter hat mir gesagt, dass ich nicht geträumt habe, alles sei Realität ... Ob Mutter krank ist? Wollte ihr nicht glauben ... aber Mama hat mich nie angelogen ...

Heute Mittag habe ich noch Abschied von meinem Elternhaus genommen, noch einmal alles vor Augen gesehen, was ich erleben durfte, was mir vergönnt war und das, was ich ertragen musste ... Beides war viel. Zu viel, um glücklich zu leben? Nein, nein, wirklich, ich darf nicht klagen ... Mama war wunderbar, wenn auch verkapselt in ihrer eigenen, kleinen Welt.

Papa ist auch lieb zu mir, wollte für mich ins Gefängnis gehen … Alles wegen dem Karl und seiner Hirngespinste … Genau gehört habe ich, was er an jenem Abend zu meinen Eltern im Wohnzimmer sagte. Ich saß auf der Treppe und lauschte.

»Der Max muss weg von hier, oder ich gehe zur Polizei …«

Mama hat geweint. Das gefiel mir nicht, überhaupt nicht. Mama soll nicht weinen. Einen Blumenstrauß aus dem Garten habe ich Mama gepflückt und auf den Nachtisch gestellt, bevor ich zum Pfarrer bin … Diese Müdigkeit, alles kommt von den kleinen bunten Tabletten … Die sehen so hübsch aus, und alles dreht sich, wenn ich mehr einnehme, als ich sollte … Ein Karussell, ich liebe es, Karussell zu fahren … Ich fliege, fliege zu meiner Wilma in den Himmel mit dem Pfarrer in meiner Nähe … Er öffnet mir die Himmelspforte und betet für meine Seele … nur gut, dass ich noch das Gespräch hatte, wusste nicht mehr, wie es weitergehen soll. Dass ich die Wilma im Himmel treffe, darauf bin ich nicht gekommen … sie wartet doch schon auf mich!!!!

Karl hat gesagt, ich habe eine ganz dunkle Seele. Was er nur gemeint hat? Dann sprach er von Opa, der sei sicherlich nicht auf natürlichem Weg so von jetzt auf gleich gegangen … Musste mir meine Ohren zuhalten, hörte plötzlich wieder das Quietschen … »Nein!!!!!! Ich will das nicht mehr hören, ihr sollt mich in Ruhe lassen!« Ich bin schreiend ins Wohnzimmer gelaufen und habe mit einem Blumentopf, den ich zufällig in die Hände bekam, auf den Karl eingeschlagen …

Einige Wochen später war ich im Internat, so hat Mama das Heim immer genannt. Glaubten sie ernsthaft, ich wüsste nicht, wohin ich gebracht wurde? »Das ist nur zu deinem Besten, in den Ferien kommst du uns besuchen.«

Ich schaute aus dem Fenster, fühlte mich so einsam. Es dauerte lange, sehr lange, fast zwei Jahre, bis man mir erlaubte, alleine spazieren zu gehen. Mama kam regelmäßig zu mir. Sie hat mir immer Schokolade mitgebracht und die Todesanzeigen aus dem Dorf … Die las ich am liebsten. Das Schlimmste aber war, dass ich Wilma nicht mehr sehen konnte. Tag um Tag dachte ich an sie. Der Karl, so kam es mir in den Sinn, hatte alles darangesetzt, mich von der Wilma zu trennen. Inka war mich heimlich besuchen, durfte der Karl aber nicht erfahren. Die Inka war auch lieb, hat mir Schokolade gebracht, genau wie der Bürgermeister Karbach.

»Vorbei, alles vorbei und vergessen … Vergangenheit!
genieße die Gegenwart,
wer weiß schon, was morgen ist?«

Dass der Pfarrer sich so wehrte, schimpfte. Hätte ich nicht von ihm erwartet, er bekam auch rote Flecken im Gesicht …

»Nur zehn von den Tabletten, und du darfst mit mir zu der Wilma in den Himmel …« Er sah mich entsetzt an. »Ich zeige dir, wie es geht.« Ich schluckte eine Hand voll von den bunten Glücksbringern … Minuten später drehte sich alles … »Los! Nimm auch die Tabletten«, schrie ich laut … »Schau nur, das Kreuz dreht sich.« Ich fühlte mich ganz leicht … »Die Lichter der Kerzen sind wie kleine Sterne, sie funkeln und begleiten mich auf dem Weg zu meiner Wilma ... Ich seh sie schon fast vor mir stehen und sage ihr: Ich werde dich von heute an lieben, dir nie mehr wehtun ... Du musst nur hören, hören musst du auf mich!«

Meine Wilma,

ich sehe mich wieder als kleinen Jungen an unserer Linde im Garten stehen ... Ich trage den blauen Regenhut und hüpfe um den Baum herum, Mutter ruft von weitem ...

Mit meiner letzten Kraft und kurzer Besinnung ergriff ich den Pfarrer, der wollte die Tabletten einfach nicht nehmen. Das gehörte sich nicht! Jetzt musste ich doch was tun? Er sollte mir doch den Weg zu Wilma ebnen, für mich beten ... für die dunkle Seele ...

Der letzte Weg
gemeinsam sich leichter geht,
ein letzter Kuss für meine Lieben,
verzeiht mir ...

»Nicht, Max, was tust du nur? Mein Hals ... Ich ... Luft, ich brauche ...« Der Pfarrer wurde immer leiser, glitt ganz langsam von mir weg, sank in die Knie, wollte unbedingt vor mir in den Himmel ... Musste mich jetzt beeilen. Mir wurde wieder so schwindelig, so ... dunkel. Plötzlich fiel mir ein, was ich gestern zu Papier gebracht habe ...

Ich wollte doch lachen, toben, auch mal schreien dürfen,
das Kind in mir sollte nicht unterdrückt werden,
Gefühle, auch die spontanen, wollte ich leben,
gemeinsam mit anderen Menschen, die mich mögen.
Nicht immer perfekt war ich –

doch dann kamst du,
alles erschien mir plötzlich leicht,
alles geregelt.
Glück, Lachen, Freude,
jedoch auch Tränen.
Was ist geblieben?
Wer an meiner Seite?
Mensch, ärgere dich nicht,
guter Spruch.
Kälte, ja, kalt ist es geworden.
Ich friere.
Der Tod schon vor der Tür rumsteht.
Komm nur herein! Ich bin bereit.
In Gedanken bin ich bei ihr,
so wie zu Kindertagen.
Meine Augen sind schwer,
es klopft erneut an meiner Tür,
der Tod, jetzt kommt er herein.
Die Zeit ist vorbei,
ich lächle,
komm nur herein,
ich bin bereit zu sterben,
schließe meine Augen und ab jetzt
Ruhe ich hoffentlich finden werde.

Gut, dass wir den Max Grunwald zur Fahndung freigegeben hatten. Der Hinweis einer Frau aus der Gemeinde hat dem Pfarrer im letzten Moment sein Leben gerettet. Ich bin so dankbar, so glücklich, den Pfarrer noch rechtzeitig gefunden zu haben. Keine Viertelstunde später, und er wäre tot gewesen.

Ausgerechnet Markus Grunwald hat dem Pfarrer eine Infusion angelegt, ihn in den ersten Minuten betreut. War sicherlich nicht leicht für den Mann, immer seinen Sohn Max vor Augen zu haben, er lag unter dem Kreuz.

»Wie friedlich der Max aussieht«, flüsterte Hansen mir zu. Er hatte recht.

Zuerst kam der Krankenwagen, dann ein Rettungsarzt. Er lobte den Grunwald, der habe gute Arbeit geleistet … Grunwald wischte sich den Schweiß vom Gesicht, sagte aber kein Wort. Weder Hansen noch Schuster, der ebenfalls mit in die Kirche geeilt war, sagten etwas.

Nur wenige Minuten blieben Grunwald, um sich von seinem Sohn zu verabschieden. Dann kam der Leichenwagen und nahm seine Leiche mit. Es wurde ganz ruhig in der Kirche …

»Frau Augustin!«

Erschrocken drehte ich mich um, Hansen und Schuster ebenfalls.

»Sie? Metzger? Was ist los? Warum schreien Sie so? Wir sind in einer Kir …« Ich unterbrach meine Worte. Hier war soeben ein Mensch gestorben, was tat da schon ein lautes Wort?

»Es steht nun fest, dass der Jagdaufseher an dem Abend der Vergewaltigung in Wilmas Wohnung war.«

»Darf ich?«

Manfred stand nun auch in der Kirche, ich hatte nicht bemerkt, dass er gekommen war … Wir lächelten uns an. Manfred fing unvermittelt zu fotografieren an. Ich war mit einem Mal wieder ganz bei der Sache, fühlte mich stark und gut, richtig gut …

Bevor Metzger noch etwas sagen konnte, kam Frau Grunwald in die Kirche. Die Frau sah mitgenommen aus. Lief geradewegs auf das große Kreuz hinter dem Altar zu, ließ sich dort auf den Boden fallen, wo noch vor wenigen Minuten ihr Sohn verstorben war.

»Konnten Sie ihn nicht retten? Den Magen auspumpen? Er war doch so ein guter Junge, nur etwas anders. Ich hätte schon auf ihn aufgepasst … Das habe ich doch immer getan … immer …« Die Frau tat mir leid. Es war einer jener Momente, in denen ich froh war, keine Mutter zu sein.

Markus Grunwald kam noch einmal in die Kirche zurück, seine Augen waren noch geröteter als vorhin. Hansen und Schuster halfen ihm, seine Frau in den Wagen zu setzen. Zuvor gab er ihr eine Beruhigungsspritze.

»Max war alles für sie. Ich habe zu viel gearbeitet, meine Familie vernachlässigt. Wollte auch nie wahrhaben, dass unser Sohn …«, er stockte, »krank ist, eben anders als andere Altersgenossen.« Er holte tief Luft.

Mein Blick fiel noch einmal zum Kreuz … Warum nur?

»Du bekommst keine Antwort. Lass gut sein, Jil! Quäl dich nicht immer mit Fragen aus der Vergangenheit … lebe endlich mal dein Leben, fang an, locker zu werden …«

Manfred.

Dann gesellte sich Hansen zu mir. »Wir müssen mit Stefan reden, er ist in unserem Büro. Lassen Sie uns zu ihm fahren.«

Er zog mich mit zu seinem Wagen.

Jagdaufseher Stefan

Nie, nie in meinem ganzen Leben habe ich geahnt, was tatsächlich zwischen Wilma und Max vorgefallen war. Das versuchte ich auch, der Kommissarin klarzumachen. Natürlich habe ich von Mäxchens, sagen wir, Krankheit gewusst. Durch den Josef habe ich ihn kennengelernt. Der Josef mochte den Jungen, besonders die Mutter. Damals bin ich viel mit ihm zur Jagd gegangen. Mich hat der Max einmal gebeten, ihm eine Waffe zu leihen, ich hab nur gelacht und gemeint: »Junge, mit mir nicht! Dachte, du weißt von deinem Vater, dass man Waffen nicht in fremde Hände gibt.«

»Sie wollen uns sagen, Sie haben nicht gewusst, dass Max Grunwald in einer Unterkunft für psychisch kranke Kinder und Jugendliche war?« Frau Augustin sah mich eindringlich an. Mein Anwalt hatte mir geraten, alles zu sagen, was ich weiß, wäre besser für mich. »Nein, nein! Frau Augustin, Herr … Wie war Ihr Name? … Ja, Hansen, danke. Ich habe das nicht gewusst, jedenfalls nicht zu Anfang, erst viel später, ehrlich!«

»Nicht nur der Mord an dem Karl und der Wilma gehen zu seinen Lasten, wir vermuten, er hat den Josef niedergeschlagen und … das muss Sie jetzt nicht interessieren. Die Untersuchungen laufen gerade. Es wird schwer sein, ihm den Mord am Josef nachzuweisen. Er ist schon lange unter der Erde …« Frau Augustin sagte dies ohne Regung. Mir lief ein Schauer über den Rücken. War die Frau so kalt? Stumpfte man in diesem Beruf so ab? Scheußlich, nichts für mich …

»Schon gut, Stefan. Niemand macht Ihnen wegen des damaligen Vorfalls eine Anklage. Jetzt …« Die Kommissarin machte eine dramatische Pause, es hätte eine Szene aus dem Theater sein können. »Uns geht es um die Nacht von Wilmas Tod.«

Meine Nerven, mir wurde übel. Ich bekam von irgendwem ein Glas Wasser gereicht, die Kommissarin verließ kurz den Raum, mir war schlecht … Was war nur los? In was hatte Max mich nur reingerissen?

Manfred Luck

Auf dem Weg aus der Redaktion nach Hause traf ich auf Karbach, sah müde aus.

»Wir könnten ein Bier, so unter Männern?«

»Nee, nicht heute. Die Jil und ich, wir müssen mal reden …«

»Verstehe.« Er hob seine Hand und ging weiter. Tat mir leid, der Karbach. Ist ein guter Bürgermeister, wird sich wieder fangen. Ein Bier hätte ich aber auch mit ihm …

»Karbach! Warten Sie! Ein Bier geht immer!«, rief ich und eilte ihm dann nach.

Jil Augustin

Der Stefan will uns weismachen, nichts von der Vergewaltigung mitbekommen zu haben. Das glaube ich nicht. Bin kurz auf den Flur, um nachzudenken. Ein Kollege kommt und drückt mir ein Tagebuch in die Hand. Das Tagebuch von Max Grunwald … »Woher kommt das?«

»Sein Vater hat es an der Pforte abgegeben.«

Sogleich machte ich mich daran, in dem Tagebuch zu blättern … Mich interessierten als Erstes die letzten Seiten … Rasch wurde mir bewusst, dass es Zeit war, dem Staatsanwalt über die neuen Informationen Bericht zu erstatten.

Wenn es stimmt, was der Max aufgeschrieben hat, wurde er manipuliert …

Das Klingeln des Handys unterbrach meine Gedanken. Es war das Krankenhaus, in dem der Pfarrer eingeliefert worden war. Ihm ging es den Umständen entsprechend besser. Morgen dürfe ich zu ihm, das klang doch gut. Kaum dass ich das Telefonat beendet hatte, teilte Hansen mir mit, dass Stefan einen Kreislaufkollaps erlitten und der Arzt ihm für heute Ruhe verordnet habe.

»Dann machen wir Feierabend.« Hansen kam zu mir, zog sogleich seine Jacke über. »Gehen Sie noch mit auf ein Bier?«

Ich zögerte. »Muss erst noch mit dem Staatsanwalt telefonieren, wegen der Inka. Wenn es stimmt, was der Max in seinem Tagebuch festgehalten hat …« Mit wenigen Worten informierte ich Hansen.

»Dann ist die Frau eine ganz raffinierte … selbst ich war zu Anfang auf ihr Lächeln reingefallen.« Er strich sich über sein Haar, wirkte verlegen.

»Tja, wirklich getrauert hat die nie … Über den Stefan muss ich auch mit dem Staatsanwalt sprechen.«

»Wir warten, dann kommen Sie aber mit in die Kneipe?«

»Aber nur ein Bier, viel Zeit habe ich nicht.« Der Kollege lächelte.

»Das Telefonat mit dem Staatsanwalt war gut verlaufen, er wird eine Klage gegen den Stefan anstreben, glaubt nicht, dass er von der Vergewaltigung nichts mitbekommen haben will. Die hübsche Inka kommt in Untersuchungshaft, die Kollegen sind schon auf dem Weg.« Ich gesellte mich zehn Minuten später zu meinen Kollegen.

Gegen neunzehn Uhr konnte ich mich dann mit Schuster und Hansen auf den Weg zu der Kneipe am Rheinufer machen.

»Schauen Sie mal.« Schuster zeigte auf den Tresen.

Manfred und Karbach standen in Eintracht mit jeweils einem Bier zusammen.

»Dann gibt es heute Bier zum Abendessen? Sehr romantisch.«

»Jil? Du? In der Kneipe?«

»Warum nicht? Steht draußen ein Schild mit der Aufschrift: ›Nur für Männer?‹« Wir lachten, umarmten uns. Karbach sah mich traurig an. Das mit seiner Simone hatte ich mitbekommen. Die haben von Anfang an nicht zusammengepasst.

»Ich wollte Kinder«, jammerte Karbach nach dem dritten Bier.

»Das Thema bitte nicht.« Manfred rief die Bedienung zum Bezahlen. Ich seufzte.

»Liebe Grüße an Ihre Mutter, tolle Frau.«

Ich drehte mich im Gehen um. »Was?«

»Ihre Mutter ist toll! Sie haben großes Glück, liebe Jil.«

Beim Verlassen der Kneipe kam erneut so ein Gefühl in meiner Magengegend auf.

»Was denkst du, Süße?«

Manfred zog mich in seine Arme, wir küssten uns am Rheinufer.

»Heute denke ich nichts mehr … erst morgen wieder.«

»Das ist neu, völlig neu an dir. Jil …« Er hielt mich ein Stück von sich weg. »Wenn ich dich nicht schon so lange kennen würde, ich …«

»Nicht heute Abend. Keine Diskussionen, nichts. Ich will dich lieben, Manfred, genießen und Spaß mit dir haben.«

Samstag, 28. Oktober

Hansen

Gegen halb acht war ich bereits im Büro, ich erwarte schon gar kein freies Wochenende mehr, der Job geht mir mehr und mehr an meine Substanz. Frau Augustin kam eine Stunde später, sie strahlte, sah richtig gut aus.

»Der Stefan kommt in einer halben Stunde, ihm geht es besser. Sein Anwalt kommt auch dazu.«

»Ich habe über das Tagebuch von Max nachgedacht.«

»Ja, ich bin auch nicht schlüssig, ob alles der Wahrheit entspricht, andererseits … Sie haben doch von Anfang an der Inka nicht getraut.«

»Trotzdem … haben Sie die Inka schon gesprochen?«

»Vorhin, Sie war patzig. Sagt, ohne einen Anwalt gebe sie mir keine Auskunft. Hat mir gedroht … sie kenne einflussreiche Leute.«

»Damit kommt sie hoffentlich nicht durch.«

»Der Max … vielleicht war der raffinierter, als wir glauben …«

Die Kommissarin hob die Schultern, trank einen Schluck Kaffee.

Stefan wurde pünktlich zu uns gebracht.

»Wie geht es Ihnen heute Morgen?«

Die Kommissarin stellte ihm ein Glas Wasser hin.

»Danke, es ging mir aber schon besser, habe auch in angenehmerer Atmosphäre übernachtet.«

Ich musste lachen und erntete dafür einen strafenden Blick von Frau Augustin, die sogleich die Befragung übernahm.

»Wie lange kannten Sie den Max schon, bevor Sie seinen Vater kennenlernten und hierher zogen?«

»Der Markus Grunwald ist mir einmal begegnet. Ich war mit Max auf dem Hochsitz. Dass er nur wenig Gelegenheit hatte, sich mit mir zu treffen, hat mich schon gewundert. Darauf habe ich dann auch seinen Vater angesprochen. Etwas mehr Ehrgeiz müsse sein Sohn schon mitbringen, habe ich gesagt. Er sprach von einer strengen Schule, wenig Freizeit, das müsse ich verstehen.«

»Und wann kam das Angebot, hierher zu ziehen? Er war es doch auch, der Ihnen zu dem Job bei Mangaron verholfen hat?«

Stefan blickte schüchtern zu seinem Anwalt, dann nickte er uns zu.

»Sie waren schon bei Mangaron, bevor Sie der Grunwald auch als Jagdaufseher zu sich nahm …« Frau Augustin musterte den Anwalt, der Stefan immer wieder etwas in sein Ohr flüsterte.

»Also, Stefan? Wie war das damals?«

»Gut, es stimmt. Markus Grunwald hat mir zu dem Job verholfen …«

»Wann haben Sie erfahren, dass der Max nicht ein normales Internat besucht?«

Jetzt war ich es, der die Befragung übernahm. Frau Augustin lehnte sich zurück, verschränkte die Arme hinter dem Kopf. Metzger saß nur da, hörte zu und machte Notizen.

»Eigentlich … also, gedacht habe ich mir schon lange, dass mit dem Max etwas nicht stimmt … Habe mich aber nie getraut, die Eltern darauf anzusprechen.«

»Und den Josef?«

»Der hat geschwiegen wie ein Grab. Einmal, kurz nach dem ersten Treffen mit Markus Grunwald, habe ich ihn angesprochen. Der meinte nur, ich könne froh sein, dass der Grunwald mir einen Job besorgt hat. Nachgefügt hat er noch, dass der Junge eben eigensinnig sei, was aber kein Nachteil wäre …«

Frau Augustin hatte keine Ruhe mehr, lief in dem kleinen Büro auf und ab. »Die Mutter, haben Sie ihr von dem Mord an Josef berichtet?«

»Nein, nein, das habe ich nicht.«

»Warum nicht?«

Stefan hob nur seine Schultern. »Wollte nicht in das Private reingezogen werden.«

»Und dem Max? Haben Sie ihm oder dem Markus Grunwald davon berichtet?«

»Nein.«

»Im Laufe der Ermittlungen muss man Sie doch zu den Grunwalds befragt haben …«

»Nein, eine Verbindung zu dem Max oder den Eltern nahm keiner Ihrer Kollegen an, und ich schwieg, wollte keinen Ärger machen.«

»Sie wussten aber doch, dass der Max sich regelmäßig mit dem Josef getroffen hat. Kam Ihnen damals nicht der Gedanke, er habe mit dem Überfall auf den Josef zu tun?«

Frau Augustin blieb hartnäckig. Stefan schien sich immer unwohler zu fühlen.

»Sie wiederholen sich, Frau Kommissarin. Kann ich mal einen Kaffee?«

Wir warteten, bis er zwei Schlucke seines Kaffees genommen hatte. Dann fing Frau Augustin erneut von den Grunwalds an. Stefan stellte seine Tasse unsanft auf dem Tisch ab.

»Ist doch auch wahr! Seit gestern diese Fragen über die Grunwalds. Dem Jungen wollen Sie die Vergewaltigung anhängen und den Mord noch dazu!«

»Nicht anhängen … Wir haben Beweise. Die DNA-Untersuchung ist eindeutig.«

»Das glaube ich nicht … Warum hat die Wilma nichts gesagt? Ich dachte zu hundert Prozent, die hatten das erste Mal Sex. Wilma war etwas zerstört, der Max war wohl nicht vorsichtig mit ihr umgegangen … das müssen Sie mir glauben.«

»Die Wilma war aber doch nackt.«

Erich krümmte sich vor Lachen. Ich musste ebenfalls über die Bemerkung der Kommissarin grinsen.

»Sie sind beim Sex also völlig bekleidet? Ihr armer Mann.«

»Das … das muss ich mir jetzt aber …«

»Schon gut, wir sollten sachlich bleiben. Stefan, das gilt auch für Sie!«, mischte sich sein Anwalt ein.

»Die Wilma war nackt. Warum haben der Max und die Wilma Ihnen die Tür geöffnet? Zumindest dieses Verhalten ist nicht normal.«

»Als ich an Wilmas Tür klopfte, da hörte ich Stimmen, wusste also, dass sie zu Hause war. Außerdem waren wir verabredet, das war dann auch so eine Sache. Ist mit mir verabredet, dachte ich noch, hüpft aber nackt vor einem anderen Kerl herum, noch dazu vor dem Max. Ich bin dann auch rasch wieder gegangen.«

»Sie haben den Bademantel für die Wilma geholt?«

»Ja, sagte ich doch.«

»Ein Bademantel wurde nie gefunden.«

»Das ist aber nicht meine Aufgabe!«

»Ihre Fingerabdrücke waren auf dem Sessel. Warum aber hatte die Wilma kleine Hautfetzen von Ihnen unter ihren Nägeln?«

»Nein! Ich habe nichts mit der Vergewaltigung zu tun! Wirklich nicht! Als ich von Wilma die Tür geöffnet bekam, hat sie sich gleich an mich gekrallt, meine Hände so gedrückt, das war komisch. Hier ... sehen Sie!« Stefan hielt uns seine linke Hand hin. »Sehen Sie die Kratzer?«

Jil Augustin

Meine Gedanken schweiften noch einmal ab, als ich eine SMS von Manfred auf mein Handy bekam. »Später Treffen beim Italiener? Lust auf Dolce Vita, Süße?«

»Hören Sie mir eigentlich noch zu?«, hakte Stefan wenig später nach. Ich nickte souverän. »Jetzt berichten Sie noch einmal von dem Ablauf in der Wohnung.«

»Sie bat mich, in ihre Wohnung zu kommen. Ich zog mein Jackett aus, legte es um ihre Schulter, sie krallte sich richtig an meiner Hand fest, und dann sah ich den Max. Er war gerade dabei, seine Hose hochzuziehen. Der Wohnzimmertisch war verschoben, die beiden hatten sich auf dem Teppich vergnügt. Max bot mir ein Bier an. Ich lehnte aber ab, setzte mich auf das Sofa. Mir war die Situation peinlich, ich holte ihr dann den Bademantel, die Wilma ... hat kein Wort zu mir gesagt ... Ist doch nicht normal?«

Ich hegte Zweifel an der Aussage von Stefan, meinen Kollegen ging es auch so. Trotz unserer Bedenken, die wir auch dem Staatsanwalt mitteilten, schaffte es Stefans Anwalt, ihn aus der Untersuchungshaft frei zu bekommen. Das Schreiben des Staatsanwalts lag dreißig Minuten später auf meinem Schreibtisch.

»Ich hoffe, Sie haben die Wahrheit gesagt, Stefan.« Gemeinsam mit seinem Anwalt verließ er mein Büro. Mein Blick streifte erneut mein Handy, wieder eine Nachricht von Manfred. Der konnte hartnäckig sein, wenn er was wollte. Komisch nur, wenn ich mich bei ihm meldete, hatte er gleich Panik, eingeengt zu werden ... und umgekehrt? Was fühlte ich jetzt? War ich geschmeichelt, dass er zu mir zurückgefunden hat? Elke scheint dann doch nicht bei mir mithalten zu können? Mein Blick fiel aus dem Fenster. Ich wünschte mir Urlaub. Ob ich? ... Warum nicht? ... Würde mir mal gut tun ... und die Initiative habe ich viel zu lange nicht mehr ergriffen ... Der Fall war aufgeklärt, ich konnte also für einige Tage verreisen. Meine beiden Kollegen waren inzwischen auch in ihre Büros verschwunden, ich griff ganz automatisch zum Telefon, ließ mich mit dem Reisebüro in Koblenz verbinden.

»Das klingt doch gut, und Sie sind sich sicher, dass ich nicht nur auf Familien treffe? ... Prima, dann buchen Sie für mich bitte eine Woche, lieben Dank!«

So gut habe ich mich lange nicht gefühlt. Eine Woche nur für mich, Zeit für Sport, Sonne pur, etwas Abstand zu Manfred. Und danach? Wer weiß? Ich lasse es auf mich zukommen ... lasse mich treiben. Irgendwas geht doch immer, das Leben ist voller Überraschungen, warum nicht auch für mich?

»Sie haben was gemacht? Urlaub gebucht? Nur für sich? Und der ... Ihr Journalist?«

Hansen war total überrascht, hätte er mir nicht zugetraut.

Hansen klatschte in seine Hände, in dem Moment kam Metzger dazu. »Habe ich etwas verpasst?«

»Unsere Kommissarin hat doch tat...«

»Nein! Kein Wort!«

»Wie Sie meinen.« Metzger drehte sich beleidigt um. Rufen Sie mich, wenn ich wieder an den Gesprächen teilnehmen darf.«

»Der ist ja kindisch«, lachte ich. Von Hansen erntete ich einen mahnenden Blick. »Der Mann mag Sie halt, warum auch immer«, fügte er knurrend nach.

Ich ließ mich auf einem Stuhl nieder, verschränkte meine Arme hinter dem Kopf und sah Hansen an. Er trug heute einen gelben Pullover: Das war mal neu, stand ihm aber gut. Die Farbe wirkte so frisch. Bevor ich mich hinreißen ließ, ihn nach seinem Privatleben zu befragen, entschied ich, es zu lassen. Mir ging es gerade so gut, das sollte bitte auch noch anhalten.

»Was ist mit der Inka?«

»Der Staatsanwalt hat Untersuchungshaft angeordnet. Jedoch hat er betont, nicht von dem Tagebuch überzeugt zu sein. Für ihn ist der Max der Mörder, die hübsche Inka nur sein Opfer.«

»Ob wir sie zur Verantwortung ziehen können?«

»Frau Augustin! Mir ist bekannt, dass die Inka sich den von Derner als Anwalt genommen hat. Würde mich nicht wundern, wenn die Frau noch am Abend frei ist. Das Tagebuch ist zu wenig, um sie als Anstifterin zu verurteilen.«

»Das ist doch ... mit Geld geht anscheinend alles. Die Frau gehört ins Gefängnis!«

»Warten wir es ab. Jetzt sitzt sie erst mal in Untersuchungshaft. Der Max ist tot, und bisher hat sich niemand gemeldet, der die beiden zusammen gesehen hat. Die Inka ist raffiniert vorgegangen.«

»Erst musste der Karl sterben, dann, um sicherzugehen, dass sie auch alles erbt, die Wilma. Nur, mir ist es ein Rätsel, dass Max sich tatsächlich zu dem Mord an der Wilma hat hinreißen lassen.«

»Der hat doch aufgeschrieben, die Inka habe ihm dazu geraten. Er solle die Wilma zu seiner Frau machen, sie zur Liebe zwingen, dann ist sie für immer seine Frau.«

»Verrückt, wirklich verrückt das alles.«

»Sein Vater hat die Praxis geschlossen. Er und seine Frau wollen erst mal reisen, etwas Abstand gewinnen.«

»Das klingt alles so ... als habe der ganze Fall, die Morde nichts mit der Familie zu tun, als sei der Sohn nicht tot, kein Mörder.«

»Wie es innen in den Grunwalds aussieht, das wissen wir nicht.« Hansen holte seine Jacke, zog seine

Aktentasche, in der er immer seine Brote aufbewahrte, hervor und verabschiedete sich von mir. »Ich hab noch was vor.« Er zog grinsend die Tür hinter sich zu.

»Und was?« Meine Frage blieb unbeantwortet. Schade, dachte ich …

Zehn Minuten später verließ ich auch das Büro. Im Flur traf ich auf Metzger. »Es tut mir leid … Ich bin … ich meine, also ich …«

Er lachte mich an. »Ja, das sind Sie, von allem ein wenig, trotzdem nicht schlecht.«

»Danke, habe ich eigentlich nicht verdient. So ruppig, wie ich oft bin.«

»Sie können ja richtig nett sein, wow! Gibt es mehr davon?«

»Vielleicht, wer weiß?« Im Weitergehen drehte ich mich noch einmal um. »Metzger? Sie könnten mich mal mit auf den Hochsitz nehmen … wenn Sie …«

»Gerne!« Er strahlte. »Morgen?«

»Oh! Ich habe eine Reise gebucht. Das war es auch, was ich vorhin Hansen erzählt habe. Sie müssen alle für eine Woche auf mich verzichten.«

»Aha, der Journalist und Sie …«

»Irrtum, Metzger. Ich reise alleine … und … das ist auch gut so. Ich will nachdenken, das heißt, eigentlich will ich weniger denken, mehr Sport machen und einfach mal meine Seele baumeln lassen …«

»Gut, danach nehme ich Sie mit auf den Hochsitz, passt auch. Wenn Sie zurück sind, gibt es Vollmond …« Er grinste und sah dabei einfach umwerfend aus.

Auf meinem Anrufbeantworter war eine Nachricht von Elke.

»Jil, hallo? … Bist du nicht zu Hause? Nein? … Ja, dann … ich wollte mich verabschieden. Habe einen Job in Köln angenommen. … Also zur Vertretung, ist erst mal nur für drei Monate … Jil???? Ja, dann alles Gute und hoffentlich sehe ich dich bald einmal wieder.«

Auf dem AB war noch eine Nachricht. Erneut hörte ich die Stimme von Elke. »War außerdem nicht wirklich gut gelaufen mit Manfred. Er … er ist ein Herzensbrecher, und ich will dich vor ihm warnen, denn …« Ich drückte die Löschtaste. Mich warnen? Nee, das kam zu spät. Ich glaube, ich bin aufgewacht, fange endlich an, mein Leben selbst in die Hände zu nehmen …

Richtig toll geschminkt habe ich mich, einen Minirock aus dem Schrank genommen und bin mit guter Laune losgezogen … Richtung Pizzeria. Manfred hatte mir – das muss ich erst einmal verarbeiten – eine Rose mitgebracht … Puh! Das war mir dann auch peinlich. Eigentlich habe ich immer davon geträumt, genau so wollte ich meinen Manfred haben … Und jetzt?

»Morgen können wir beide ausschlafen, Jil.« Er küsste mich. Einige Gäste drehten sich nach uns um. Mir war es egal … Es ist doch mein Leben. Mit keiner Silbe erwähnte ich meinen Urlaub, dass ich schon morgen früh wegfahre und der Koffer bereits gepackt in meinem Kofferraum lag … Der Abend wurde aber noch schöner, als ich es erwartet habe. Manfred zog mich bereits in unserem kleinen Flur aus, küsste mich unentwegt. Seine Hände streichelten meinen Körper, und ich ließ mich einfach fallen …

Gegen fünf klingelte mein Wecker, Manfred bekam zum Glück nichts mit. Kein Wunder, wir hatten uns bis weit nach Mitternacht geliebt …

Sanft küsste ich Manfred auf seine Brust. Er roch gut. Männlich. Mir war längst bewusst, dass wir beide nur ein begrenztes Limit an Zeit hatten … Komisch, inzwischen war es mir egal. Ich genoss einfach das Jetzt, mehr nicht. Die Zeit der großen Wunden und Schmerzen war vorbei. War sie das wirklich? Mein Blick in den Badezimmerspiegel zeigte eine hübsche und sehr zufriedene Frau. Ja, genau so fühlte ich mich heute Morgen. Das war alles, was ich wollte: glücklich und zufrieden sein. Mir fiel Karbach ein, ebenso Metzger, mein Alter, der Wunsch meiner Mutter, endlich Oma zu werden … Dann griff ich zum Rouge, lächelte mein Spiegelbild an und verschob jene Gedanken auf morgen … Manfred legte ich noch einen kurzen Brief hin.

Guten Morgen, mein Lieber,
es war eine traumhafte Nacht mit Dir, und jetzt hoffe ich, einen genauso traumhaften Urlaub zu verbringen. Die Vergangenheit lasse ich mal hinter mir …

Dicken Kuss,
Jil

Mir kann niemand etwas nachweisen. Deshalb bin ich auch am Abend aus der Untersuchungshaft entlassen worden.

Wie lange ich daran getüftelt hatte, den perfekten Mord auszuüben, ohne meine Hände zu beschmutzen! Der Max war nicht so leicht zu manipulieren, wie ich dachte. Mein Urlaub … zuvor habe ich alles in die Wege geleitet. Wusste doch, dass der Max einen Hass auf den Karl hatte. Naiv von der Polizei, mir zu glauben, ich hätte nichts von dem Streit zwischen Wilma und Karl mitbekommen … Der Karl, das Leben an seiner Seite nahm mir mehr und mehr die Luft zum Atmen. Ihn selbst zu töten, klar, ich habe auch darüber nachgedacht, hätte ihn vergiftet. Nicht besonders intelligent, das war mir schnell bewusst, und dann traf ich den Max.

Hat der Verrückte doch alles in seinem Tagebuch notiert … als der Kommissar mir die Zeilen vorlas, puh! Zum Glück habe ich den besten Anwalt der Gegend bekommen … wird ein Teil meines Erbes für die Rechnung weggehen, aber ich bin frei!

Mein Anwalt glaubt mir natürlich …

Das mit der Wilma war nicht ganz so leicht. Der Max hat sie richtig geliebt und verehrt. »Wenn du die Wilma zur Frau willst, dann musst du handeln. Frauen wollen überrumpelt werden, gezeigt bekommen, wer der Mann ist … Du musst sie zu deiner Frau machen, Max … notfalls mit Gewalt. Später ist sie dein und dir dankbar … deine Wilma!«

Wie diese Überrumpelung enden würde, wusste ich, die Wilma war für mich wie ein offenes Buch. Der Staatsanwalt hat schon angedeutet, dass er nicht gewillt sei, eine unschuldige Witwe zu verurteilen, nur weil ein Verrückter solche Lügen aufgeschrieben hat … Tja, Max, würdest du noch leben, du könntest mir schaden … war doch dann noch gut von mir, ihm zu sagen, er solle der Wilma folgen … sie warte schon auf ihn, voller Sehnsucht, und es täte ihr leid, ihn zurückgewiesen zu haben …

Ich ziehe nach Mallorca, mir ist es im Dorf zu eng geworden, brauche meine Freiheiten … meine heile Welt, nur eben nicht so klein und eng.

Aus welchem Lauf kam die 8x57IRS?

Es scheint alles in bester Ordnung zu sein in dem idyllischen Ort zwischen Rhein und Lahn. Doch unter der Oberfläche brodeln Ehrgeiz, Rücksichtslosigkeit, Angst. Eine geplante Windkraftanlage bringt die Gemüter zum Kochen. Die Debatten entzünden sich an dem vorgesehenen Standort, der aus Umweltschutzgründen verlegt werden soll. Da wird ausgerechnet der smarte Paul, Befürworter der Anlage und Eigentümer des neuen Standortgrundstücks, kaltblütig ermordet. Ihm folgt ein weiterer Zustimmer – auch er stirbt durch eine 8x57IRS. Wer war der Schütze?

Für Kommissarin Jil Augustin und ihre Kollegen beginnt ein Rennen gegen die Zeit. Es zeigt sich das wahre Gesicht des Ortes. Da wirft eine dritte Leiche die Ermittlungen wieder zurück …